"안녕하세요,

프로 N잡러 입니다"

안녕하세요, 프로 N잡러 입니다

초판 1쇄 발행 | 2024년 6월 24일

지은이 | 이다슬
펴낸이 | 박영욱
펴낸곳 | 북오션

주　소 | 서울시 마포구 월드컵로 14길 62 북오션빌딩
이메일 | bookocean@naver.com
네이버포스트 | post.naver.com/bookocean
페이스북 | facebook.com/bookocean.book
인스타그램 | instagram.com/bookocean777
유튜브 | 쏠쏠TV·쏠쏠라이프TV
전　화 | 편집문의: 02-325-9172　영업문의: 02-322-6709
팩　스 | 02-3143-3964

출판신고번호 | 제 2007-000197호

ISBN 978-89-6799-822-6　03810

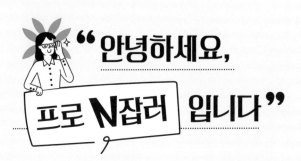

"안녕하세요, 프로 N잡러 입니다"

이다슬 ★ 지음

Voice Actor

Yoga Instructor

Announcer

Live Commerce

BEST

Dancer

Voice Speech Teacher

Generalist

OK!

Writer

"이렇게 사는 사람도 있습니다."

NG

북오션

작심하고 도전해도

가능성이 얼마나 될까?

이처럼

다양한 직업을

슬기롭게 해낼 수 있는 그 가능성이

최근 화제의 중심에 선 이사람

고맙게도 이 책을 통해 그 경험담을 읽고

다시 한번 비상을 꿈꾸시길.

어렴풋이 알고는 있었다. 여러모로 참 뛰어난 능력을 가졌다는 것을…. 선한 웃음, 진솔함. 그와의 대화는 항상 즐겁고 얻는 게 많다. 세월은 흐를수록 아쉬움이 크지만, 세상은 알수록 만족감이 커진다고 했다. 그녀는 6잡러에서 10잡러를 향해 계속 세상을 알아갈 것이다. 그가 어떤 선택을 하든 나는 1열에 서서 힘찬 박수로 마음을 보낼 것이다.

김승현(MC, TBN '김승현의 가요본색' 진행자)

글 한줄 한줄에 저자가 열정과 노력으로 보낸 시간들이 오롯이 드러난다. 인생살이에 정답은 없을 테니 저자처럼 프로N잡러로 사는 것도 참 멋져 보인다. 평생 한 우물만 판 나로서는 그저 감탄만 할 뿐이다. 작가 이다슬은 활력이 넘치는 사람이다. 그런데 성취욕과 추진력도 남다른 아주 멋진 사람이다. 똑같은 일상에 지친 당신이라면 프로N잡러인 저자의 기운을 나눠 갖길 추천한다.

이원희(전 KBS 미디어 외화제작부장, 더 퍼스트 슬램덩크 더빙 연출 PD)

이렇게 재능 많은 사람이 또 있을까. 무려 일곱 개가 넘는 직업을 넘나들며 전방위로 활약하고 있는 그녀를 보면 그야말로 프로N잡러의 끝판왕이 아닐까 싶다. 그러나 정말 재능만 있으면 이렇게 다방면으로 활동하는 게 가능할까?

오래전 갓 프리랜서 성우가 된 그녀와 애니메이션 더빙 작업을 함께 한 적이 있었다. 아직은 낯선 더빙 연기를 어려워하는 그녀에게 쉬는 시간 잠시 조언을 건넨 적이 있었는데 눈을 반짝이며 열심히 경청하고, 배운 걸 반영하려 노력하는 그녀의 태도를 보며 속으로 직감했다.

'이 친구는 금세 날아오르겠구나.'

예감은 틀리지 않았고, 요즘 그녀는 몸이 열 개라도 모자랄 정도로 바쁜 스케줄을 소화하며 상승가도를 달리는 중이다.

'재능'이란 그 일에 투자한 '시간과 노력'이라는 말이 있다. 그녀가 가진 많은 직업의 배경엔 열정적인 노력과 긍정적인 사고, 지치지 않는 호기심이 숨어있을 게 틀림없다. 거기에 그 일들을 좋아하고 즐길 줄 아는 삶의 태도까지 겸비했으니 무슨 설명이 더 필요할까.

성공하는 사람은 방법을 찾고, 실패하는 사람은 핑계를 찾는다. 시간이 없다, 재능이 없다는 핑계 뒤에 숨기보다 그녀가 알려주는 프로N잡러의 비결을 통해 경제적인 여유와 더불어 이왕이면 한 번뿐인 인생, 덕업일치의 즐거움까지 만끽해보자.

소연(KBS 27기, '겨울왕국' 엘사 성우)

성우계에 이런 엄청난 인재가 있다는 건, 나에게도 항상 자부심을 불러일으킨다. 그리고 항상 자극받고, 무기력해진 나에게도 많은 동기부여를 해준다. 이다슬 성우는 그 존재 자체만으로도 이미 많은 동료 성우들의 귀감이 되고 있다. 한 명의 성우가 전파할 수 있는 선한 영향력의 범위가 어디까지일지를 이 책을 통해서 여러분도 함께 느껴보는 시간이 되기를 바란다.

남도형(KBS 32기, 미키마우스&미스터비스트 성우, 42만 유튜버)

이렇게 다양한 장르를 해왔다는 것은 참으로 대단하고 경이로운 일이다. 누군가에게 꿈과 용기를 줄 수 있는 그녀의 도전적이고 역동적인 삶에 응원과 박수를 보낸다.

이권희(팝 피아니스트, 사랑과 평화 키보디스트)

마음이 원하는 일을 찾고 용기를 내어 도전하는 일은 아름답다. 아무리 넘어져도 자신을 찾는 과정을 실패라고 부를 수 없기 때문이다. 이 책은 '프로N잡러'로서 남들보다 더 많이 꿈꾸고, 고민하고 넘어져 본 이다슬 작가의 아름다운 기록이다. 그녀의 피, 땀, 눈물이 섞인 진솔한 도전기를 읽다보면 나도 모르게 가슴 한구석에 꽁꽁 숨겨놨던 꿈과 도전해보고 싶은 용기가 몽글몽글하게 솟아오른다.

이은주(서울신문 기자, 기자 겸 유튜브 크리에이터,
《왜 떴을까: 'K-크리에이티브' 끌리는 것들의 비밀》 저자

[여는 말]

이렇게 사는
사람도 있습니다

악뮤의 '후라이의 꿈'이라는 노래를 아시나요? 처음에는 밝은 멜로디에 가사가 귀에 잘 들어오지 않아서 그냥 발랄한 노래인가보다 하고 넘겼는데, 몇 번 듣다 보니 가사가 조금씩 귀에 들어오면서 내용이 궁금해졌고, 찾아보니 의외의 내용이라 많이 놀랐습니다. 이 노래에는 꿈을 주제로 하는 다른 노래들이 등장합니다.

'거위의 꿈', '달팽이' 그리고 '흰수염 고래'와 '네모의 꿈'까지. 모두 유명한 노래들이고 많은 사람에게 원대한 꿈과 목표, 희망을 갖게 하고 힘이 되는 노래입니다. 하지만 '후라이의 꿈'은 다른 이야기를 하고 있죠.

제 이야기도 그렇습니다. 아마 여러분이 그간 책, TV, 강연 등에서 보아왔던 삶의 방식과는 다를 것입니다. "한 우물을 파라." "한번 목표를 정했다면 포기 말고 정진하라." "꿈은 빨리 찾을수록 좋다." 등등 꿈과 직업에 관련해서 이미 많이 들어온 메시지일 것입니다. 저 또한 마찬가지입니다. 그런 이야기들을 듣고 자랐습니다. 그리고 진심으로 존중하고 존경하고 대단하다고 생각합니다. 하지만 저는 이런 메시지들과는 다르게 살고 있습니다. 제 이야기가 낯설어서 거부감이 들 수도 있고 새롭고 신선하게 느껴질 수도 있습니다.

저는, '아~ 이렇게 사는 사람도 있구나.' 정도로 다가가고 싶습니다. 그럼 시작하겠습니다.

"안녕하세요. 프로 N잡러, 이다슬입니다."

"커서 뭐 될래?" 아마 어릴 때 우리 모두 몇 번이나 들어본 말일 것입니다. "넌 꿈이 뭐니?" "장래 희망이 뭐야?" 사실 이 질문은 은근한 답정너. 답이 정해진 질문이기도 합니다. 선생님, 변호사, 의사, 대통령과 같은 답을 하면 질문한 어른들이 좋아하시거든요. "아이구~ 좋다. 공부 열심히 해야겠네." 하시면서 말입니다.

저도 그랬습니다. "다슬이는 말을 똘똘하게 잘하니까 변호사가 되면 좋겠다." 주변 어른들의 평가와 칭찬에 맞춰 제 꿈은 어렸을 때부터 변호사였습니다. 변호사가 되려면 어떤 공부를 해야 하는지, 내가 진짜 하고 싶은 일인지는 전혀 몰랐습니다. 그래도 어쨌든 제 꿈은 25년 동안 변호사였습니다. 정확히 어떤 일을 하는 직업인지, 나의 적성에 맞는 것인지도 모르면서 꿈이라니. 어불성설이었죠.

시간이 지나면 질문이 바뀝니다. "어느 학교, 어느 과 갈 거야?"로 말이죠. 일단 문과냐 이과냐를 나누고 나의 장래희망, 더 정확히는 성적에 맞춰 대학과 전공을 정합니다. 하지만 일생일대의 선택의 순간에도 우리는 고작 18살입니다. 100세 인생으로 쳐도 5분의 일도 채 살지 못했죠. 그리고 보통은 대학과 전공에 맞춰 앞으로의 직업까지 정해집니다. 그러니 이때의 선택은 남은 평생을 좌우하기도 합니다.

변호사가 꿈이라고 말하던 저는 성적에 맞춰 고려대학교 법학과와 서울대학교 인문대에 합격 후 서울대로 진학합니다. 입학할 때는 생각했죠. '1학년만 다니고 법학과로 전과해야지.' 부모님도 납득한 계획이었습니다.

그랬던 18살의 저는, 딱 그때만큼 더 산 36살의 지금, N잡러로 살고 있습니다. 그것도 자타공인 프로 N잡러로요. 보통 N잡러는 다양한 분야에서 활동하는 제너럴리스트로 불립니다. 한 분야에 천착하는 스페셜리스트가 아니라는 의미의 분류죠. 하지만 등장 초기에 N잡러는 프로페셔널과 대비되는 개념으로 표현되곤 했습니다. 이것저것 다하는 사람은 프로가 아니라는 인식이 있었던 탓이겠죠. 그런 'N잡러' 앞에 '프로'라니. 처음 방송에서 제게 붙여준 이 표현을 보고는 묘한 아이러니에 웃음이 나기도 했습니다. 하지만 N잡러 삶을 멋지게 잘 해내고 있다는 칭찬이라고 생각해 조금 뿌듯해지면서 이런 생각이 들었습니다.

'나처럼 살고 싶은 사람들이 있지 않을까?'

'내가 살아내고 있는 방식을 누군가는 알고 싶지 않을까?'

네이버 잡스앤 인터뷰를 시작으로 G1 꿈틀, 〈빅이슈〉와 〈월간 에세이〉 기고, KBS '누가 누가 잘하나'와 '아침마당', 그리고 '유 퀴즈 온 더 블록'까지…. 그동안 기사와 방송에서는 미처 다 풀어놓지 못했던 저의 프로 N잡러 삶을, 쑥스럽지만 최대한 솔직히 풀어내려고 합니다. 취미를 직업으로 바꾼 계기와 6잡러, 이제는 작가까지 7잡러로 살면서도 번 아웃 겪지 않고 즐겁게 달릴 수 있는 이유, 효율적인 시간 관리 방법, N잡러 삶을 유연하게 유지할 수 있는 요령 등 많은 분들이 궁금해하시는 것에 대한 저만의 답을 모두 담은 한 권이 되지 않을까 합니다.

본격적인 내용에 들어가기에 앞서 이 책을 골라주신 분들께 드리고 싶은 말씀이 있습니다.

첫 번째, 저는 누군가에게 도전을 강요하고 싶지 않습니다. 때로 저는 '도전의 아이콘'으로 표현되곤 합니다. 도전은 멋진 말이죠. 누군가 도전을 망설이고 있다면 대부분 용기를 주며 등을 밀어주곤 합니다. 하지만 아직 도전할 용기와 여유가 없는 분들께 제 이야기가 부담이 되지는 않았으면 합니다.

간혹 제가 출연한 방송 유튜브 영상에 "반성한다. 나는 뭐 했나. 자괴감 든다."와 같은 댓글이 달리곤 합니다. 이건 악플만큼이나 속상한 반응입니다. 누구나 자신의 성격과 상황과 여건이 있기 마련입니다. 도전하지 않고 현재의 상태에 안온하게 머무르는 것도 존중받아야 할 삶의 방식입니다. 저나 다른 누군가와 자기 자신을 비교하며 스스로를 탓하는 이유로 삼지 않으시기를 바랍니다. "나도 미뤄왔던 것을 해봐야겠다. 시간 관리의 중요성을 다시 한번 깨닫는다, 자극받는다, 즐거워 보인다, 나도 좋아하는 일을 하며 살아야겠다." 정도면 어떨까요? 가장 감사한 찬사이자 제 삶의 방식을 매체에 노출하는 이유이기도 합니다. 여러분께 저는 "저렇게 사는 사람도 있구나. 저렇게 살아도 괜찮구나."와 같은 하나의 가능성으로 충분합니다.

나아가 조금 욕심을 낸다면 저와 같은 혹은 비슷한 삶을 살고 싶은 분들께 방패가 될 수 있다면 좋겠습니다. 아마 아직은, N잡러에 편견이 있거나 직업으로 인정하기에는 낯설다는 어른들이 계실 것입니다. 우리의 부모님 세대의 분들은 N잡러로 살겠다는 자녀와 후배들에게 응원보다는 걱정의 말씀을 더 많이 할 것입니다. 그때 제가 좋은 본보기로, 저의 글이 여러분의 삶을 보다 설득력 있게 만들어주는 좋은 재료가 될 수 있다면 영광이겠습니다.

두 번째, 저는 조금 TMT입니다. 투 머치 토커Too Much Talker
죠. 말이 많은 편입니다. 말뿐만 아니라 매사 좀 투머치인 편입
니다. 욕심도 많고 에너지도 넘칩니다. 예를 들어 프로필 사진
을 하나 찍으면 원본 300장에 A컷 10장 고르는 것이 너무나 힘
듭니다. 30장까지는 어떻게든 추리다가 결국은 추가 결제를 하
게 됩니다. 다 좋은 것 같고 다 아까운 것만 같아서 자꾸만 정보
가 많아집니다.

이 책도 그럴 것 같아 걱정됩니다. 물론 훌륭한 편집자 분들
과 출판사에서 잘 버리고 정리해주시리라 믿습니다. 그래도 혹
여 제 욕심에 내용이 너무 많아진다면 여러분이 잘 골라서 취해
주시기를 부탁드립니다. 당신의 삶에 작은 파동이 되는 단 한
문장이라도 남는다면 그것으로 충분합니다. 사실 삶의 답은 밖
에 있지 않다고 생각합니다. 자기 안에 있죠. 다만 찾기가 어렵
다 보니 책이나 강연 등을 통해 살짝 힌트를 얻는 것이죠. 무엇
보다 다들 뻔한 걸 잘 지키는 것이야말로 가장 효과적인 삶의
방식이라는 것도 알고 있을 겁니다. 다만 실행을 안 하게 될 뿐
이니 제가, 이 책이 그런 여러분의 등을 살짝만 밀어드릴 수 있
으면 좋겠네요.

그럼 작가로서 다시 인사드리며 본문을 시작하겠습니다.

차례

여는 말:
이렇게 사는 사람도 있습니다 · 8

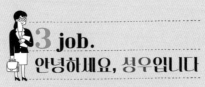

3 job.
안녕하세요, 성우입니다

4 job.
안녕하세요, 요가 강사입니다

5 job.
안녕하세요, 보이스 스피치 강사입니다

6 job.
안녕하세요, 라이브 커머스 진행자입니다

1 job.
안녕하세요,
'댄서입니다

1 Job.
＊댄서입니다

01
만화책과 보아 덕후
강원도 소녀

Start

　1987년생인 나는 아날로그와 디지털을 모두 겪어본 세대로, 다양한 문화생활을 적당히 겪으며 학창 시절을 보냈다. 국민학생 때는 H.O.T, 젝스키스, SES, 핑클이라는 1세대 아이돌의 시작을 보았고, 초등학생 때는 god 테이프를 마이마이로 듣다가, 중학생 때는 CD플레이어로 신화의 노래를 들었고, 고등학생 때는 mp3 플레이어로 동방신기의 노래를 들었다. 소매 사이로 길게 이어폰 줄을 뽑아 턱을 괸 척하며 귀에 꽂고 몰래 듣는 친친, 'MBC 친한 친구' 라디오 방송 정도가 야자 시간에 할 수 있는 딴짓의 전부였다.

점심시간이면 중학생 때는 미리 녹화해온 지난 SBS 인기가요 비디오를 틀었고, 고등학생 때는 교실 컴퓨터를 TV와 연결해서 아이돌 무대 영상이나 뮤직비디오를 틀어 보며 놀았다. 12시 무렵이면 업데이트되던 그날의 신간 만화를 검색해서 단골 도서대여점 사장님께 전화하고, 내가 좋아하는 신간을 미리 빼달라고 말씀드리고는 하교하기 무섭게 만화방으로 달려갔다. 그렇게 서너 권을 빌려 신나게 집으로 와서는 목표한 공부의 양과 질을 부지런히 채운 후 만화책과 함께 나만의 행복한 시간을 보냈다.

영화 '사토라레'와 '트루먼 쇼'가 어딘가 실존할지 모른다는 생각에 혹시 그 주인공이 나일 수도 있다고 믿으며 생각 하나도 조심했고, 한국 만화 작가로는 서문다미와 윤지운을, 일본 만화는 '최유기'와 '봉신연의'를 시작으로 왼손에 흑염룡마냥 삼장 캐릭터를 직접 그려넣고 오래 중2병을 앓기도 했다.

일요일 자율학습에 가기 전이면 KBS 드라마 '반올림'을 챙겨 보았고, 고3이었던 2005년까지도 '내 이름은 김삼순', '태릉선수촌'을 비롯해 드라마와 주말 가요 프로그램을 본방 사수하며, 여름엔 잠실주경기장까지 신화 콘서트를 보러 가기도 했다.

만화책, 아이돌, TV를 좋아하는 강원도 소녀. 약간의 특이점이 있다면 늘 전교 5등 안에 들 정도로 성적이 좋았다. 그리고 학교에서 축제가 있을 때면, 혼자 참가 신청을 하고는 무대에 올라 춤을 추었다. 항상 보아의 노래로.

아나운서, 성우로 활동하는 나를 보며 사람들은 종종 학교 다닐 때부터 축제 때마다 사회를 보곤 했냐고 묻는다. 아니, 한 번도 없었다. 하지만 혼자 겁 없이 춤은 꼬박꼬박 춘 것을 보면 어렸을 때부터 사람들 앞에 나서는 것이 무섭지는 않았던 것 같다. 두렵기는커녕 무대와 조명, 사람들의 환호를 즐기고 좋아했다. 댄스 동아리를 든 것도, 특별히 존재감이 있는 것도 아닌 애가 수련회나 학교 축제에 갑자기 나와 춤을 추고 있으니 대체 쟤는 누구냐는 궁금증과 수군거림도 당연했다. 그러다가 "쟤가 그 전교 1등이래."라는 말과 함께 관심이 커지면 짜릿하기도 했다. 비평준화 지역이었던 당시 강원도에서는 강릉, 원주, 춘천 등 각 지역의 이름을 단 고등학교들은 명문으로 손꼽혔다. 주변 지역에서 중학교를 졸업하고 입학 시험을 봐서 일종의 유학 같은 것을 간 상황이라 고등학교 초반에 나를 아는 사람은 아무도 없었다.

그렇게 튀려야 튈 수밖에 없는 상황을 만들어가며 학창 시절을 보내는 내게 어머니는 어렸을 때부터 종종 당부하셨다. "모난 돌이 정 맞는다. 나서지 마라." 관심이 소문을 만들기 마련이고, 그러다 괜히 남의 입방아에 오르내릴까 하는 걱정에 하신 말씀이었다. 학창 시절 내내 어머니, 아버지는 내게 특별히 잔소리한 적이 없다. 물론 기대가 큰 만큼 성적에 대해 엄격했던 것은 사실이다. 그때는 부모님이 무서웠고 가끔 친구들이 엄마랑 싸웠다, 아빠랑 다퉜다는 말을 하면 너무 이상했다. 부모님은 나를 혼내는 사람이지 내가 같이 싸울 수 있는 상대라고는 생각해본 적이 없었기 때문이다.

어렸을 때부터 나는 아침이면 알람을 듣고 혼자 잘 일어났고, 밤이면 제때 잘 잤다. 혼자 시간과 목표를 정해 공부와 취미 생활, 나아가 체중을 비롯한 건강까지 알아서 균형을 맞춰 조절했다. 서울대는 부모님의 꿈이기도 했지만, 나의 목표이기도 했기 때문이다. 아마 그래서 부모님께서도 만화책이든, 아이돌이든, 춤이든 나의 취미 생활을 인정하고 존중하셨던 것 같다. 다만 두 분은 변호사, 목표는 서울대 법대로 명확히 조준하셨고, 나는 그저 서울대를 목표로 법대까지 가면 좋고 그러다 사법고시에 합격하면 춤 잘 추는 변호사로 TV에 나가서 좋아하는 연예인들과 방송을 하겠다는 정도를 꿈으로 생각했다는 점이 달랐다.

학창 시절 내내 좋아했던 여러 연예인들의 정점에는 보아가 있었다. 2000년 보아의 데뷔는 내 인생에서도 큰 사건이었다. 당시에는 충격적이었던 만 14세라는 어린 나이로 한국은 물론 일본에서도 성공을 거뒀다. 춤은 물론이거니와 라이브도 뛰어났고 밝은 에너지, 똘똘한 입담과 센스로 예능에서도 활약했다. 그런 보아는 1986년생으로 나보다 고작 한 살 위였다. 대단하다는 생각과 함께 솔직히 질투가 나고 부럽기도 했다. 당시에는 인터넷이나 SNS가 발달하기 훨씬 전이라 정보의 부족으로 인해, 부정확한 가짜 뉴스가 지금과는 다른 형태로 판을 치던 시대였다. 보아 역시 온갖 루머에 시달렸다. 나 역시 선망과 시기를 함께 가진 평범한 중학교 1학년이었다.

나보다 잘난 또래에 대한 은근한 시기와 내려치기가 완전히 존경으로 바뀐 계기는 2000년대 초반 보아의 다큐멘터리를 본 후였다. 그전까지는 보아의 성공을 결과로만 대했기에 쉽게 보았고 질투했다. 그제야 성공에 이르기까지의 치열한 과정을 알게 되었다. 보아를 화려한 가면 속에서 웃기만 하는 연예인으로만 대했기에 가볍게 말했다. 하지만 그 속에는 당연히 또래 인간으로서의 고민과 자기만의 확실한 철학이 있었다. 그 다큐에서 보아가 한 말 중 하나는 지금까지도 나의 인생의 좌우명이다.

"춤은 열 배 노력하면 두 배 좋아지죠."

그전까지의 나는 두 배 노력하면 두 배 성장하길 바랐고, 때로는 열 배의 대가를 바랐다. 공부든 춤이든 나의 노력이 한 톨 한 톨 아깝고 갸륵했다. 혹은 반대로 나를 특별히 대단히 여겨서 적은 양의 투자에도 대단한 보상이 따르는 것이 당연하다고 생각했는지도 모른다. 두 배의 성장을 위해 열 배의 노력을 당연히 여기는 마음가짐이어야 단단하게 성공할 수 있다는 것을 깨달았다.

르세라핌의 'easy' 노래 가사와 마찬가지다. 다른 누군가가

하는 것은 쉬워 보여 함부로 평가하고 말을 보탠다. 하지만 당사자는 물 위의 백조처럼 수면 아래에서는 무수히 발장구를 치고 있다. 우아하고 쉽게 보이기 위해서는 더 치열하고 어렵게 연습해야 한다.

보아의 한 마디는 내가 삶에 갖는 마음가짐을 완전히 바꾸었다. 과정을 즐기고 결과를 더 잘 받아들이게 되었다. 억울하지도 않았고 아깝지도 않았다. 공부든 춤이든 열심히 할 수 있음이 감사했다. 만화책, 아이돌, 드라마를 좋아하고 보아가 인생의 롤모델이었던 강원도 소녀는, 그렇게 10대 학창 시절을 열심히 공부하고 즐겁게 춤추며 보냈고 2006년 서울대학교 인문대에 장학금과 함께 정시로 입학하며 20대를 맞이했다.

02
서울대에서
자유를 외치다

Start

강원도에서 보낸 10대에 불만은 없었다. 오히려 서울에 살았으면 주말마다 방송국 앞에 가거나 놀러 다니느라 서울대에 못 갔을지도 모른다고도 생각한다. 적어도 수많은 유혹을 뿌리치느라 꽤나 고생스러운 학창 시절을 보냈을 것은 확실하다. 딱 하나 아쉬운 점은 당시 내가 사는 곳에는 케이팝 댄스를 배울 수 있는 시설이나 학원이 하나도 없었다는 것이다. 학생들의 춤 활동은 거의 동아리에서 이루어졌고, 그때 동네 춤 동아리는 무서운 언니, 오빠들이 장악한 경우가 많았다. 때문에 나는 비디오 테이프에 녹화한 무대를 몇 번씩 돌려 보며 직접 안무를 따서 혼자 췄다. 가수들을 따라 추는 것 이상으로 성장하기는 어려웠고 당시에는 유튜브도 없어 더 넓은 세상을 학습할 수도 없었다.

2006년, 대학 입학과 함께 난곡에 있는 강원학사에 입사하여, 나의 터전도 서울이 되었다. 고등학교 때 이미 2년간 기숙사 생활을 해보았지만, 성인이 되어 부모님과 떨어져 산다는 것은 완전히 다른 이야기였다. 서울은 내게 자유의 땅이었고 서울대는 내게 날개였다. 지금만큼은 아니지만, 그때에도 대학 내 취업을 위한 치열함은 있었다. 서울대는 일반 취업 희망자만큼이나 사법고시, 외무고시, 행정고시나 회계사 등 각종 시험을 준비하는 학생도 많았다. 그러다 보니 입학과 동시에 진로를 정하고 곧바로 도서관이나 고시촌으로 들어가는 신입생도 있었다. 학창 시절 긴 공부에 대한 보상이라도 받듯 소위 놀아 재끼는 사람은 거의 없었다. 20대의 자유와 앞날에 대한 대비의 균형을 맞추며 각자 자신만의 인생의 그릇을 빚어 나갔다. 그 속에서 나는 발아래 놓인 새로운 세상을 만끽하는 데에 모든 에너지를 쏟았다. 미래에 대한 고민이나 준비 없이, '사법고시 보면 붙겠지. 3학년부터 하면 어떻게든 되겠지.' 하며 막연하게 생각할 뿐이었다.

서울, 자유, 성인. 모두를 종합해 내린 첫 번째 선택은 춤 학원이었다. 제대로 배워보고 싶어 걸스 힙합으로 유명했고 가까이 신림동에 있던 위너스 댄스 스쿨에 바로 등록했다. 6년 내내 주먹구구 혼자 춰오던 것을 몸풀기부터 아이솔레이션, 루틴, 스텝 등등 걸음마 배우듯 처음부터 하나하나 다시 정리하는 것은 엄청난 희열이었다. 내 몸에 밴 나쁜 습관은 빼고, 기존에 해오던 것을 조금씩 수정하며 제대로 된 기본기를 새롭게 배우는 과정은 너무나 즐거웠다. 무슨 일이든 혼자서만 하다 보면 이상한 버릇이 들기 쉽다. 무언가 잘못되어도 알아채지 못한 채 그대로 습관이 된다. 그래서 적어도 기초는 좋은 스승에게 차근차근 배우고 여러 학생과 함께 어우러져 익혀야 한다고 생각한다. 그래야 주변에 비추어 나 자신을 조금이라도 객관적으로 볼 수 있다. 비교가 무조건 나쁜 것이 아니다. 때로는 필요하다.

학원 내에서 하는 행사나 대회에 참가하기도 하고, 하다못해 관객으로 구경이라도 갔다. 이미 그때에도 유명했던 혜랑 쌤, 지금의 리아킴 선생님이나 허니제이가 참가하는 대회나 공연도 자주 가곤 했기에 2021년 이후 계속되고 있는 스트릿 댄서들의 인기와 활약이 더 반갑다. 그렇게 서울 생활, 캠퍼스 라이프에 춤까지 더해져 평범하면서 설레는 하루하루로 1학년은 금세 지나가 버렸다.

2007년, 2학년이 되면서 나는 인문대 안에서 전공을 결정해야 했고 입학하면서 임시 배정받은 서어서문학과에 고민 없이 그대로 지원했다. 수시 입학으로 서문과를 지정해서 들어온 친구들과 친했고, 나를 챙겨주던 선배들도 당연히 모두 서문과였기 때문이었다. 사실 지금 와서 생각하면 말도 안 되는 이유다.

나와 같은 상황에서도 국문과, 영문과 등 자신의 목표와 소신에 맞춰 전공을 선택한 동기들이 여럿 있었다. 그때 내 머릿속에 진로나 미래는 별 자리를 차지하지 못했다. 춤이 취미를 넘어 짙은 색안경이 되어 다른 것들은 보지 못하는 상태였다. 그만큼 좋아하는 춤이니, 학원에 다니며 배운 지 1년이 넘어가자 문득 이런 생각을 하게 되었다. 지금의 춤 실력이면 그렇게 좋아하는 방송 무대에서 연예인들과 함께할 수 있지 않을까?

1 Job.
*댄서입니다

03
첫 직업이 된
7년의 취미

Start

"안녕하세요, 이다슬입니다. 춤을 좋아하는 오랜 팬인데 혹시 오디션을 볼 수 있을까요?"

2007년 6월, 싸이월드 쪽지로 보낸 메시지. 나의 첫 직업인 댄서로의 첫걸음이었다.

지금은 '스트릿 우먼 파이터'를 시작으로 댄서라는 직업이 일반 대중들에게도 꽤 익숙해졌다. 한국 댄서들이 전 세계에서 얼마나 실력을 인정받고 있는지도 널리 알려졌다. 하지만 이건 최근 몇 년 사이의 일이 아니다. 내가 처음 제대로 춤을 배우기 시작한 2006년에도 이미 세계 대회에서 우승하는 한국 댄서들의 소식은 심심찮게 들려왔다. 케이팝 무대도 마찬가지다. 높은 수준의 곡과 그 곡을 소화하는 실력 있는 가수와 그들을 키우고 홍보하는 회사의 시스템과 함께, 노래의 맛을 살리는 중독성 있는 안무는 지금의 글로벌 케이팝 신드롬을 만든 주축이다.

걸스 힙합 학원에 다니고 스트릿 대회를 보러 다니면서도 나는 여전히 케이팝 무대와 아이돌을 가장 좋아했고, 새로운 노래가 나왔다 하면 빠르게 안무를 따서 따라 추기 바빴다. 대학생이 되어도 변함이 없었다. 여전히 보아의 팬이었고 갓 데뷔한 YG엔터테인먼트의 신인 그룹 빅뱅, 특히 리더인 지드래곤의 팬이었다. 더욱 반갑고 신기한 건 보아가 스무 살이 되면서 이미지 변신을 시도한 노래로 곡과 춤 모두 큰 인기였던 '마이 네임'부터 대부분의 한국 활동을 함께하는 댄스팀이 바로 '크레이지'였는데, 그때 이 팀이 빅뱅을 비롯한 YG 가수들과도 작업하고 있었다. 덕분에 나는 아이돌 덕질과 좋아하는 댄스팀 덕질을 동시에 할 수 있었다.

2007년 1학기가 끝나고 대학에서 맞는 세 번째 방학이 시작되었다. 전공으로 결정한 서어서문학과에서는 외국어 고등학교 스페인어과를 졸업한 친구들과의 격차를 느끼며 별 재미를 느끼지 못하고 있었다. 막연히 사법고시를 보는 것으로 진로의 가닥을 잡은 터라 법대의 필수 과목들을 수강하는 것 외에는 딱히 미래를 위해 당장 하는 일도 없었다. 진행하고 있던 두 개의 과외도 학생과의 사이는 물론 학부모와의 관계도 자리를 잡아 가족처럼 편하고 수월했다. 즐겁고, 자극적이고, 목표 의식을 갖게 하는 건 춤뿐이었다.

학원에서 제대로 춤을 배운 지도 1년이 조금 넘었다. 늦게 시작하고 짧게 배운 터라 감히 스트릿 댄스로 대회에 나갈 정도의 실력은 안 된다는 것은 잘 알고 있었다. 하지만 방송 댄스라면? 이미 중학교 1학년부터 매일같이 영상을 보며 안무를 땄고 따라 춰왔다. 이 정도면 나도 저 세계에 속할 수 있지 않을까. 나라고 TV를 통해서만 보란 법 있나. 이렇게 좋아하는데, 취미 활동으로만 끝내고 싶지 않았다.

검색부터 시작했다. 크레이지 댄스팀의 팬 카페에 가입했고 멤버들 한 명 한 명의 싸이월드를 찾아 팔로우했다. 그때에는 댄서 되는 법 같은 것은 아무리 검색한들 정보가 나오는 시절이 아니었다. 이정표는 없었고 길은 숨어있었다. 다행인 것은 내가 도착하고 싶은 목적지가 저 멀리 지붕 끝이나마 보인다는 것이다.

"안녕하세요, 이다슬입니다. 춤을 좋아하는 오랜 팬인데 혹시 오디션을 볼 수 있을까요?"

똑같은 메시지를 복사해 크레이지 팀의 멤버 모두에게 싸이월드 쪽지를 보냈다. 써본 적도 보내본 적도 없는 러브레터의 답장을 기다리는 기분이었다. '내 쪽지를 읽을까? 혹시 스토커나 악성 팬으로 오해하진 않을까?' 혼자만의 상상과 추측 속에 기대했다 포기하기를 몇 번 반복하다 보니 드디어 답이 왔다. 당시 팀 막내였던 멤버의 계정을 통해 온 답에는 연습실의 주소와 날짜, 시간이 적혀 있었다.

깊은 간절함이 긴장으로 이어져 실수라도 할까, 술술 풀리는 행운에 체할까, 세상은 내게 한숨 돌릴 시간을 주고 싶었나 보다. 약속시간에 맞춰 찾아간 연습실 문은 잠겨 있었다. 잠시 기다리다 연습실에서 쪽잠을 자다 나온 한 멤버를 만났다. 오늘 급하게 방송이 잡혀 오디션 약속이 있다는 것을 깜빡했다는 것이다. 팀장님을 비롯해 오디션 심사를 맡을 언니들이 부재중이니 다음에 다시 연락을 주겠다고 했다. 동경하는 팀의 연습실에 가보고, 멤버와 이야기를 나누었다는 것만으로 아쉬움보다 설렘이 컸을 정도로 좋았다. 연습할 시간을 얻었으니 다행이라고 생각했다. 덕분에 다음에는 떨림이 덜할 것 같아 오히려 고마웠다.

설렘, 기대, 감사와는 별개로 다음은 쉬 오지 않았다. 그 사이 연습실 주소도 바뀌었고 개인 쪽지는 오지 않았다. 대신 크레이지 팀 신입 공개 오디션 공지가 올라왔다. 차라리 잘됐다 싶었다. 갑작스럽게 일정이 바뀌어 헛걸음할 일도 없을 것이고 다른 지원자들을 보면 설령 오디션에서 떨어져도 혼자 볼 때보다 더 깔끔하게 승복할 수 있을 것 같았기 때문이다.

계절은 가을로 접어들고 있었다. 2007년 10월, 같은 오디션 시간에 온 또래 여성은 스무 명 정도였다. 그중 유일하게 케이팝이 아닌 느린 힙합 노래에 맞춰 주어진 1분 30초를 마무리했고 학교생활과 병행할 수 있는지 등의 간단한 질문을 받고 돌아왔다.

나의 삶의 숨 쉴 구멍이었지만, 더 잘하고 싶은 욕심에 가끔은 나를 힘들게도 만든 내 가장 오랜 취미는, 어느새 나의 직업이 되었다.

04

좋아하고
좋아하니까 좋은

1 Job.
댄서입니다

Start

주말이면 친구들과 놀러 다니거나 강원도 본가에 가던 나의 일상은 2007년 10월, 완전히 바뀌었다. 학교, 과외 아르바이트, 춤 학원. 오후 4시쯤 강의가 끝나면 바로 과외 아르바이트에 갔다가 6시까지 합정에 있는 연습실로 향했다. 아무리 그간 나의 취미를 인정하고 지원해준 부모님이어도, 직업으로서의 댄서 활동은 도무지 이해하기 어려우실 것 같아 말씀드리지 않기로 했다. 그럴 거면 바로 사법고시 준비에 돌입하는 것이 어떠냐는 답이 돌아올 것이 뻔했고, 무엇보다 두 분을 설득할 자신이 없었다. 나의 주장도 부모님의 의견도 모두 나름대로 옳다. 공방은 길어질 것이고 양쪽 모두 양보하지 않을 것이니 소모적인 말다툼이 될 것이고 아마 나는 부모님의 반대 속에서 댄서로 활동할 것이다. 부모님은 늘 걱정하고 속상해할 것이고 나 역시 죄송한 마음과 통화할 때마다 잔소리를 들을 것이다. 그런 혼자만의 계산 속에서, 가능하면 오래 들키지 말자고 마음먹고, 기존의 학교생활도 휴학 없이, 과외 아르바이트도 그대로 이어가기로 했다. 조용히 언제나와 똑같은 매일을 보내는 척했다.

하지만 그게 가능할 리가. 공식적으로 저녁 6시에 시작되는 연습은 새로운 곡 의뢰가 들어올 때면 몇 박 며칠 이어지기도 했다. 연말이면 시상식과 콘서트 준비로 밤을 지새우는 날이 허다했다. 여름에는 수많은 행사와 콘서트로, 가을은 대학을 중심으로 한 전국 각지의 축제로 연습실은 불이 꺼질 새가 없었다. 매주 금, 토, 일 이어지는 음악 방송은 당연하고, 뮤직비디오에, 때때로 광고 촬영까지. 우리에겐 정해진 근무일도 근무 시간도 없었다. 당시 연습은 페이를 받을 수 있는 근무에 포함되지 않았고, 방송·행사·촬영 등의 무대 활동마다 수당이 책정되는 시스템이었다. 가장 출연료가 큰 것은 콘서트였다. 전국 투어, 월드 투어 등 콘서트는 투자하는 시간과 노력이 큰 대신 재미와 금전적 보상이 확실했다.

이 모든 것은 2007년 무렵의 이야기다. 케이팝의 위상이 높아지고, 기획사들도 글로벌 수준으로 성장하면서 댄서를 비롯한 엔터테인먼트 업계의 상황 역시 시대에 발맞춰 나아졌다.

2010년대 중반 이후로는 댄서도 정규직으로 안정적인 지위를 보장하고, 사무직과 마찬가지로 내규에 따라 승진이 가능한 기획사도 있다. 일정 기간 근무 후에는 무대에 서기보다는 회사 내에서 연습생들을 교육하고 안무를 구성하는 퍼포먼스 디렉터로 전환한다. 우리가 스우파 등 방송을 통해 접하는 가장 익숙한 형태는 댄서 여러 명이 함께 팀을 꾸리고 학원을 운영하면서 프리랜서로 안무를 제작해 곡마다 혹은 가수에 따라 계약해 활동하는 경우다.

언제나 그렇듯 처음에는 적응하기 어려웠다. 정확히 말해서 잘 적응하고 싶어서 애쓰다 보니 어려워졌다. 내가 속한 팀은 여성 댄스팀으로 때때로 남성 댄스팀이나 혼성 댄스팀과 협업을 하곤 했다. 당시 YG에는 하이텍이라는 남성 위주의 댄스팀이 있었고, 우리는 하이텍과 주로 작업했다. 그 외에 나나스쿨이나 와와, 배윤정 팀장님이 있는 것으로 유명했던 야마 앤 핫칙스 등과도 자주 함께했다.

여중, 여고를 나왔기에 여성만으로 이루어진 팀이 특별히 어색하거나 신경 쓰이지는 않았다. 다만 휴학하지 않은 상태로 서울대에 다니면서 팀 활동하는 것을 단원들이 불편해할까 봐 겁이 났다. 최대한 일찍 왔고 입단 막내인 만큼 청소나 정리는 나서서 했다. 담당 가수인 보아, 빅뱅의 팬인 것도 사실인지라 오해를 사지 않도록 조심했다. 일하는 중에 연예인들의 사진을 찍거나, 셀카 요청, 불필요한 대화는 일절 하지 않았다. 스스로 생각해도 과할 정도였지만 그때로 돌아가더라도 똑같이 생활했을 것이다.

하지만 나의 모습을 적극적으로 남기지 않은 것은 후회됐다. 특히 '유 퀴즈 온 더 블록'의 사전 미팅에서 댄서 활동 당시의 사진이나 영상을 요청했는데 시간이 오래되기도 했고 싸이월드 복구가 되지 않아 사진을 찾을 방법이 없기도 했지만, 추억을 많이 남기지 않은 것도 아쉬웠다.

가장 아쉬움이 컸던 순간은 2008년 여름이었다. 미국에서 한국 가수들이 출연하는 큰 공연이 하나 예정되어 있었다. 이런저런 사정에 맞추다 보니, 막내인 내가 댄서로 포함되게 되었다. 성덕, 성공한 덕후가 되기 직전이었다. 그 공연에는 보아가 포함되었기 때문이다. '마이 네임', '스파크', '모토' 등 노래를 안 들어도 줄줄 출 수 있는 보아의 명곡 안무들을 처음부터 배우고 동선을 맞췄다. 급히 대사관에 가서 난생처음 미국 비자도 받았다. 미국에서! 보아랑! 무대를! 지하 연습실 천장을 뚫을 듯 부풀었던 기대와 넘치는 열정, 힘들어도 내려갈 줄 모르던 입꼬리. 하지만 이렇게 쉽게 성덕이 되게 할 수는 없다는 듯, 불행히도 공연을 코앞에 둔 시점에 해당 지역에 자연재해가 일어나면서 공연이 취소되고 말았다. 그 이후 보아와 함께할 기회는 다시 오지 않았다. 그래도 축제 무대에서 혼자 추었던 안무들을 동경하던 사람들과 함께 추었다는 것만으로 이미 나는 성공한 팬이었다.

　나는 진심이었고 함께 활동한 당시 크레이지의 멤버들은 다들 좋은 사람이었다. 나는 텃세 없이 어느새 녹아들었고 지금까지도 오랜 친구로 그들 모두와 잘 지내고 있다. 나중에 알게 되었지만, 내가 신경 쓰던 부분은 동료들도 알고 있었다. 굳이 생색내거나 먼저 말하지 않아도 나의 마음 씀을 상대가 인식하고 있다는 건 정말 큰 배려고 관심이고 감동이다. 그렇게 우리 나름의 황금기였던 2007년의 크레이지 멤버들과 2022년에는 15주년 모임을 갖기도 했다. 스무 살 남짓이었던 친구들은 긴 시간을 보내며 나름 어른이 되었다. 여전히 댄서인 사람도 있고, 해외에 거주 중인 사람도 있으며, 나처럼 다른 길을 걷는 사람도 있다. 짝을 만나 결혼한 친구들도, 아이가 있는 친구들도 있다.

　좁은 탕비실에서 밤새 타던 커피, 연습실 바닥이나 빈 단장실에서 아무렇게나 자던 쪽잠, 주말이면 하루 만에 일산부터 정선까지도 오가며 흔들리는 카니발 안에서 완벽하게 그리던 아이라인. 어리기에 잘 몰랐고 바쁘기에 지나쳤지만, 나의 첫 직업에는 가장 순수하고 반짝이는 내가 있었다. 좋아하는 사람들과 좋아하는 것을 하며 힘들어도 힘든 줄 모르던 내가 있었다. 사실 그 반짝이던 어린 열정들은 더 정당한 대우와 대가를 받았어야 옳지만, 이미 지나간 추억이 되었으니 그저 아름답게 남았다. 좋아하고, 좋아해서, 좋아하니까, 좋은 나의 인생 취미이자 첫 직업.

05
댄서에서 댄스 강사로,
다시 만난 세계

Start

2008년 가을, 짧은 1년 정도의 활동을 끝으로 나는 크레이지를 완전히 놓고 학교로 돌아왔다. 22살 3학년 막바지. 사법고시든 취업이든 더 미루자니 부모님께 할 말이 없었다. 휴학 없이 최소 학점만으로 메꾼 지난 두 학기의 타격도 꽤 컸다. 좋아하지만 춤으로 평생 먹고살 자신도 없었다. 10대에는 TV 속 아이돌의 춤을 따라 추는 정도였고, 20대에 들어서야 겨우 1년 학원에 다녔다. 안무 제작은 해본 적이 없었고 2007년 시스템이 제대로 정립되지 않은 그 시절에 막내 댄서로 받는 수입은 고작한 달에 100만 원 남짓이었다.

현실에 이길 자신도 확신도 없었다. 댄서가 정말 평생을 바칠 만큼 내 적성에 맞는 직업일까. 부모님을 설득할 의지도 부족했고, 이미 서문과 대학생과 댄서의 삶 병행은 한계에 달한 상태였다. 사실 이 모든 것은 핑계다. 그냥 비교했고 선택했다. 22살 짧은 삶의 경험을 추 삼아 내 인생을 열심히 저울질한 것이다.

2008년 2학기, 이제 수업이 끝나도 서둘러 합정으로 달려가지 않았다. 애정 없이 다니던 사이, 캠퍼스도 많이 변해있었다. 스페인어권 국가에 어학연수를 가거나 복수 전공으로 다른 학과에 가고 없는 동기들 대신 까마득한 후배들만 가득한 과방은 출입하기 어색했다. 졸업을 위한 필수 과목들을 수강하느라 몸은 바빴고, 본격적으로 사법고시를 준비해야 한다는 생각에 마음은 무거웠다. 현실이라는 추상적인 단어가 거대한 껍데기를 뒤집어쓰고 앞을 막는 것도 같고, 뒤를 쫓아오는 것도 같았다.

불과 얼마 전까지의 무대 위 열기와 조명 아래 화려함은 꿈이었나 싶었다. 매일 지난 무대 영상을 돌려보며 끄트머리에 걸리는 나의 조각을 모았다. 내가 떠난 후 크레이지의 활동을 찾아보며 혼자 기숙사 방에서 술을 마시기도 했다. 한번 그 맛을 보고 나니 그저 팬으로 동경하며 궁금하던 때보다 더 탐나고 아쉬웠다. 29살까지 한 번도 안 해보고 못 해본 연애지만, 그때의 내 모습은 영락없이 미련 남은 못난 X 그 자체였다. 첫사랑이나 마찬가지였던 내 첫 직업을 내 발로 떠났다는 사실을 받아들이는 것은 그렇게 더디고 어려웠다.

직업으로서의 춤은 끝났지만, 취미로서의 춤은 여전했다. 오랜 취미에 프로페셔널한 경력이 붙으니 이전과는 다른 형태로 더 활발해졌다. 신림동 고시촌인 녹두 거리에서 사법고시 준비를 시작하면서 곧바로 운동할 곳을 찾았다. 가깝고 저렴하며 다양한 GX 프로그램이 있는 동네 헬스클럽이었다. 프로그램 중에는 방송 댄스도 있었다. 다행히 열정적이고 좋은 선생님과 정기적으로 나오는 다양한 연령대의 회원들을 만났고 마치 한 팀이 된 것만 같았다. 다시 한번 춤 덕분에 고시 생활 내내 몸 건강과 어느 정도의 마음 건강은 지킬 수 있었다.

매주 새로운 안무를 배웠고 금요일이면 회원들과 함께 동영상을 찍어 싸이월드에 업로드했다. 마음에 드는 노래라면 예전처럼 혼자 안무를 따고 촬영해서 올리기도 했다. 감으로 맞추는 박자와 내 손발 가는 대로 방향을 잡던 주먹구구의 취미 시절과는 달리, 이제는 혼자 할 때도 카운트를 세며 박자를 맞췄고 각도 하나하나를 정확히 따졌다. 수업 전후로 내게 동작을 묻는 회원들도 조금씩 많아졌다. 익숙하지 않은 사람들을 이끌어 춤을 추고 가르치는 일은 혼자일 때나 누군가에게 배울 때보다 훨씬 깊이 연구하고 빠져들게 했다.

리즈 시절이라는 말이 있다. 잉글랜드 축구팀에서 나온 단어로, 지나간 전성기를 뜻하는 신조어다. 댄서를 포기하고 크레이지를 나온 후, 내 싸이월드는 부정적인 글과 노래들로 가득

했다. 나의 리즈 시절은 끝났고 내 인생에 다시 반짝이는 날은 오지 않을 것 같았다. 아바의 멤버인 아그네사 펠츠콕의 'I was a flower'나 위대한 개츠비의 OST인 라나 델 레이의 'young & beautiful' 같은 노래를 배경음악으로 걸어놓고 "Like a wither flower"라고 싸이월드 대문에 써놓았다. 그때는 그렇게 슬프고 진지할 수가 없었다. 지금 보면 리즈 시절이 지나기는 무슨, 시들어가는 꽃 같은 소리 하고 있다. 댄서는 내 긴 인생의 첫 직업이었고 지금도 나는 여섯 개의 직업들과 함께 작지만 나름대로 반짝이고 있다.

무대 아래는 절벽이 아니다. 조명 아래에서 벗어난다고 빛한 점 없는 어둠에 빠지는 것이 아니다. 관객석으로 이동하는 것뿐이고 극장 밖으로 나가면 눈부신 태양 아래 야외무대가 있을 수도 있다. 2012년, 사법고시를 그만두고 아나운서를 준비하며 시작된 26살의 백수 생활. 나는 댄스 강사로 일하며 용돈도 벌고 좋아하는 춤도 계속했다. 체육 전문 사이트인 다음 카페 '스포드림'에서 일시적인 대타 수업을 찾아다니며 경험을 쌓았고 어느 정도 수업 틀이 잡힌 후에는, 이력서를 만들어 댄스 강사 채용 공고를 올린 헬스클럽에 면접을 보러 다녔다. 왕십리와 종로에 고정 수업을 잡고, 군자·신촌·사당 등 시간이 날때면 서울 구석구석으로 꾸준히 대타 강사 일도 다녔다. 하루에 한두 시간씩 운동 겸 스트레스 해소도 되고, 취준생이 용돈으로 쓸 정도의 수입도 생겼다.

한밤중 베란다에 비치는 어렴풋한 그림자를 보며 혼자 TV 속 아이돌을 따라 추던 춤, 댄스 학원에서 배우던 걸스 힙합, 프로 댄서로 활동했던 크레이지 시절, 그리고 신림동 한 헬스클럽 GX룸에서 초보 분들과 함께 배우던 시간. 이 모든 경험 중 하나라도 없었다면 나는 댄스 강사로 나만의 재데뷔를 할 수 있었을까? 마흔이 가까운 지금도 나는 아이돌들의 무대를 보면 신나고 힘을 얻는다. 마음에 드는 안무를 보면 백번이고 다시 보며 며칠 안에 따고 영상을 남긴다. 댄서로 전력을 다하고 있지 않다 보니 안무 따는 속도도 스텝도 전보다 더디고 잘 잊어버리기도 한다. 그래도 나는 여전히 춤이 좋다. 2024년 지금도 나는, 댄서다.

Start

'댄서,
댄스 강사가 되려면?

❶ 필요한 자질

· 음악을 좋아하는 마음, 케이팝에 대한 사랑과 관심

· 기억력과 관찰력, 체력과 지구력, 자신만의 스타일과 개성

· 리듬감과 박자 감각, 순발력과 안무 창의력도 있으면 금상첨화

· 보통은 팀 활동이기 때문에 기본적인 친화력과 사회성은 필수

❷ 직업으로 가는 길

· 좋아하는 댄서나 댄스팀이 있다면 그들이 자체적으로 운영하는
  학원에 등록해 수강한다.

· 실력을 쌓아가다 보면 학원에서 눈에 띄어 연습생을 지나 팀 멤버
  나 강사로 선발되기도 한다.

- 기획사의 안무팀에서도 비정기적으로 공개 오디션을 진행하기도 하니 관심 있는 곳이 있다면 정보를 놓치지 않도록 한다.
- 동아리 활동이나 독학을 하며 유튜브나 SNS에 영상을 업로드하면서 대중의 픽을 받아 메이저로 진출하는 것도 가능하다.

❸ 장점과 단점

- 노래가 좋고 춤이 좋아서 댄서나 댄스 강사가 되는 경우가 많기 때문에 직업 만족도가 높다.
- 무대에 서고 춤을 출 수 있다는 것만으로 행복하고, 팀이 있다는 소속감과 함께 또 하나의 가족 같은 동료가 있다는 점이 마음의 안식처도 된다.
- 대부분 건강하고 어려 보이며 젊게 사는 편이다.
- 인플루언서나 방송인으로 진출할 수 있는 기회도 열려 있다.

- 건강과는 별개로 부상의 위험이 높다. 연습이나 무대를 꾸미는 과정에서 관절이나 근육을 다치는 경우가 잦아서 주의해야 한다.
- 수입이나 일정이 다른 직업에 비해 들쑥날쑥한 편이라 밤낮이 정해지지 않고 갑작스럽게 스케줄이 생기거나 없어질 수도 있어서 이런 불안정함에 스트레스를 받지 않는 성격이면 좋다.
- 수명이 비교적 짧을 수 있다. 1990년대를 1세대 댄서들의 시작이라고 보면 2020년대인 현재 대부분 40대에 접어들었다. 지금도 활발히 활동하며 최신 트렌드를 놓치지 않고 세계 대회에서 우승이나 입상하는 댄서들도 많지만, 모든 몸을 쓰는 직업이 그렇듯

120세 인생에 평생 직업으로 생각하기에는 아무래도 무리가 있다. 수입이 많은 20~40대 사이에 저축이나 학원 개설 등을 통해 60대 이후의 삶을 대비해두는 편이 안전하다.

❹ N잡으로서

· 각자의 선택으로 얼마든지 전업, N잡이 모두 가능하다.

· 전문 댄서라면 자신의 모든 시간과 에너지를 춤을 통한 활동에만 쏟는 경우가 대부분이다. 하지만 1세대 댄서 중에도 DJ, 광고 음악 제작을 겸업하는 사람도 있고 내가 있던 크레이지 팀도 의류 브랜드 운영을 함께 하기도 한다.

· 댄스 강사의 경우는 비슷한 운동 계열 강사 일을 동시에 하는 경우가 많다. 혹은 10~20대에 댄서였던 사람이 30대 이후 안정적인 직업을 가진 상태로 퇴근 후나 주말을 이용해 파트타임으로 케이팝 댄스 강사 일을 겸하는 경우도 많다. 실제로 2020년 이후 내가 재능공유 플랫폼을 통해 만난 세 명의 댄스 강사들이 모두 앞서 말한 경우였다.

· 안정적인 수입이 되는 직장을 가진 상태에서 취미 활동과 운동 삼아 운영 가능하다는 점에서 N잡으로서 아주 적절하다고 생각한다.

❺ 활동과 수입

· 전문 댄서라면 팀 활동을 통해 국내외의 대회에서 상금을 타거나

공연, 행사 무대, 방송 출연, 광고 촬영 등 다양한 루트를 통해 수입을 만들 수 있다.

- 케이팝 안무팀이라면 노래별, 가수별로 의뢰를 받고 안무 시안을 만들어 채택되고 함께 활동함으로써 큰 수익을 낼 수도 있다.

- 학원을 운영하는 팀이라면 수업 수당 혹은 월급을 통해 고정적인 수입이 가능하다.

- 전문 댄서의 경우 수입의 폭이 커서 기준을 말하기가 어렵다.

- 댄스 강사라면 먼저 학원이나 헬스 클럽, GX룸이나 운동 센터의 강사로 소속되어 정기적인 수업을 맡는 것이 먼저다. 더불어 재능 공유 플랫폼을 통해 단체 혹은 개인 레슨으로 수입을 만든다. 재능 공유 플랫폼에서 직접 신청자를 받아 수업을 꾸릴 때는 수업료를 본인이 책정할 수 있다. 2024년 현재, 개인 레슨의 경우 보통 시간당 5~10만 원 선, 단체 수업의 경우 두 시간 수업을 기준으로 1인당 1만 5천 원~3만 원 사이를 받고 한 반에 5~10명을 꾸려 한 수업당 15~30만 원 정도 받는 경우가 대부분이다. 여기에 플랫폼 수수료 약 30%와 연습실 이용료가 비용으로 든다. 자신이 하루에 몇 개, 일주일에 몇 번의 수업을 만들고 꾸리느냐에 따라 수입이 달라진다.

2 job.
안녕하세요,
아나운서입니다

01
인생 첫 실패,
가장 괴롭고도 잘한

Start

2009년부터 나의 직업은 다시 학생이 되었다. 나의 고민과 선택으로 댄서팀을 그만두고 사법고시 공부를 시작했다. 학교에 적을 두고 졸업 필수 과목을 들으며 신림동 고시촌으로 불리는 녹두 거리의 사법고시 학원을 찾았다. 목표는 3년, 적어도 두 번째 보는 1차에서는 합격할 것이라고 믿었다. 시간을 아끼기 위해 강원학사에서 나와 학원과 가까운 곳에서 자취를 시작했다. 거실을 공유하는 네 개의 방에 여덟 명이 한 호실이었던 강원학사. 6년 동안 정들었던, 왁자지껄하던 단체 생활이 끝나고 오랜만에 혼자가 되었다. 처음 외로움을 느꼈고 그것이 사람을 얼마나 나약하고 힘들게 하는지 깨달았다.

결과적으로 나는 실패했다. 2011년에 두 번째로 응시한 1차에서도 몇 과목의 점수 미달로 낙방했다. 계획은 이루어지지 못했고, 다시 선택의 길에 섰다. 마침 사법고시 폐지 이야기가 한창 나오던 때이기도 했다. 간단한 양자택일이다. 계속할 것인가, 그만둘 것인가. 계속하는 이유는 대부분 '아까워서'다. 지금까지 공부한 시간과 들인 비용, 그간의 노력이 아까워서. 그리고 지난 시간은 '청춘'으로 치환된다. 가장 활동적인 20대 중반의 3년 가까운 시간을 학원과 자취방에서 보냈다. 여행은 고사하고 명절이나 크리스마스 같은 공휴일도 항상 혼자였다. 매일가는 헬스클럽 외에는, 사람들을 만나거나 술자리를 갖는 것도자제했다. 혹시 놀게 되더라도 죄짓고 있는 것마냥 마음이 늘불편했다.

그만둬야 할 이유도 명확했다. 과정이 부끄러웠다. 최선을다하지 않았다. 이 공부가 즐겁지 않았고 딴생각을 했다. '방송을 많이 하는 유명 변호사가 되어야지', '사법고시 1차만 합격해도 뭘 하든 주목받지 않을까?' 등등 제사보다는 젯밥에만 관심이 많았다. 김치는 제대로 담그지도 않으면서 김장이 끝나면 먹을 수육 생각만 하고 앉았던 꼴이다. 그러니 합격할 리가. 계속할 자격도, 계속했을 때 합격할 자신도 없었다. 무엇보다 합격한 후 법조인으로 살아가는 내가 상상이 가지 않았다. 시간과청춘과 비용, 그리고 나름 열심히 공부했던 책과 노트들은 아까웠지만, 그간의 내 노력이 아깝다고는 차마 말할 수 없었다.

나에게 사법고시는 우물을 파는 것 같았다. 같은 시험이라도 수능은 터널을 파는 작업이었다. 우물은 물이 나와야 성공이다. 물이 나온다는 보장은 없고, 포기하려면 그간 내가 깊이 파고들었던 구멍 밖으로 기어나가는 것뿐이다. 포기하는 데에도 굉장한 에너지가 든다. 반면 터널은 아무리 캄캄하든, 길든, 좁든 어쨌든 출구가 있다. 출구 밖 세상이 기대와 다를 수도 있고 길을 잘못 들어 엉뚱한 곳으로 나갈 수도 있다. 방법이 틀린 탓에 남들보다 오래 뚫는다고 해도 어쨌든 저 너머의 빛을 향해 나아간다. 탈출이 보장된다. 다만, 목적지에 도착하기까지 여러 개의 터널을 겪을 수는 있다. 터널 대부분은 칠흑같이 캄캄하고 하염없이 길게 느껴질 것이다. 하지만 또 어떤 것들은 예쁜 벽화가 있거나 조명이 잔뜩 달려 밝고 넓을 수도 있다. 인생의 터널도 마찬가지 아닐까.

나는 의외로 울보다. 드라마, 소설 등 허구의 이야기부터 다른 사람의 실화, 동물들의 사연까지 온갖 것에 쉽게 운다. 이걸 특기 삼아 성우 시험장에서 활용하기도 했다. 무슨 일에든 과몰입하는데다 잘 헤어나오지도 못하고 남의 일에도 내 일처럼 스트레스를 받는다. 어렸을 때부터 부모님의 사소한 말다툼에도 크게 상처받았고, 자라면서 흔히 겪는 친구들과의 자잘한 말싸움에도 오래 불편해했다. 그런 내게 법조인은 적성에 맞지 않는 직업이었을 것이다.

공부해봤기에 알았고, 떨어져봤기에 포기할 수 있었다. 그리고 포기시킬 수 있었다. 나의 부모님을. "저는 안 돼요. 그리고 하고 싶지 않아요." 20년 가까이 해오신 오랜 기대에 내 입으로 종지부를 찍었다. 그간 나는 내가 원하면 무엇이든지 다 이룰 수 있다고 믿었다. 100점짜리 시험지, 1등 성적표, 그리고 서울대까지, 무언가 갖고 싶으면 내 노력으로 결국엔 가졌다. 혼자 취미로 하던 춤으로 내가 좋아하는 가수와 함께 무대에 서는 것까지 해냈다. 내게 없는 것은 그것에 대한 의욕이 없어서일 뿐이라고 믿었다. 아니었다. 주어진 환경이 좋았고 타이밍이 맞았고 운이 좋은 와중에 내 노력이 한 숟가락 더해진 것뿐이었는데 그걸 까맣게 몰랐다.

내 인생 가장 괴로웠지만 가장 잘한 일인, 귀한 첫 실패. 살면서 가장 아까운 시간이면서도 가장 현명했던 선택. 일단 뛰어들어 경험했고 틀렸다는 것을 깨달았을 때, 더 늦기 전에 깔끔하게 포기했다. 지금은 알지만, 그때는 몰랐다. 그때는 내가 너무 한심했고 부끄러웠고 죄송했다. 지금은, 그때의 내가 눈물 나게 기특하다. 그때의 실패가 너무나 고맙다.

2 Job.
*아나운서입니다

02
26살,
진짜 나의 꿈을 찾아서

Start

비웠으니 채울 차례다. 어렸을 때부터 "꿈이 뭐니?"라는 질문에 부모님과 선생님을 비롯한 주변 어른들의 기대에 맞춰 늘 변호사라고 말해왔다. 그렇게 동경하고 좋아하는 댄서로 활동할 때도 내 미래 모습은 법조인이라고 생각했다. 사회가 우선으로 여기는 가치인 안정적인 직장, 넉넉한 수입, 주변의 시선 등을 나 역시 가장 중요하게 생각했다. N잡러라는 단어조차 없었거니와 나는 상상조차 안 해본 개념이었다. 6살 무렵부터 26살까지 20년 가까이 주입된 나의 꿈을 3년여의 도전과 경험 끝에 겨우 떠나보냈다.

그런데 막상, 그 오랜 주입식 꿈을 떠나보낸 자리를 무엇으로 채워야 할지 막막했다. 8학기 재학에 5학기 휴학, 여름 계절학기까지 다 써서 대학교에 다닐 수 있는 학사 기간도 얼마 남지 않은 상태였다. 그 말은, 1년 후면 학생이라는 수식어마저 붙일 수 없게 된다는 뜻이었다.

아무 대안 없이 좋아하는 춤으로 하는 댄서도, 잘하던 공부로 하는 사법고시도 그만둔 25살. 앞으로 무엇으로 먹고살 것인지, 나의 진짜 꿈 찾기가 그제야 시작된 것이다.

아버지는 이왕 법 공부를 시작한 김에 막 생기기 시작한 로스쿨에 진학하기를 바라셨다. 아니, 내가 당연히 그 길을 갈 것이라고 믿으셨다. 사법고시를 그만두겠다는 폭탄선언에 이어 두 번째 폭탄을 날려야 할 때였다. 그간 두 분 몰래 YG를 비롯한 대형 기획사에서 댄서로 방송 활동을 해왔노라고. 방송이 법보다 좋고 적성에 맞아서, 이제 법 공부를 하는 일은 없을 것이라고.

아버지는 많이 충격받고 서운한 마음에 한동안 나와 연락을 하지 않으셨다. 단순히 당신 뜻대로 내가 살아주지 않아서가 아니었다. 믿고 예뻐하던 딸내미가 그동안 본심을 숨기고 아버지를 속인 것에 대한 충격이었다. 반면 어머니는 강했다. 나의 고백을 듣고는 충격도 잠시, 나의 비어버린 미래를 함께 고민해주셨다. 사실 그때 나의 고백은 어리고 어리석었다. 뭔가 이뤄놓은 것도 없거니와 그래서 어떻게 살 것인지에 대한 방법도 마련해놓지 않은 채 그저 이건 좋다, 저건 싫다만 질러버렸으니 말이다. 정말 대책 없었다.

"연기를 배운 것도 아니고, 이제 와서 아이돌 연습생을 할 수 있는 것도 아닐 텐데, 무턱대고 방송하고 싶다고 하니 뭐가 가능하겠니?"

뼈를 때리는 어머니의 명확한 질문이었다. 대체 나는 무엇이 하고 싶고, 무엇을 할 수 있을까. PD, 작가, 기자 그리고 아나운서 등등⋯ 방송계에도 다양한 직업이 있다. 나는 제작자보다는 출연자로서 카메라나 마이크 앞에 서는 일을 하고 싶었고, 사람들 앞에서 떨지 않고 말하는 것은 잘할 수 있었다.

"그래? 그러면 아나운서가 어떻겠니?"

어머니께서 말씀하시기 전까지 아나운서를 나의 직업으로 떠올리지 못한 이유는, 목소리가 좋다는 칭찬을 받은 적도, 스스로 그렇게 생각해본 적도 없다는 것이 가장 컸다. 그리고 그때까지 내게 아나운서라는 직업은 정적이고 딱딱한 이미지가 강했다. 그렇기에 나와는 어울리지 않는다고 단정했다.

다행히 그맘때는 전현무, 강수정 선배님들을 필두로 아나테이너가 등장하기 시작한 시점이었다. 각종 예능에서 아나운서들이 자신만의 끼로 애드립부터 몸개그까지 선보이며 기존의 고정적인 이미지에서 탈피해 어떤 연예인보다도 주목받곤 했다. 뉴스룸에서는 지적으로, 예능에서는 망가지는 것을 두려워하지 않는 밝은 에너지로, 다양한 모습을 보여주는 아나운서들의 활약을 찾아보며 그제야 아나운서가 되고 싶다는 열망이 싹

트기 시작했다.

2012년 8월, 나는 13학기 만에 길고 긴 서울대학교 학사 생활에 마침표를 찍었다. 학생 신분이 끝나고 취준생 신분이 시작됐다. 당시 가장 큰 규모였던 신촌의 아나운서 학원에 상담을 갔다. 한국 나이 26살. 아나운서는 많은 여학생들이 선망하는 직업 중 하나다. 그래서 대학교 입학 무렵부터 아나운서 느낌으로 자신을 꾸미고 그에 맞는 말 습관과 애티튜드로 꿈을 이루기 위해 일찍부터 노력한다. 23살이면 전문 학원에 다니다가 졸업 즈음부터 시험을 보러 다니고 26살이면 어딘가에 합격하는 것이 90% 이상이었다. 심지어 2012년에는 장예원 아나운서가 23살이라는 어린 나이에 SBS에 합격하면서 합격 연령은 점점 더 낮아질 것이라는 말이 돌던 때였다. 내가 봐도 누가 봐도 26살은 늦은 시작이었다.

학원의 상담 선생님은 "괜찮다. 지금부터 남들 두 배로 노력하면 된다."라며 당장 준비를 시작하자고 했다. 하지만 불안함과 열등감은 내 마음을 배배 꼬아놓았다. '진짜 내가 될 거라고는 믿지도 않으면서 그냥 수강생을 늘리려고 하는 무책임한 희망 고문이 아닐까' 하고 생각하기도 했다.

선생님은 작년 지역 MBC에 28살 합격생을 냈으니 나에게도 가능성이 있다며 독려했다. 진짜일까 싶었던 선배 합격생은, 곧 만날 수 있었다. 이제는 나의 가장 친한 언니가 된, 나의 MBC 강원영동 사수가 바로 그 주인공이었던 것이다.

살면서 그때만큼 나를 못 믿었던 때가 없다. 할 수 있을까? 어울릴까? 될 수 있을까? 끊임없는 의심과 걱정 속에서 아나운서가 되기 위한 첫발을 내디뎠다. 늦었다 해도 어쩔 수 없다. 이 악물고 뛰어 따라잡을 수밖에. 그때의 나는 어학연수도, 인턴십도, 공모전도, 수상 경력도, 자격증도, 석사 학위도 없이, 취업 시장에 무기가 될 만한 건 아무것도 없이 투구 하나 덜렁 쓰고 서 있는, 그냥 인간 이다슬이었다.

2 Job.
+아나운서입니다

03

안녕, 나야?
처음 만난 나의 소리,
나의 표정

Start

나는 멀리서 찍은 사진을 좋아하고, 거울도 크게 멀리서 보곤 한다. 확대된 내 모습을 보거나 내 얼굴을 가까이 들여다보는 것이 어색했다. 얼굴도 그렇지만 목소리는 더 낯설었다. 살면서 녹음된 내 목소리를 들어볼 일이 없었다. 힘없고 얇게 떨리는 편이라고 막연히 생각했을 뿐이다. 목소리에 대해 고민해본 적도 고민할 계기도 없었기에 불편함이나 개선할 필요는 모르고 살았다. 앞으로도 그럴 줄 알았다. 노래를 잘 부르지 못하는 것이 아쉬웠지만, 춤으로 만족했고 가수를 할 것도 아닌데 좀 못하면 어떠냐고 여기고 말았다.

그러던 내가, 이제는 목소리와 클로즈업된 얼굴이 중요한 직업을 꿈으로 삼았다. 말이 하나의 완성된 요리라면 목소리는 재료다. 아무리 대단한 셰프가 비장의 레시피로 조리한들, 재료가 신선하지 않다면 맛있는 요리를 완성하기는 어렵다. 여기에 클로즈업된 얼굴, 더 정확히 말해 표정은 일종의 플레이팅이다. 맛있는 요리도 먹음직스럽게 담아내지 않는다면 손이 가지 않을 것이고 고객의 선택을 받기 어렵다.

사람의 현재 상태는 세 가지로 이루어진다. 성격, 습관 그리고 생각이다.

말, 표정, 자세, 태도 등 사람의 지금 모습은 성격의 영향을 가장 많이 받는다. 성격은 타고나거나 어릴 적에 형성된다. 자라면서 몸에 밴 습관에 따라 다듬어지고, 그때그때 떠올리는 생각에 따라 표현된다. 소심한 사람의 목소리는 남보다 작을 것이다. 평소 삐딱하게 앉는 습관이 있다면 자세는 구부정할 것이고 별로라고 생각하고 있다면 표정이나 눈빛도 퉁명스러울 것이다. 당찬 사람이라면 어깨와 가슴을 쫙 펴고 다닐 것이다. 남의 눈치를 안 보는 습관이 들었다면 장소를 불문하고 목소리는 클 것이며 내가 최고라고 생각한다면 표정이나 눈빛도 늘 강하고 당당할 것이다.

생각도 습관도 성격도, 모두 오랜 시간 동안 부지불식간에 쌓여온 것이라 마음에 들지 않는다고 해도 당장 바꾸기가 어렵다. 자꾸만 평소 하던 대로 돌아가 버리고 만다. 남을 바꾸는 것도 어렵지만, 나를 바꾸는 것도 쉽지 않다. 나 또한 아나운서 학원에 등록하고 초반에는 26년 동안 신경 쓰지 않고 버려두었던 나의 목소리와 표정, 자세를 살피고 고치느라 애를 먹었다. 춤과는 같은 듯 달랐다. 처음 제대로 들여다본 나의 소리와 얼굴은 타인의 그것만큼이나 낯설었다. 고개는 자꾸 한쪽으로 기울었고, 거북목이어서 몸은 앞으로 쏟아졌다. 눈은 쉴 새 없이 깜빡거렸고 입술은 얇고 어색하게 움직였다. 호흡이 불안하니 톤은 높아지고, 소화할 수 있는 문장의 길이가 짧아 끊어 읽기가 이상할 때도 많았다.

'안녕, 나야? 신경 쓰지 않은 새에 너 이런 상태로 살고 있었구나.'

달라져야 한다. 남들보다 늦은 시작인 만큼 남들의 배로 노력해야 한다는 말은 곧, 누구보다 빨리 나를 방송국에 합격할 수 있는 상태로 만들어야 한다는 뜻이다. 소리도 얼굴도. 이를 위해 자신을 관찰하고 모니터하며 교정하는 과정은 꼭 필요하다. 아나운서는 물론 성우, 배우, 가수, 기자, 쇼호스트와 유튜버를 비롯한 1인 방송 진행자까지, 화면에 비추는 직업을 가진 사람이라면 자신의 목소리와 표정, 자세나 제스처 등을 살피고 수정하는 작업은 필수다. 그래야 보기에 호감이 가고, 듣기에 신뢰감이 들기 때문이다.

다행인 것은, 첫째로 댄서 생활 덕분에 익숙해져서인지 나의 모습을 모니터하는 것이 재밌었다. 지금도 나는 클로즈업 사진이나 거울을 가까이 보는 것은 꺼리지만 녹음 속, 영상 속의 나는 달랐다. 괜찮았다. 지금도 나는 내 출연 영상이나 오디오를 몇 번이고 모니터한다. 나의 유 퀴즈 출연 영상 유튜브 조회수 중 천 개 정도는 내가 올렸지 싶다.

둘째로 부족한 나를 인정하고 주변의 지적을 받아들이는 유연성이 꽤 좋았다. 10년 차가 된 지금도 나는 어떤 현장에서든 웬만하면 PD님을 비롯한 외부의 피드백이나 디렉팅을 군말 없이 바로 반영하는 편이다. 변명하거나 이유를 말로 부연 설명하는 일은 드물다.

마지막으로 단점은 물론 그 단점이 발생하는 이유, 수정 방향과 방법을 빠르게 찾아내는 편이다. 누구에게나 지적은 참 쉽다. "어색해. 딱딱해. 부자연스러워."와 같은 추상적인 표현으로 단점을 집어내는 일은 다들 잘한다. 문제는 지적에서 끝난다는 것이다. 왜 어색한지 어째서 부자연스러운지 원인 분석도 없고, 어떻게 해야 부드럽고 무엇을 연습하면 자연스러워지는지 해결 방법도 없는 경우가 대부분이다. 최악의 상대는 이걸 물었을 때, "그건 네가 찾아야지."라고 답한다. 그걸 이미 알고 있거나 혼자서도 찾을 수 있다면 이 자리에 함께 있을 이유도 없는데 말이다.

비단 방송인만이 아니다. 인간은 사회적 동물이라고 하지 않은가. 사람은 다른 사람과 커뮤니케이션, 소통하며 살아가기에 스피치 능력이 좋으면 삶의 많은 부분이 편해진다. 그러려면 자신의 상태를 진단하고 개선 과정을 지켜보는 모니터링이 필수인데, 많은 사람이 이것을 가장 싫어하고 하지 않는다. 부족한 내 모습을 직관하는 것이 두려운 것이다. '본다고 한들 무엇이 달라질까. 선생님과 함께하는 시간에 선생님이 알려준 대로 연습하다 보면 어느 순간 개선되겠지. 그렇게 마지막에 완성된 마음에 드는 내 모습만 볼래.' 나이와 성별과 직업을 불문하고 내가 만난 학생 대부분이 그랬다.

아니다. 직접 보고 듣지 않으면 무엇이 문제인지 절대 깨닫지 못한다. 계속 하던 대로 하고, 살던 대로 살 것이다.

26년 만에 제대로 들여다본 나의 소리, 나의 얼굴. 부족하기에 나아질 것이 기대됐고, 나를 알아가는 것이 흥미로웠다. 조금씩 바뀌어가는 나와 동료들의 모습이 신기했다. 26년 만에 찾은 것은 꿈만이 아니었다. 진짜 나였다.

04
플랜 B, 신이 계획하는 숨 쉴 구멍

Start

현실은 드라마와 다르다. 어렵게 꿈과 적성을 찾았다고 해서 갑자기 인생이 원하는 대로 흘러가진 않는다. 아나운서 학원에 다닐 때는 정해진 일정과 주어진 진도가 있었고 함께하는 동료들과 선생님이 있었다. 차근차근 따라갈 짜인 스케줄이 있다 보니 다른 생각이 스며들 새가 없었다. 미래에 대한 괜한 불안이나 작은 희망을 털어놓고 나눌 비슷한 처지의 사람들이 있었다. 학원은 적어도 마음 기대고 쉴 수 있는 새장이 되어줬다. 그런 허상 같은 도피처라도 다닐 장소가 있고 배울 내용이 있는 생활은 감사했다. 그것도 잠시, 3개월의 수강 기간이 끝나자 완전한 취준 생활이 시작되었다.

신촌에서 기자 스터디, 강남에서 아나운서 스터디 등 여기저기 다양한 스터디 모임을 찾아다녔다. 아나운서 시험이 있는 곳이라면 전주, 부산, 울산, 춘천 등 전국 방방곡곡 부지런히 돌아다녔다. 아무리 성실하게 생활한다 해도 아나운서 시험 준비만으로 24시간, 일주일, 1년을 보내기에 하루는 길었다. 불안과 함께 곧잘 나쁜 생각이 스며들곤 했다.

어느새 해가 바뀌어 2013년, 27살이 되었다. 나이를 먹어가는데 이룬 것이 없다는 생각에 새해가 전혀 반갑지 않았다. 어디든 좋으니 빨리 출근하고 싶은 마음뿐이었다. 넘치는 간절함 속에 여유는 없어졌고 생각도 눈빛도 꽤 독해졌던 것 같다. 누군가의 아나운서 합격 소식이 들리면 나와 비교하며 부러워하거나 억울해했다. 한 달에 한두 번 있을까 말까 한 아나운서 시험 정보를 찾다가, 경력직만 뽑는다는 공고를 읽으면 분통이 터지기도 했다. 신입은 대체 어디서 경력을 쌓으라는 말이냐. 아나운서를 포함한 취준생들 사이에 종종 나오는 이야기다. 경력직 신입을 선호하는 건 속상하지만 어느 분야에나 종종 있는 현상이다.

급기야 2013년에는 서류에서 탈락하는 일도 몇 번 있었다. 나이 때문일까, 나이에 걸맞지 않은 부족한 삶의 이력 때문일까, 사진이 별로였나, 자기소개서가 어설펐나, 답을 찾을 수 없는 뾰족한 물음표만 내 안에 던지는 날이 많아졌다. 어렵게 찾은 길인데 계속 갈 수 있을까 하는 의심과 걱정이 얽히고설켜 덩굴이 되어 앞을 가로막는 것 같았다.

그러던 중, 한 스터디 모임을 함께 하던 동생이 자신의 대학 은사인 아나운서 선배님 한 분을 만나러 가는데 같이 가지 않겠냐고 물었다. 그 친구가 말한 교수님은 나도 존경하는 아나운서였고 감사히 동행하게 되었다. KBS 로비 카페에서 만난 아나운서님은 감기에 걸려 좋지 않은 컨디션임에도 라디오 뉴스를 진행한 뒤 짬을 내주셨고, 우리와의 약속과 대화에도 성심껏 임해주셨다.

나의 나이, 상황, 속내를 들은 아나운서님은 플랜 B라는 단어를 꺼냈다. 간절함이 눈에 너무 보이면 상대에게는 부담스럽게 느껴질 수 있다. 이렇게 아나운서라는 꿈만 붙잡고 있다가 때를 놓쳐버리면, 돌아가고 싶어도 다른 샛길마저 이미 다 사라져 있을 수 있다. 그러니 취업이든 다른 시험이든 플랜 B를 꼭 같이 준비했으면 좋겠다. 그러다 보면 여유와 자신감을 찾고, 아나운서 시험에서 더 좋은 모습을 보여줄지도 모를 일이다.

포기하지 말고 열심히 하다 보면 잘될 거라든가 가망 없어 보이니 당장 포기하라는 것이 아니라, 플랜 B와 함께 여건이 허락되는 한 병행해보라는 현직 아나운서의 조언은 신선하고 현실적이었다. 생각을 안 해본 것은 아니다. 하지만 그래도 될까, 늦은 시작에 남들보다 더 몰입하지는 못할망정 합격만 늦추는 건 아닐까 하는 괜한 자기 검열 때문에 차마 하지 못한 것이었다. 그랬다가는 마치 양다리라도 걸치는 사람처럼 괘씸해서라도 더 세상이 나를 떨어뜨릴 것 같았다.

간절함은 사실 나에게나 유의미하지, 남에게는 부담이었을 것이다. 밝은 척, 자신 있는 척, 당당한 척, 나를 사랑하는 척해도 사실 속은 너덜너덜하다는 것이 심사위원들 눈에는 뻔히 보였을 것이다. 내가 봐도 영상 속 나는 시들어 있는데, 어느 면접관이라고 나를 뽑고 싶을까.

마침 실력도 시험에 대한 경험도 쌓여가던 차였는지, 플랜 B로 취업 준비를 함께 시작하고 얼마 지나지 않은 2013년 11월, 경험 삼아 본 KBS 39시 성우 공채에서 덜컥 최종까지 갔다. 소리에 대한 자신감이 붙자 자존감도 높아지면서, 제대로 성우 학원에 다녀볼까 하는 플랜 C까지 세울 수 있었다. 그리고 2014년 3월. 혹여 불합격할까 두려워 차마 부모님께 알리지도 못하고 몰래 다녀간 삼척 MBC의 시험을 본 지 일주일 후, 아나운서로서 최종 합격 연락을 받았다.

"플랜 A는 나의 계획이고, 플랜 B는 신의 계획이다."

류시화 시인의 에세이 《내가 생각한 인생이 아니야》에 있는 문구다. 직진으로 빠르게 가는 길 없이 돌아가는 길투성이의 인생에서 우리는 뜻대로 되지 않는 일을 무수히 겪는다. 매번 스트레스를 받다가는 기나긴 삶을 견뎌낼 수 없을 것이다. 그리고 살다보면 플랜 A보다 플랜 B가 더 좋을 때도 겪게 된다. 류시화 시인은 말한다. 당연히 플랜 B가 더 좋을 수밖에 없다고. 그것은 나를 넘어선 신의 계획이니까.

드라마 '정신병동에도 아침이 와요' 중에 '숨 쉴 구멍'이라는 소제목의 에피소드가 있다. 나는 언제나 숨 쉴 구멍을 만들어 둔다. 때로는 그 구멍이 커지고 커져 도망갈 구멍이 되기도 한다. 배수진을 치는 마음으로 이것 아니면 안 된다는 절박함에 자신을 올인하는 것은 정말 존경스러운 자세다. 하지만 그만큼 실패했을 때는 감당하기 어렵다. 자신이 파놓은 수렁에 빠지고 만다. 나약한 인간인 나는 그래서 늘 숨 쉴 구멍, 도망갈 구멍, 플랜 B와 플랜 C를 생각하며 산다. 지금의 내가 대비할 수 있는 최대한으로 야무지게 플랜 B를 짜는 나는, 그 순간 나만의 작은 신이 된 걸지도 모른다. 길고 어두운 터널을 지나며 아무리 걸어도 빛이 보이지 않을 때, 이건 사실 기약 없이 파고드는 우물이 아니었을까, 다시 돌아서 나갈까 하던 순간 이루어진 선배 아나운서와의 만남이 없었다면 나는 방송인으로 살지 못했을지도 모른다. 아니, 어쩌면 지금 N잡러인 나도 없지 않았을까.

05

28살의 취업 성공,
방송인 삶의 시작

2 Job.
아나운서입니다

Start

2014년 3월 14일 금요일. 지금 이 글을 쓰고 있는 오늘로부터 정확히 10년 전, 집 근처 단골 5천 원짜리 순댓국집에서 대낮부터 소주 한 병에 만화책을 보며 점심을 먹던 나는 033으로 시작되는 번호의 전화를 받았다.

"안녕하세요, 이다슬 씨죠? 삼척 MBC 아나운서 시험에 최종 합격하셨습니다. 당장 다음 주 월요일부터 출근 가능할까요?"

"네, 감사합니다. 물론이죠. 월요일에 뵙겠습니다."

상대는 내가 침착하다고 느꼈을지도 모른다. 그때 처음 알았다. 사람이 너무 놀라고 믿어지지 않으면 오히려 극적으로 차분해진다는 것을. 떨리는 손으로 일단 어머니께 합격 소식을 알렸다. 친구분들과 점심 모임 중이시던 어머니는 소리 내어 우셨다. 덩달아 울음이 잔뜩 차오른 채로 아버지께 전화를 걸었다. 사법고시에 이어 로스쿨에도 뜻이 없다는 것을 전한 후로 아버지와는 조금 소원한 상태였다. 그 기간이 무려 1년 반, 매번 아쉽고 죄송한 이야기만 하다가 드디어 합격이라는 단어를 전하게 된 것이 뭐랄까, 이상했다. 서울대 합격 이후 9년 만에 드리는 좋은 소식이었다.

말을 더듬는 아버지를 처음 봤다.

"어… 어? 아, 그래, 삼척 MBC? 집에서 다닐 수 있어? 야… 어, 그렇구나, 잘됐다. 잘했다, 잘했어. 어, 어떻게? 내가 지금 가서 짐을 같이 갖고 내려오면 되나?"

당황과 기쁨이 고스란히 전해져, 그간의 미안함과 감사함이 복받쳐 눌렀던 울음이 터지고 말았다. 친구들 누구와도 인사를 나누지 못한 채, 그날 밤 부랴부랴 짐을 싸서는 다음 날 바로 강원도 부모님 댁으로 왔다. 2006년 3월, 대학 진학을 위해 집을 떠난 지 꼭 8년 만의 컴백이었다.

28살. 아나운서 데뷔로는 늦은 나이. 그래도 이 이상 미뤄지지 않은 것만으로 천만다행인 숫자였다. 3월 중순의 꽃이 피기 시작하는 봄날이라는 것도 새로운 시작을 맞이하기에 딱이라 행복했다. 심지어 첫 합격이 다름 아닌 고향의 방송국이라니. 부모님께서 딸의 출퇴근과 방송을 매일 TV와 라디오에서 보고

들을 수 있는 직장이라는 것이 신기하고 감사했다.

내가 일하던 무렵 지역 방송사의 아나운서, 특히 여성 아나운서는 80% 이상 2년 계약직이었다. 지역에서 정규직 여성 아나운서는 손에 꼽을 정도로 드물었다. 지역사의 상황에 따라 1년 단위로 계약을 연장하고는 했는데, 이 경우 2016년 무렵부터 대부분 정규직으로 전환되거나, 혹은 프리랜서로 형태를 전환해 퇴사 후에도 프로그램을 개별로 계약해 진행자를 유지하기도 했다. 지역 MBC는 한두 명의 정규직 남성 아나운서와 두세 명의 계약직 여성 아나운서, 그리고 MC, 리포터, DJ 등 프리랜서를 고용해 자체 제작 프로그램들을 꾸리는 형태가 보통이었다. 지역사의 자체 프로그램은 적은 듯해도 꽤 많았다. 2014년 무렵 이미 지역 방송사의 재정적 위기는 큰 화두였다. 그렇다 보니 프로그램을 만들 때 제작진이 가장 신경 쓰는 부분은 적은 예산으로 최대한 좋은 결과물을 만드는 것이었다.

나는 삼척 MBC의 2년 계약직 아나운서로 입사해 회사가 제작하는 다양한 콘텐츠에 출연했다. TV와 라디오에서 뉴스, 토크쇼, 예능, 매거진 프로그램에 지역 행사까지 DJ, MC, 리포터이자 내레이션과 지역 광고 스팟을 녹음하는 성우이기도 했다. 방송국은 방송을 업으로 할 뿐이지 다른 직장과 마찬가지로 하나의 회사이기에 서류 작업 등 회사원다운 일도 했다. 직원으로서 자신이 진행하는 프로그램 하나하나를 넘어 회사를 생각하며 일하는 마음가짐이 필요했다. 앞서 말했듯 가장 중요한 포인트는 바로 예산이었다. 적은 비용 덕분에 한 사람 한 사람은 일당백이 되었다. 대표적으로 '아나듀서'가 있다. 아나운서와 프로듀서의 합성어로 프로그램의 제작과 진행을 함께 하는 사람을 일컫는데, 라디오 쪽에 많다. 평화방송은 아예 아나듀서 직군을 따로 선발하기도 하는데 나 역시 아나듀서였다.

본사에서는 전현무 씨가 진행하는 아침 라디오 프로그램 '굿모닝 FM'이 우리 지역에서는 '이다슬의 굿모닝 FM'으로 방송되었다. 프로그램 구성, 콘셉트 및 코너 짜기와 같은 프로듀서 일, 대본 쓰기부터 출연자 섭외와 같은 작가 일에 협찬 선물을 구하는 일까지 모두 혼자 직접 했다. 지역의 유명 빵집이나 식당, 호텔과 리조트 등을 직접 찾아가서 담당자를 만나 설득했고 방송국의 선배들이나 주변 인맥을 활용해 도움을 받기도 했다. 편안한 진행을 위해서는 완벽한 준비가 필요하다. 내일 아나운서로서 청취자들에게 좋은 방송을 들려주기 위해 오늘은 프로듀서로서 부지런히 뛰어야 한다.

진행 시간이 되면 홀로 스튜디오에 앉아 컴퓨터를 켜 시스템을 세팅하고 선곡을 채워 넣은 뒤 문자창을 열고 생방송을 준비한다. 오전 9시에 라디오가 끝나면 바로 9시 30분에 TV 뉴스에서 지역 소식을 전해야 하기에 기다리는 동안 화장을 시작한다. 지역 아나운서는 화장, 머리 세팅, 코디까지 방송을 위해 자신을 꾸미는 일도 직접 하는 경우가 많다. 그러다 보니 입사 전이나 입사 후 주말을 활용해 화장과 머리 만지는 법 등을 배우는 신입 아나운서들도 있다. 생방송이 시작되면 멘트를 하며 동시에 직접 배경음악을 틀고 음량을 조절하고 노래를 연결한다. 문자창을 확인해 소개할 문자를 뽑고 그중 선물 받을 분들을 골라 개별 문자도 보낸다. 내내 긴장을 늦출 새가 없다. 머리, 눈, 손, 입이 모두 바쁘다. 그런데 그것도 금세 익숙해져서 나중에는 노래 나가는 동안 화장이나 딴짓도 하게 되었다.

힘들다면 힘들지만, 그만큼 어디 한 군데 내 고민과 손이 안 간 곳이 없다 보니 라디오 프로그램은 특히나 자식같이 느껴진다. 라디오 덕분에 만나게 된 사람들은 더 잊을 수 없다. 기꺼이 협찬해주신 지역 분들, 적은 출연료에도 먼길 와주신 코너 출연자들과 단골 청취자분들까지. 지금까지의 삶을 돌아봤을 때, 가장 귀하고 고마운 인연들이었고 그때의 경험은 나를 다양한 분야에서 성장시켰다. 매일 글을 쓰며 콘텐츠를 떠올렸고, 낯선 사람들을 찾아다니며 설득과 홍보를 겸한 영업을 했고, 극한의 멀티 태스킹도 해봤으니 말이다.

각자가 맡은 프로그램에 따라 근무 시간이 아침 저녁 들쑥날쑥하기에 출퇴근 시간이나 근무 형태는 비교적 자유로웠다. 나는 이게 좋았다. 주어진 업무에 맞춰 집중력을 발휘하고 내 일정을 내가 통제하는 생활이 적성에 맞았다. 금의환향하듯 돌아간 고향, 부모님과 함께하는 생활, 맘 좋은 직장 어른들과 동료들, 나의 일. 모든 것이 좋았다. 점심 먹고 바닷가 카페에서 선배들과 함께하는 커피 타임은 매일 해도 질리지 않았다. 화려한 무대 위 뜨거운 조명 아래에서 댄서로 전국을 누비며 춤을 추던 때와는 또 다른 행복이었다. 똑같으면서도 조금씩 다른, 소박하면서도 나름 소란스러운 매일매일에 감사했다.

하지만 항상 마음에 불안은 존재했다. 어쨌든 나의 지위는 2년 계약직. 지역 방송국 여성 아나운서의 반짝이는 알파 라이프의 그림자는 너무 짙었다.

① 필요한 자질

- 세상에 대한 관심과 호기심, 사람들과의 소통 능력

- 호흡과 목소리 콘트롤, 힘 있는 발성, 정확한 발음

- 사람들 앞이나 카메라 앞에서 떨지 않는 대담함과 편안함

- 독해력 및 한국어 능력과 풍부한 시사상식

- 영어, 중국어 등 외국어나 스포츠, 기상 등 특정 분야에 대한 전문
  지식이 있다면 더욱 좋다. 10대 학창 시절부터 방송 동아리 활동
  을 통해 경험을 쌓고 방송 관련 전공 학과에 진학한다. 혹은 아나
  운서 학원에 다니면서 방송에 맞는 애티튜드와 소리를 만든다.

❷ 직업으로 가는 길

· 학창 시절부터 방송 동아리 활동을 통해 경험을 쌓고 아나운서 학원에 다니면서 방송에 맞는 애티튜드와 소리를 만든다. 대형 학원의 경우 방송사와 연계된 비공개 오디션이나 특채 연락도 많으니 이 부분도 학원을 고를 때 확인하면 좋다. 기본적으로는 학원을 통해 방송사 공채나 시험 정보를 얻고 준비하게 된다. 합격생을 많이 내는 소규모 스터디 그룹을 검색해서 자신과 맞는 선생님을 찾는 것도 방법이다.

· 그 외에도 언론인을 꿈꾸는 카페 '아랑'을 비롯한 아나운서 관련 커뮤니티에서 다양한 정보와 시험 관련 소식을 빠르게 한 번에 접할 수 있으니 자주 들여다보며 확인할 것을 권장한다.

· 꼭 메이저 방송사가 아니더라도 유튜브를 비롯한 개인방송을 통해 자신만의 스타일을 다듬고 목소리, 얼굴, 이름을 알리며 경험을 쌓아나가는 것도 좋다.

❸ 장점과 단점

· 사회적으로 좋은 이미지를 가진 직업이다 보니 본인은 물론 가족들의 만족도도 높다.

· 설령 불합격하더라도 아나운서를 준비하며 배우는 것들은 일반 취업이나 살아가는 데 분명 도움이 된다. 바른 자세와 호감 가는 표정과 제스처, 신뢰감 가는 목소리 만들기와 편안한 스피치 능력 등을 갖출 수 있다.

계약직이나 프리랜서의 비율이 너무 높아 고용 불안에 시달린다.

뉴스를 제외하면 아나운서의 활동 영역이 성우, 연예인, MC 등 다른 직업군과 섞이면서 공채 진행 횟수, 선발 인원 등이 모두 빠르게 줄고 있다. 경쟁률이 너무 높아 큰 비용을 들여 준비했음에도 결국 포기하는 사람이 거의 8할이다. 대형 아나운서 학원에서 한 반에 6명으로 시작하면 아나운서 혹은 기자가 되는 사람은 많아야 절반, 끝까지 아나운서 직업을 유지하는 것은 결국 한 반에 한두 명, 혹은 아예 없기도 하다.

❹ N잡으로서

방송국의 정규직 아나운서라면 N잡은 어렵다. 회사에서 허락된다면 유튜브 채널 운영이나 외부 행사 진행 정도가 가능하다. 혹은 대학원을 다니는 등 다른 공부를 하는 것도 좋다.

프리랜서 아나운서라면 N잡러로 일하기 최적이다. 방송이나 행사 진행이 없는 꽤 많은 시간을 원하는 대로 쓸 수 있다. 가장 많은 경우 아나운서 학원에서 강사로 활동하고, 스피치 학원이나 소규모 스터디 그룹을 직접 운영하기도 한다. 친한 아나운서 선배는 홍보 전문 회사에 PT 전문가 일을, 또 다른 한 명은 부모님 회사에서 SNS 관리 및 매니저로 N잡 활동 중이다. 유명 아나운서 중에도 서현진 전 MBC 아나운서는 지금 요가 강사로 활발히 활동 중이고 이정민 전 KBS 아나운서는 스파 브랜드 CEO를 겸하고 있다. 프리랜서 아나운서라면 N잡러의 삶은 개인의 선택을 넘어 필수로 추천하고 싶다.

❺ 활동과 수입

· 방송사에 소속되었다면 회사 규율에 맞춰 일하게 된다.

· 프리랜서 아나운서라면 먼저 개인 활동으로 SNS, 블로그 등에 자신의 이력과 장점 등을 홍보하고 행사 진행 등 일을 할 때마다 사진과 영상을 남겨 바로 업로드하는 부지런함이 필요하다. MC나 사회자 재능 공유 플랫폼에 등록해두는 것도 좋다.

· 혼자 활동하는 것이 낯설고 어렵다면, 아나운서 전문 소속사의 문을 두드리거나 마음맞는 동료들과 작게 팀을 꾸려 뭉치는 것도 방법이다.

· 수입은 연차와 인지도에 따라 천차만별이다. 일단 의뢰가 오면 사회자 예산을 묻고 그에 따라 조정하는 요령이 필요하다. 행사의 경우 초보는 30만 원부터 기본 100만 원, 많게는 300만 원까지 분포되어 있다.

3 job.
안녕하세요, <u>성우입니다</u>

아나운서가 되어 금의환향하듯 돌아간 강원도.

10대 후반에 떠나 20대 후반이 되어 돌아온 고향 집에는 내 물건이 여전했다. 무엇보다 반가운 것은 학창 시절의 추억들이었다. 보아, 신화 등 수많은 아이돌 덕질의 역사들, 만화책과 내가 그린 그림들. 어엿한 직장인이 되어 돌아왔다는 감격과 함께 학생 때로 돌아간 듯한 감동까지 밀려왔다.

고향에서의 아나운서 생활은 일과 삶의 균형을 맞추기에 좋은 환경이었다. 퇴근 후 저녁이 있는 삶이 가능했기에 얼마든지 취미 활동과 자기 계발도 할 수 있었다. 처음 1년은 아나운서 업무 적응에 집중하면서 동료들과 친해졌고, 드디어 맘 편히 놀

앞다. 취업을 걱정하며 마음 졸여온 나에게 포상을 주는 것마냥, 일 외에는 어떤 공부도 없이 쉬고 놀았다. 앞서 말한 것처럼 지역 계약직 여성 아나운서의 불안함이 떠올라 이대로 괜찮나 싶을 때도 있었지만, 내 안의 알람을 무시한 채 하고 싶은 것만 했다.

대학 생활 막바지에 큰맘 먹고 가입한 동아리임에도 금전적·심리적 여유가 없어 제대로 하지 못했던 골프, 운동 삼아 쭉 해오던 춤과 요가, 그리고 28살 직장인이 되었어도 18살 학생 때와 다를 바 없이 너무나 좋아하는 만화책과 성우. 정말 한번 덕후는 영원한 덕후였다. 어렸을 때는 더빙으로 방송되는 외화가 있으면 신문 마지막 장 TV 편성표에 형광펜을 칠하고 시간 맞춰 본방사수를 했다. 만화책을 보면 좋아하는 성우들의 목소리를 떠올려 가상 캐스팅을 하거나 만화를 보며 성우들의 연기를 따라 하곤 했다. 소장하고 있는 만화책마다 나만의 메모들이 고스란히 남아있었다. 사람의 소리가 여전히 좋고 소리를 쓰는 사람들이 존경스러웠다.

그래서인지 나는 아나운서 일 중에서도 라디오에 가장 애정이 갔다. 오로지 소리로 선명하게 소통하는 것이 너무나 매력적이었다. 상대의 모습과 표정을 보지 못해도 뉘앙스와 감정이 다 전해졌다. 귀로 들어온 세상이 눈앞에 다채롭게 그려졌다. 지금도 내 이름을 건 라디오 프로그램을 진행하고 그 프로그램이 장수하는 것이 방송인으로서 가장 큰 꿈이기도 하다. 더불어 성대는 가장 마지막에 늙는다는 말도 있지 않은가. 아나운서로 얼마나 일할 수 있을지는 몰라도, 가능하다면 소리만으로라도 평생 활동하고 싶었다.

내가 지금 하고 있는 것, 할 수 있는 것, 하고 싶은 것은 무엇일까. 아나운서로 발성과 발음이 다듬어져 있고 마이크와 카메라에 익숙하다. 방송계의 생리를 잘 알고 있고 방송 댄서로 활동한 경험도 있으니 몸도 잘 쓰는 편이다. 결국, 앞으로도 내가 가장 잘할 수 있는 일은 방송 활동일 것이다. 직장인이 되었다는 기쁨과 신입 아나운서 생활에 집중했던 1년이 지나갈 무렵, 2년이라는 정해진 기간의 그다음을 생각하기 시작했다.

언론 고시.

라떼에는 사법 고시, 행정 고시, 외무 고시와 함께 나름 4대 고시 격으로 치던 취업 시험이다. 실제로 국가에서 주관하는 공식적인 고시가 아님에도 취준생들은 PD, 기자, 아나운서 등 방송 직군으로 일하기 위해 치러야 하는 메이저 방송사 공채 시험을 그렇게 불렀다. 대학은 물론, 다음 카페나 네이버 밴드 등, 언론 고시를 준비하는 크고 작은 스터디 그룹이 많았다. 지금은 유튜브를 필두로 한 여러 플랫폼에서 원한다면 누구나 PD나 아나운서가 되어 방송을 만들고 진행하는 것이 가능한 시대지만 2010년 중반까지만 해도 그렇지 않았다. 방송계에서 활동하기 위해 시험에 합격하는 것은 고시라고 불릴 정도로 어려운 일이었다.

심지어 방송사 시험 1차 합격 경험이 있거나 기존 스터디 구성원들에게 면접을 봐서 합격해야 받아주는 스터디 그룹이 있을 정도였다. 그때 KBS, MBC, SBS 본사는 모두가 가장 가고 싶은 방송사이기도 했다. 하지만 시험이 자주 있지 않았고, 신입을 뽑으면서 경력을 요구하는 곳도 많았다. 그렇기에 지역 방송사는 물론이고 작은 방송사나 방송 관련 시험이 있으면 무엇이든 기회로 여기고 기꺼이 치르러 갔다.

성우 시험도 그랬다. 기자, 아나운서는 소리가 중요한 직업인 데다가 당시 KBS 성우 시험은 1차부터 전원 실기 응시가 가능했다. 나이 제한도 서류 절차도 없이 오로지 현장 접수를 통해 방송국 안에 들어가 볼 수 있는 유일한 시험이었다. 언론 고시를 준비하는 커뮤니티, 특히 아나운서 준비생 사이에 알음알음 이 사실이 퍼지면서 실제로 시험을 보는 준비생들이 있었다. 성우를 목표로 공부하는 학생들에게 실례일 수 있다. 하지만 취준생의 절박함이 만든 현상이고 정말 허수에 불과한 지원자들이었다고, 그때의 한 사람으로서 양해를 구해본다. 언론인으로서 팩트 전달이 주 역할인 아나운서와 감정을 표현하는 연기자인 성우는 좋은 발성과 발음이 중요하다는 것 외에는 접점이 없다. 당연히 아나운서 지망생이 그렇게 본 성우 시험에서 1차에 합격했다는 이야기도 들어본 적이 없었다.

나 역시 어떤 기대도 준비도 없었다. 시각장애인을 위한 낭독

봉사와 모 은행에서 오래 이어오고 있는 목소리 기부 정도가 전부였다. 이 목소리 기부는 오디션을 통해 선발되어야 가능한데, 1차에서 현직 성우 선생님들의 짧은 대면 심사가 있다. 그때 내 담당은 '달려라 하니'의 하니로 유명한 주희 선생님이셨는데, 전달력도 좋고 매력 있으니 진짜 성우를 지원해보는 것도 좋겠다고 말씀해주셨다. 뿌듯하고 좋았지만, 참가자들에게 으레 해주시는 말씀이겠거니 하며 나대는 심장을 진정시킨 적이 있다. 그 후에도 감히 내가 성우가 될 수 있다고 생각한 적도, 성우되는 법을 찾아보거나 성우 시험을 준비해본 적도 없었다.

그나마 성우 시험에 지원하는 아나운서 지망생으로서 나의 강점은 오랜 덕후로서 성우라는 직업과 그들의 활동에 관심이 많다는 것. 다른 아나운서 준비생들처럼 KBS에서 진행하는 시험이니 그냥 한번 봐야겠다는 생각이 전부였다.

2013년 11월. 아나운서 준비를 시작한 지 15개월 된 27살 취준생, 39기 공채 성우 시험에 현장 접수하고 기대가 없으니 아무런 긴장감도 없이 1차 시험장에 들어갔다.

여성 약 2000명, 남성 약 1000명. 너댓개의 라디오 부스에 1차 시험관인 PD들이 있었고, 10명 정도가 한 조를 이루어 각 녹음실에 들어갔다. 녹음실 앞에 이르러 앞 조가 들어가면 그제야 시험용 대본을 나눠 주었다. 연령별 연기 지문 네 개와 내레이션까지 총 다섯 개의 지문이 있었다. 순서에 상관없이 본인이 하고 싶은 지문을 연기하고, 현장 지시에 따라 추가로 몇 개 지문을 더 하게 될 수도 있다는 안내가 있었다. 처음엔 이 많은 인원의 연기를 어떻게 다 들어보나 싶었지만, 생각보다 진행은 빨랐다. 인사와 첫 번째 지문의 첫 문장만으로도 1차에서 거르는 정도는 가능하다는 것은, 합격 후 42기 후배 선발에 현장 진행을 도우면서 깨닫게 되었다. 그것만으로도 발성과 발음을 비롯한 기본 실력은 얼추 파악이 되기 때문이다.

나의 첫 번째 선택은 당연히 내레이션이었다. 경험 삼아 성우 시험에 지원했다던 이전의 아나운서 준비생들도 마찬가지였다. 아나운서에게도 필수인 내레이션부터 하고 추가 연기를 요구받지 못하거나, 요구해도 어설프게 들려주고 나왔다는 후기가 대부분이었다. 그런데 웬걸. 내레이션이 끝나니 심사를 맡은 PD는 내게 연기 지문도 해달라는 것이 아닌가. 오랜 성우 팬이니 어느 정도 흉내는 낼 수 있었다. 10대 학생 지문을 연기했고 잘한 건지 못한 건지에 대한 판단도 서지 않은 채, 1차 시험장을 나왔다.

KBS 성우 공채는 현재 3차에 걸쳐 진행된다. 온라인으로 접수하면서 받은 녹음 파일을 통해 1차 합격자를 거른다. 그리고 2차와 3차 현장 시험을 통해 최종 합격자를 선발한다. 하지만 당시에는 1, 2차 두 번의 현장 실기 시험만 진행했다. 2차가 곧 최종이었다. 그런 2차에 덜컥 나가게 된 것이다. 오랜 만화 덕후이자 성우 팬인 것 외에는 따로 어떤 공부도 없이 아나운서 지망생으로 소리를 다듬은 정도였던 내가, 경험 삼아 본 2013년 39기 성우 공채 1차에 덥석 합격하고 최종에 올라갔다. 얼떨떨하고 믿어지지 않았다.

이것이 '성우가 되려면 어떻게 해야 하나요?'라는 광범위한 질문에 대한 나의 대답이 '많이 보고 듣고 따라 해보세요.'가 된 이유다. 내가 그랬으니까. 캐릭터 분석, 대본 분석, 주변 관찰, 상상 등등 이야기하자면 10시간도 가능하다. 하지만 가장 본능적이고 원초적으로 와닿는 내 합격의 일등공신은 바로 덕후로 살아온 시간이다.

최종인 2차 시험에서 나는 탈락했다. 계속 추가 요청을 받아 내레이션을 포함해 4개의 지문을 소화했고 간단한 몇 가지 면접 질문도 받았다. 인상 깊었던 건 "어느 선생님께 사사 받았어요?"는 질문이었다. "독학했습니다."라는 나의 대답에 "어? 학원을 안 다녔어요?"라는 의아함 가득한 즉각적인 꼬리 질문이 따라왔다. 공부도 준비도 없는 상태였기에 그때의 최종 불합격은 아쉽지도 않았다. 불합격했다는 실패의 기억보다 최종에 가보았다는 성공의 경험으로 남았다.

그리고 그 무렵은 내가 준비되고 운이 따르던 모양이다. 다섯 달 후인 2014년 3월, 나는 MBC 강원 영동, 당시의 삼척 MBC에 합격하면서 아나운서가 되었다. 그렇게 성우 시험 합격은 팬으로 동경하는 세상 근처라도 가본, 약간의 자부심이 담긴 짧은 추억으로 끝날 줄로만 알았다.

준거 집단. 한 개인이 자신의 신념, 태도, 가치 및 행동 방향을 결정하는 데 준거 기준으로 삼고 있는 사회 집단.

중학교 때인가? 사회 시간에 배운 이 단어는 너무 매력적이었다. 나는 늘 어딘가를 동경해왔는데, 이걸 정의하는 용어가 존재하는구나. 신기했고 감격했다. 강원도에서 학창 시절을 보내던 학생 시절에는 내내 서울대학교와 방송 댄서를 동경했다. 녹두 거리의 고시생일 때는 사법연수원과 변호사가 된 후 방송 활동을 하는 내 모습을 상상하며 버텼다. 사법 고시를 그만둔 후에는 아나운서로 방송국에서 일하는 모습을 그렸다. 그렇게 꿈꾸던 준거 집단에 소속되었다는 행복은 1년 정도였다. 나는 다시 다음 꿈꿀 거리를 찾았다. 첫 번째는 서울 본사의 안정적인 정규직 방송인. 또 하나는 소리로, 라디오로 평생 일할 수 있는 방송인.

그 준거 집단에 성우는 없었다. 생각하지도 못했다. 마치 너무 좋아하는 아이돌을 실제로 만나고 싶지 않은 팬의 마음처럼, 어린 시절부터 너무 좋아한 별들의 세계라 내가 닿을 수 있을 거라고는 상상조차 하지 않았다. 아나테이너와 같은 MC, 연예인, 배우를 떠올렸다. 분명 성우가 더 가까운 길이었을 텐데, 그때 대체 무슨 생각이었을까? 여하튼, 강원도 지역의 2년 차 아나운서인 나에게 연예계 관련 인맥이나 정보는 아예 없었다. 어떻게 하면 저 준거 집단이 나의 집단이 될 수 있을까.

일단 롤모델로 삼을 만한 사람들을 검색해 그들의 기획사 리스트를 작성하고 나의 사진과 경력, 활동을 정리해 포트폴리오를 만들었다. 그리고 완성된 포트폴리오를 리스트에 있는 회사에 이메일이나 우편을 보냈다. 서른 군데 정도였던 것 같다. 한달쯤 지났을까. 모르는 번호로 전화가 왔다. 내가 두드린 수십 곳 중 유일하게 응답을 준 한 군데였다. 유명 여자 배우를 담당하는 매니저 팀장님이었다. 미팅을 요청했고 바로 그 주말, 서울의 한 카페에서 만나 이야기를 나눴다.

혹시 모를 걱정에 편견과 경계심을 가득 안은 채 만난 그분은, 회사 소개서를 비롯해 나를 만나기 위한 준비를 성의껏 해와 정중히 대화에 임해주셨다. 결론적으로 나는 연습생의 느낌으로 팀장님이 소개해준 선생님께 연기 수업을 받는 것부터 시작하기로 했다. 이후 오디션을 보면서 계약 여부를 다시 타진하기로 한 것이다.

서울대학교 인문대 어문계열 학과들은 1년에 한 번, 통합 외국어 연극제를 한다. 신입생은 거의 전참, 필참이라 나 역시 스페인 문학 작품으로 스페인어 연기를 한 적이 있다. 내 인생에 연기라고는 제대로 기억도 나지 않는 그 한 번이 전부였다.

제대로 배우기 시작한 연기는 신선하고 재밌었다. 매주 토요일 한 시간. 평일에는 강원도에서 아나운서로 일하고, 주말에는 서울에 와서 배우 지망생으로 연기 레슨을 받았다. 주말에 지역 행사 진행 등의 일이 잡히지 않으면 4월부터 9월까지 서너번을 빼고는 매주 연습실을 찾았다. 그 어느 때보다 부지런했고 즐거웠다.

아나운서로서의 또렷한 발성과 정확한 발음, 정돈된 어투는 연기에 좋은 재료였지만, 매체 연기의 자연스러움에는 방해 요소였다. 이 힘을 빼는 데 수업의 대부분 에너지가 쓰였다. 어느 날, 선생님과 이런저런 이야기를 나누던 중 아나운서가 되기 전 경험 삼아 본 성우 시험에서 최종 단계에 올라갔던 이야기가 나왔다.

"다슬, 우리 왜 그 생각을 못 했지? 성우 시험을 다시 보자."

나는 아예 후보에서조차 빼놓았던 나의 다음. 소리를 쓰고 평생 가능하며 서울 본사에서 활동할 수 있는 방송인이자 한창 배우고 있던 연기가 필요한 직업. 그러면서 매체 연기에서는 어색할 수 있는 나의 발성, 발음, 어투 등이 장점이 될 수 있는 직업. 꿈꿀 엄두조차 못 냈던 별들의 세계는 이제 나의 준거 집단이 되었다.

3 Job.
*성우입니다

04
400:1, 기적 같은
한 달 만의 합격

Start

아나운서 2년 차였던 2015년 4월부터 9월까지 6개월 동안, 나는 토요일 연기 수업을 듣기 위해 주말마다 서울에 왔다. 그때까지만 해도 나는 막연히 아나운서 이후의 다음 스텝으로 방송인, 배우를 꿈꿨지만, 선생님과의 대화를 통해 성우 시험에 도전하는 것이 더 맞는 길이라는 결론에 이르렀다. 이제 그 세계에 들어가기 위해 그에 맞는 준비를 시작해야 했다.

주말은 더 바빠졌다. 토요일엔 여전히 연기 레슨을 받았고, 일요일엔 성우 학원 종일반에 다녔다. 학원을 다니기 시작한 것은 2015년 10월. 코로나 팬데믹 이전까지 KBS 성우 공채는 매년 11월에 접수 및 1차가 진행되었다. 시험까지 남은 시간은 한 달, 단 4주였다.

일단 학원을 찾아야 했다. 성우 학원은 어디든 현직 성우들이 강사로 있기 때문에 수업의 질은 보장된다고 생각하고 동선을 최우선으로 두고 결정했다. 고속터미널역에서 가까운 곳에서 상담을 받고, 현직 아나운서라면 소리는 잡혀있을 테니 성우 연기와 시험에 맞는 테크닉만 익히면 금방 합격할 수 있을 것이라는 원장님의 답을 듣고 바로 등록했다.

팬이라고는 해도 나는 성우 일이라고는 만화, 게임, 광고, 도서 낭독, 안내 방송 정도만 알고 있었다. KBS 라디오에 오디오 드라마가 방송되고 있다는 것도 성우 학원을 등록하고야 알았고, 지난 2013년 최종까지 갔던 성우 시험 대본들이 모두 그 오디오 드라마에서 나왔다는 것도 그제야 알았다. 그때부터 휴식 시간과 출퇴근, 주말마다 탔던 버스에서의 긴 시간은 모두 오디오 드라마를 듣는 시간이 되었다. 낯선 것은 신선하고 반짝이고 흥미롭다. 만화만큼이나 재밌었다.

표정이나 상황이 보이지 않으니 목소리와 말로 청자에게 확실한 그림을 그려줘야 한다. 그러다 보니 더 많은 에너지와 강조, 움직임을 대신하는 호흡들, 확실한 뉘앙스가 필요한 것이 성우 연기다. 10월 한 달간, 감정을 쓰는 법을 배우는 네 번의 수업이 끝나고 1차 시험날이 되었다. 나의 상황과 마음가짐이 바뀌어서일까. 똑같은 공간, 비슷한 상황이건만 내가 느끼는 모든 것은 2년 전과 전혀 달랐다. 전에는 하얀 건 종이요, 까만 건 글씨였던 시험 대본이 너무 복잡하고 어려워 보였다. 떨어질 것 같다는 긴장과 불안을 안고 끝낸 1차 시험. 다행히 합격자 명단에서 내 번호를 확인할 수 있었다.

2차 대비는 감사하게도 특별히 원장님이 일대일로 도와주셨다. 아직은 부족한 감정 표현을 강화해서 녹음하고 함께 모니터하는 방식으로 맞춤 준비를 했다. 합격을 바라긴 했지만, 마음을 비우고 있었다. 앞으로 1~2년은 프리랜서 아나운서이자 성우 지망생으로 생활하겠지 생각하며 각오하고 있었다.

마실 것과 아로마 오일 등 긴장 완화에 도움이 되는 다양한 소품을 챙기고, 약간의 기대를 안고 간 2차이자 최종 시험장. 일단 가장 자신 있는 내레이션을 시작으로 나의 장점을 보여줄 수 있는 내용의 지문을 연기했다. 앞서 말했듯이 나는 의외로 울보다. 슬픈 상황을 소리 내어 읽거나 말로 전달하다 보면 더 잘 운다. 그리고 빠르게 그 울음을 정리할 수도 있다. 내가 이 정도로 남의 이야기에 잘 몰입하고 감정의 기복이 크다는 것도 성우를 준비하면서 알았다. 아마 사법고시에 합격해서 법조인이 되었으면 스트레스를 많이 받았겠다 싶다. 의뢰인보다 변호인이 더 화가 나서 평정을 못 지키면 사고 한번 크게 치거나 병이 나지 않았을까.

이걸 특기로 승화해, 일단 다섯 개 지문 중에 눈물을 흘리며 소화해도 납득이 될 만한 내용을 찾아 울어버렸다. 그리고 아무 일 없었다는 듯 얼른 감정과 소리를 추스르고 내 나이대인 30대로 제시된 연기 지문을 이어간 것으로 기억한다. 계속된 요청에 다섯 개 중 네 개를 선보인 것 같다. 신기할 정도로 면접 내용은 하나도 기억나지 않는다. 질문이 없었는지도 모른다. 아니면 연기에서 모두 쏟아내고 긴장이 풀려 머리가 하얘진 상태라 기억이 안 나는 것일지도. 그렇게 얼떨떨하게 강원도로 돌아왔고 다시 아나운서의 일상을 보내고 있었다.

합격자 발표일의 발표 시간. 나는 라디오 부스에서 주말 방송을 녹음하고 있었다. 홈페이지에 들어가 결과를 확인해야 하는데, 일단 주어진 일부터 끝내고 봐야지 하던 찰나, 문자가 왔다.

"이다슬 님, KBS 41기 성우 공채에 최종 합격하셨습니다."

절대 흔하지 않은, 나조차도 별 기대하지 않았던 한 달 만의 합격. 그 기적을 만든 건 내가 특별히 잘나서도, 정말 딱 한 달도 아니다. 아나운서를 준비하면서 소리를 다듬은 19개월에 아나운서로 일한 20개월, 주말을 다 바치며 연기를 배웠던 6개월은 물론, 성우 덕후로 보내온 20년의 세월이 차곡차곡 쌓여서 만든 기적이다.

3 Job.
성우입니다

05
그렇게 덕후는
성덕이 되었습니다

Start

저절로 꺅 소리가 나왔다. 바로 부모님께 전화를 드리고 미친 듯이 뛰는 심장과 마구 올라가는 광대를 진정시키며 내 자리로 돌아왔다. 회사에 사실은 성우 시험에 지원했으며 방금 최종 합격 연락을 받았음을 알렸다. 합격이 인생 최대의 기쁨인 성우 지망생이지만 그 전에 나는 현직 MBC 강원영동 아나운서였다. 무엇보다 당장 촬영 스케줄과 고정 방송을 정리해야 하는 것에 마음이 쓰였다.

MBC 강원영동의 삼척 MBC 식구들은 언제나 따뜻했고 인간적이었다. 잘했다며, 축하한다며, 서둘러 조정해볼 테니 걱정하지 말라며, 어떤 원망도 질타도 없이 모두가 응원해주었다.

2014년 3월부터 2015년 12월까지. 아나운서 준비 기간이었던 1년 7개월과 엇비슷한, 나의 지역 MBC 아나운서 생활은 마무리되었다.

그렇게 덕후는 성덕이 되었다. 감히 될 수 있을 것이라곤 생각해본 적도 없었던 덕질하는 세계의 일원이 되는 데에 성공한 것이다. 2015년까지 KBS 성우 공채는 매년 10~11월에 접수를 시작해 2차에 걸쳐 선발된 여성 6명, 남성 6명 총 12명이 새해 1월에 입사했다. 입사 전 일주일 동안 사전 오리엔테이션을 통한 교육과 계약서 작성 등 입사에 필요한 과정을 진행하고, 12월에 열리는 KBS 라디오 연기대상에서 첫 신고식을 치르는 것이 고정 코스였다.

아직도 기억난다. 첫 오리엔테이션 출근날엔 눈이 내렸다. 하늘색 코트를 입고 눈을 맞으며 사진을 찍어 SNS에 올렸다. 입사하는 2016년은 1987년생인 내가 딱 서른이 되는 해라 괜히 더 의미 있게 느껴졌다. 만화와 성우 덕후로 10대를 보내고 댄서와 아나운서로 20대를 보낸 뒤 30대는 성우 이다슬로 시작하게 되었다. 지역 MBC에서 KBS 본사로 가는 것에 자부심을 느꼈고, 2년 계약직이라는 불안한 위치에서 공백 없이 다음으로 넘어간다는 것에 안도했다.

성우 공채를 진행하는 방송사는 2024년 현재 KBS, EBS와

투니버스, 대원 방송, 대교 방송 등 이렇게 다섯 곳이다. 인원은 남녀 1명씩 2명부터 남녀 4명씩 8명 사이다. 매년 공채를 진행하는 곳도 있고 2년에 한 번 진행하는 곳도 있어서, 한 해에 대략 두 세 개의 시험이 열리고 10명 안팎의 공채 성우가 뽑힌다. 매년 여성 지원자는 약 2천 명, 남성은 약 1천 명 정도인 것을 생각하면 엄청난 경쟁률이다. 몇몇 대학은 성우학과를 운영하기도 하고 성우 학원 역시 서울에만 열 군데 이상이다. 나이 제한이 없어 KBS에서는 40대 신입 성우도 종종 탄생하고 10년 이상의 공부 끝에 합격하는 사람들도 더러 있다. 같은 기수에 띠동갑인 동기가 있는 경우도 있다. 합격자들의 인터뷰를 보면 평균 성우 준비 기간은 3년 정도로 추정된다.

공채에 합격한 후에는 2년의 방송사 전속 성우 기간을 거친다. KBS 성우라고 소개하면 KBS 직원이라고 생각하는 사람들이 있지만, 그렇지 않다. 모든 성우는 자신이 합격한 방송사에 2년, 투니버스는 3년의 전속 계약 기간을 보내는데, 그동안은 보통 해당 방송국의 일만 한다. KBS의 경우는 외부 일을 계약으로 엄격히 금지하는 분위기다. 전속 계약 기간이 끝나면 누구도 계약 연장을 하거나 방송국에 남지 않고 모두 시장으로 나간다. 이걸 '프리로 풀린다.'라고 표현한다. 공채에 합격한 후 무사히 졸업, 즉 계약 종료를 통해 전속 기간이 끝나야 해당 극회의 일원이자 성우 협회와 한국 방송 연기자 노조에 가입할 수 있다. 월급 받는 계약직 직원에서 자신의 영업과 능력으로 일의 양과 질, 수입이 결정되는 프리랜서가 되는 것이다.

KBS 신입 성우는 라디오국에 소속된다. 라디오국의 직원과 PD, 그리고 KBS 성우 극회의 교육 담당을 비롯한 성우 선배들이 입사 전 오리엔테이션 교육을 진행한다. 강수진, 이선, 최덕희, 정미숙, 홍시호 등 나의 꿈이자 우상이었던 성우들이 이제 선배이자 선생님이 된 것이다. 그 목소리로 내 이름을 부르고 후배로 대해주고 밥도 사준다. 함께 호흡하고 연구하여 한 작품 속에서 대화를 나누며 연기한다. 이 황홀함을 위해 지난 30년을 살아왔나 하고 푼수 같은 생각을 하기도 했다.

"너 나이 30 돼도 만화책 볼 것 같냐."는 아버지의 놀림을 받던 덕후는, 그렇게 성덕이 되었다.

3 Job.
◆성우입니다

06
합격했다고
해피 엔딩은 아니니까…

Start

"그리고 그들은 행복하게 살았습니다."

어렸을 때 본 만화 속 주인공의 이야기는 사랑하는 사람과의 행복한 결혼, 혹은 악당을 응징하는 속 시원한 권선징악으로 끝이 났다. 하지만 우리 모두 잘 알다시피 현실은 그렇지 않다. 큰 숙제 하나를 해냈다고 남은 인생이 탄탄대로, 행복한 꽃길만 이어지는 것도 아니다.

지겹게 공부만 하던 10대 때는 대학만 가면 자유가 펼쳐질 거라고 생각하지만 웬걸, 취업이라는 관문이 버티고 있다. 취업 후에는 승진이 기다리고 있다. 결혼과 2세를 생각하는 사람들에겐 그 또한 하나의 과제다. 아름다운 동화처럼 결혼만 하면 "happily ever after"일 줄 알았는데 이 역시 절대 호락호락지 않다. 둘이 함께 행복하기도 만만찮은데, 누군가에게는 임신이 숙제가 되고, 출산 후에는 육아에 매인다. 그 후는 반복이다. '입시, 취업, 승진, 결혼, 육아'의 사회가 만들어놓은 퀘스트에서 이번에는 부모라는 서포터로 전환된다.

사회가 만들어놓은 틀에 맞춰 살지 않더라도, 힘겹게 하나의 목표 혹은 관문을 해결하고 나면 행복과 안도는 잠시뿐, 다른 숙제와 시련이 주어진다는 것에는 대부분 동의할 것이다. 각자의 인생의 관문이 자의이고 주도적이냐, 타의이고 수동적이냐, 숙제로 여기느냐 목표로 삼느냐, 그리고 그 과정을 얼마나 즐길 수 있느냐의 차이일 것이다.

서울대, 대형 기획사의 댄서, 포기로 끝난 사법고시, 지역 MBC 아나운서 그리고 KBS 공채 성우까지. 나도 이제 어딘가에 머무를 수 있을 거라고 믿었다. 지난 30년 열심히 살았다. 나도 이제는 좀 쉬고 싶었다. 2년의 전속 생활이 끝나면 KBS를 나가 프리랜서 시장에서 경쟁하며 스스로 살아남아야 한다는 것은 잘 알고 있었다. 하지만 그야 어디든 마찬가지 아닌가. 대기업의 정규직 회사원이든 변호사든 공무원이든 다르지 않을 것이다. 동경하던 성우들과 선후배이자 동료로 함께 일할 수만 있다면 그쯤이야 문제되지 않았다. 여의도로 출퇴근한다는 것만으로도 설레고 벅찰 지경이었다.

MBC 강원영동에서는 아침 7시에 출근해서 10시면 내가 맡은 오전 라디오와 뉴스가 끝났다. 이후에는 3시, 5시 라디오 정시 뉴스가 있고, 일주일에 두세 번 지역 프로그램 야외 촬영을 나갔다. 아나운서로서 내게 주어진 일만 알아서 잘 하면 나머지 시간은 자유였다. 자리에 앉아서 라디오 프로그램 준비를 하든, 부스에서 주말 방송 녹음을 하든 방송국 안, 혹은 5분 내로 도착할 수 있는 근처이기만 하면 어디서 뭘 하든 문제없었다. 출근이 빠르니 퇴근 시간도 자유로운 편이었다. 심지어 방송국과 집은 차로 15분 거리였다. 강원도에 지하철은 없다. 버스 노선도 없는 길이라 대중교통 이용이 어렵다는 점은 아쉬웠지만, 교통체증 없고 주차 공간도 많으니 자차로 다니는 것에 전혀 불편이 없었다.

한평생 해보지 않은 서울에서의 9 to 6 생활을 시작하게 된 것이다. 막히는 길, 붐비는 대중교통, 분명 같은 서울 안인데 편도 80분은 잡아야 안전한 출퇴근길. 그것부터 고난이었다. 그래서 지역 출신의 신입 성우들은 전속 생활 시절엔 KBS 근처 자취방을 구하기도 하는데, 나는 남동생과 함께 생활할 수 있는 집이 성북구에 있었다. 당장 출퇴근부터 적응이 필요했다.

다음은 단체 생활이었다. 현직 성우인 선생님들, 합격 후 특강을 오는 갓 합격한 성우 선배들도 종종 전속 시절의 단체 생활에 주의할 점이 많으니 언행을 조심하라는 예방 주사를 많이 놓아주었다. 댄서 시절 나름대로 방송계 단체 생활에는 경험이 있기에 별 걱정하지 않았다.

오산이었다. 그렇게나 평소에 걱정도 많고 늘 최악을 생각하는 나답지 않은 꽃밭 가득한 치기였다.

기억은 주체에 따라 왜곡되기 마련이고 이소라의 노래 '바람이 분다'의 가사처럼 추억은 다 다르게 적힌다. 다만 행복에 겨웠던 합격의 감격은 채 며칠도 가지 못했고 매일 퇴사를 고민했다.

다시 한번 깨달았다. 뭔가 하나를 이뤘다고 절대 끝이 아니라는 것을. "그리고 그들은 행복하게 살았습니다."는 동화에나 있는 말이다. 동화 속 주인공들이 어딘가에 살아가고 있다면 그들 역시 이야기가 끝난 후 마냥 행복하게 살지만은 않았을 것이다. 현실에는 늘 다음이 있다. 언제나 최악을 상상하며 대비해야 한다. 신의 계획인 플랜 B가 필요하고 도망갈 구멍으로 키울 숨 쉴 구멍이 있어야 한다. 미리 준비할 수 없다면 최소한 몸과 마음의 각오만이라도 단단히 되어 있어야 한다.

❶ 필요한 자질

- KBS 공채 시험 공지 사항을 보면 선발자 중 동점자 발생의 경우 다음의 순서대로 더 나은 사람을 선발한다고 되어있다. 바로, 표현력 > 이해력 > 창의력
- 우리말 지킴이로서 한글에 대한 사랑과 지식
- 연기자로서의 관찰력과 상상력, 꼼꼼함과 섬세함
- 더빙 콘텐츠에 대한 관심과 애정

❷ 직업으로 가는 길

- 한국 성우 협회 소속 성우의 경우 방송사에서 진행되는 공채 시험

을 통과해야 가능하다. KBS, EBS, 투니버스, 대원 방송, 대교 방송 총 5개사에서 매년, 혹은 2년에 한 번씩 공채 시험을 진행하고 남녀 합쳐서 약 25명 가량이다. 녹음 파일로 1차 전형을, 2차와 3차는 현장 시험으로 진행된다.

KBS의 경우 라디오 드라마에서 시험 문제가 출제되고 1차는 1인칭 독백, 즉 내레이션을 반드시 포함한다.

EBS는 어린이 프로그램, 만화, 내레이션 등 다양한 내용으로 시험이 출제되고 1차 남성 지문에 어린이 연기를 요구하는 것이 특징이다. 투니버스, 대원, 대교는 해당 방송사에서 방영되었던 애니메이션에서 시험 문제를 출제한다.

성우학과를 운영하는 학교가 있고 대부분 현직 성우들이 운영하는 학원에 다니며 공채 시험을 준비한다. 준비하는 과정에서 비협회 성우로 활동하는 경우도 있다. 매년 여성 약 2500명, 남성 약 1500명 가까이 공채 시험에 응시한다.

공채 시험을 보고 협회에 소속되지 않아도 시장 분위기와 본인 능력에 따라 광고와 낭독 등 성우로 활동할 수 있는 기회도 많다.

❸ 장점과 단점

평생 일할 수 있는 전문직이다. 여러 연령대가 어울려 일하다보니 세대 차이 없이 소통할 수 있다.

만화, 광고, 라디오 DJ, 다큐 내레이션, 안내 방송 등등 다양한 분야에서 일하다 보니 다채롭고 즐겁다. 나아가 본인의 선택과 능력에 따라 방송, 연기, 진행, 개인 방송, 버츄얼 방송 등 가지를 뻗어 나갈 수 있는 활동 영역이 많다.

- 시간당 페이가 꽤 높은 편이고 상황에 따라 녹음 장비를 갖추면 재택 근무도 가능하다.
- 직업 만족도 조사, 자식에게 물려주고 싶은 직업 등의 조사에서 높은 순위에 있는 것으로 유명하다. 그 정도로 애초에 정말 이 일을 좋아하고 적성에 맞는 사람이 도전하는 분야다.

- 매년 3000~4000여 명이 응시하는데 합격자는 스무 명 내외로 경쟁률이 매우 높은 직업이다. 합격까지의 공부 기간은 보통 3년 정도로 이야기하고 10년 만에 합격하는 경우도 있다.
- 어렵게 합격한 후에도 전속 기간 종료 후 프리랜서가 되어 계속 경쟁이 존재하고 격차가 발생하며 시장에서 도태되기도 한다. 더빙 시장 축소, AI 보이스 기술의 성장으로 성우계에 위기론이 나오고 있는 것도 사실이다.

❹ N잡으로서

- 일하는 시간 대비 수입이 높고 홈레코딩을 통한 재택 근무도 가능한 만큼 시간 운영이 자유로워 N잡러로 활동할 수 있는 여지가 충분하다.
- 강사나 교수로 교육하는 경우가 가장 많고 유튜브를 비롯한 개인 방송, 배우 활동, 매장을 운영하며 자영업 등 다양한 직업을 겸하는 성우들이 많다.

❺ 활동 요령과 예상 수입

- 기본적으로 성우들은 자신의 목소리와 연기가 담긴 샘플을 만들고 녹음실, 방송사 등에 돌려 자신을 알린다. 이후 오디션이나 추가 샘플 등을 통해 일이 연결된다. 자신의 샘플을 모은 유튜브 채널을 운영하기도 한다.

- 비협회 성우의 경우도 마찬가지다. 여기에 재능 공유 플랫폼에 등록해 직접 의뢰인과 연결되어 홈레코딩으로 작업하는 경우가 많다.

- 수입은 방송계 프리랜서 시장이 모두 그렇듯 격차가 매우 큰 편이다. 녹음 분야에 따라서도 페이에 차이가 생긴다. 보통 시리즈 더빙이나 낭독 일이 평균 비용이 낮고 게임, 광고 등이 높다고 평가된다. 신인 프리랜서 성우는 평균 시간당 30만 원부터 시작하고 이후 연차와 인지도 등에 따라 조정된다.

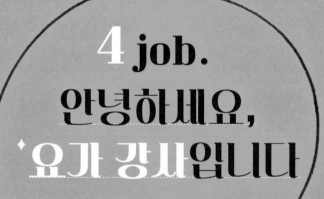

4 job.
안녕하세요,
요가 강사입니다

4 Job.
*요가 강사입니다

01

이겨낼 수 있을까?
낯선 위기

Start

고생 끝 행복 시작일 줄 알았지만, 예상치 못한 더 큰 위기에 빠지는 스토리. 흔한 이야기다. 그리고 우리는 주인공이 고난을 헤쳐나가는 드라마를 좋아한다. 위기가 없다면 재미도 없으니까. 하지만 그 주인공이 나라면 얘기가 다르다. 이왕이면 무난하기를 바란다. 무난함을 넘어 항상 좋은 일만 가득하면 금상첨화겠지만 어디 인생이 그러한가. 나도 예외가 아니었다. 사법고시에 두 번 낙방하고 대체 뭘 해서 먹고살아야 하나 고민하던 시기가 내 인생의 바닥일 줄 알았지만, 바닥 아래 더 깊은 바닥이 있었다. 내게는 별세계였던 성우가 되었지만, 그때의 2년간의 전속 생활은 정말 별세계였다. 내가 살아온 세상과는 달랐다.

처음 1년은 그렇게 적응에 어려움을 겪었다. 400대1의 경쟁률을 뚫고 된 자리임에도 그만둘 생각까지 했다. 후회할 것도 알았고 미련한 짓이란 것도 알았지만, 당시에는 너무 지치고 싫었다. 다행히 나는 혼자 삭이는 성격은 못 되었다. 만나는 사람들에게 털어놓고 상담했다. 심지어 요가 명상 시간에 가상의 상담 선생님을 띄워놓고 속으로 소리 없는 대화를 나누며 하소연했다. SNS에 비공개로 일기를 쓰곤 했고, 지금의 남편이 된 남자친구, 가족들과 속상할 때마다 소통했다. 내가 믿을 수 있고 나를 믿어주는 선배, 동료들과 술자리를 가지며 시간이 빨리 지나가기만을 바랐다. 내일은 진짜 그만둬야지 하며 늦게까지 누구라도 붙잡고 하루하루 버텨내기를 반복하다 보니 시간은 흘러갔다.

그렇게 겨우 이 낯선 위기를 지나 보냈다고 생각했건만, 또 다음이 있었다. 아직 초록창 나의 커리어에 남아있는 2018년 전속 2년 차, 6주간의 라디오 진행은 안팎으로 괴로운 시간이었다. 고래 싸움에 등 터지는 새우가 되어 굽어진 작은 몸에 고래의 짐을 떠맡게 된 바로 그날 밤, 극심한 복부 통증에 응급실에 갔다. 스트레스로 난소 물혹이 터져 배에 피가 고이는 증상인 혈복강으로 인한 고통이었다. 곧바로 입원했고 나흘을 병원에서 출퇴근하며 라디오를 진행했다. 덕분에 이후로도 스트레스를 받으면 쉽게 물혹이 터지고 혈복강에 시달리는 몸이 되었다.

프리랜서로 늘 마음에 새기는 철칙이 있다. 드라마 '품위 있는 그녀'에서 김희선 씨가 맡은 우아진의 대사다.

"나는 내가 정당하게 가져야 할 것만 욕심내. 딱 거기까지. 내가 가져야 할 것만 욕망해. 안 되는 걸 욕망하면 결국 그 끝은 파멸이야."

나는 확실한 내 자리가 아니면 욕심내지 않는다. 아직 부족한 인간인 이상, 부럽거나 탐이 날 때도 있고 아쉬울 때도 있지만 거기까지다. 마음도 행동도 그 이상 선을 넘지 않도록 자꾸 다잡는다. 질투와 탐욕은 추하게 티가 나게 마련이고 화를 부른다고 생각하기 때문이다.

애써 그 자리를 최소한 다시 고래들의 영역으로 던져놓고 6주 만에 탈출했다. 그때 만난 작가님과의 인연 하나만이 고단했던 40여 일에 대한 보상처럼 남았다.

아, 하나 더 있다. "특별히 못난 구석을 만들지 말자."로 삶을 대하는 자세가 바뀌었다. 그전까지는 송곳같이 뾰족하게 갈고 닦은 특별히 잘난 구석을 만들어야 한다고 믿었는데, 아니었다. 그러다 보면 내가 아득바득 애쓰지 않아도 내가 특별히 빛날 나의 계절은 운을 타고 온다. 조용히 나의 자리에서 내 몫을 하다보면 자연스럽게 주목받을 기회나 최고가 될 기회가 올 수도 있는 것이다.

사법고시 낙방과 28살 늦은 취업을 빼면 30년 동안 감사하게도 꽤 순탄했던 내 인생. 2017~18년 이 낯선 위기와 이해할 수 없는 괴로운 시간들이 있었기에 서른 이후부터 삶의 좌우명까지 바뀌었다. 어찌 보면 그 덕분에 두루 적당히 잘하는 것만으로도 만족할 수 있는 N잡러의 삶이 가능했던 것 아닐까.

4 Job.
요가 강사입니다

02
무브 무브 무브! 움직이자 :
위기에서 빠져나가기

Start

속 시끄러운 1년여를 보내다 보니 그래도 시간은 흘러 전속 계약 종료 시기가 코앞이었다. 귀에 못 박히게 들어온 정글 같은 프리랜서 생활이 목전에 다가온 것이다. 지금까지도 쉽지 않았지만, 어디에라도 소속되어 있다는 안정감, 4대 보험, 매달 들어오는 월급이 있었다. 이제는 지난 4년 동안 나를 둘러싸고 있던 MBC 강원 영동과 KBS라는 테두리에서 이탈되는 것이다. 그 테두리가 사람을 가두는 벽이었을지, 보호하는 울타리였을 지는 모를 일이지만 말이다.

마음은 한없이 불안했다. 성우를 목표로 삼고 준비한 기간이 라곤 한 달뿐인지라 인맥 역시 있을 리 만무했다. 동기들은 이미 녹음실, 실장님, 언더 활동 같은 생소한 단어들을 이야기하며 선배나 다른 방송사 성우들과의 이런저런 인연을 이야기했지만 나는 모든 것이 새로웠다. 공채 합격 없이 하는 성우 일이라는 뜻의 언더 활동은커녕 녹음실이란 곳은 있는 줄도 몰랐다.

산 넘어 산의 2년이었다. 한 걱정 해결하면 이내 다음 걱정이 떡하니 팔짱을 낀 채 나를 내려다보며 비웃는 것 같았다. "끝난 줄 알았지? 나도 있었지롱~." 세상이 나를 놀리는 것만 같았다. "어디 이래도 안 그만두나 보자." 나만 모르는 '트루먼 쇼'가 펼쳐지는 건 아닌가 싶은 지경이었다. 그렇게 지내다 문득 돌아보니 내 인생인데 내가 없었다. 전혀 지금을 살고 있지 못하고 있음을 깨달았다. 성우 일 때문에 힘들면 성우로 있는 9 to 6, 하루 9시간만 괴로워도 충분한데, 아니 넘치는데, 나는 24시간을 몽땅 일로 괴로워하고 있었다. 애인과도 친구와도 부모님과도 대화 주제라곤 일 얘기와 걱정밖에 없었다. 인간 이다슬이 없었다.

이렇게 사는 삶에 대체 무슨 의미가 있지? 적어도 회사에 있는 9시간을 뺀 아까운 내 15시간만이라도 해방시켜줘야겠다는 생각이 들었다.

회사에 없는 동안은 회사 생각을 못 하게 만들어야지. 당시에는 회식이나 퇴근 후 선배들이 모으는 식사나 술자리가 잦기도 했고, 갑작스럽게 경조사를 챙겨야 할 때도 많았지만, 여기에서 더 '내'가 '내 삶'만으로 버거울 정도로 체력과 정신을 쏙 빼놓아야겠다. 가만히 그늘에 묻혀 눈물 바람에 뿌리부터 썩어 가는 선인장 꼴로 버려두지 말아야겠다. 회사와 성우에 몸과 마음을 올인한 채, 힘든 일을 곱씹는 데에 내 모든 에너지를 쏟아붓던 미련한 고리를 끊어야겠다.

움직이자. 어제의 고난에서, 내일의 불안에서 벗어나 오늘에 집중하기 위해 에너지를 나눠보기로 했다.

03

뒤적뒤적, 과거에서 미래 찾기 :
내가 뭘 할 수 있을까?

4 **Job.**
요가 강사입니다

Start

슬럼프에서 탈출하기로 결심하고 방법을 정했다. 한 군데 너무 쏟아부었던 에너지를 분산하자. 그러려면 일단 바빠야 했고 재밌어야 했다. 바쁘지만 즐겁게. 내 오랜 좌우명 중 하나이기도 했다. 다행히 전속 성우 생활은 1년 차와 2년 차가 하늘과 땅 차다. 2년 차부터는 소집에서도 비교적 자유로워져 저녁이 있는 삶이 가능했다. 내게 주어진 시간은 퇴근 후 6시 이후, 그리고 주말. 뭔가 다른 걸 하려고 마음먹으니 갑자기 온갖 것들이 다 재밌어 보이고 궁금해졌다. 회사 생각 아닌 다른 생각을 하는 것만으로 이렇게 숨통이 트이고 살만해지다니.

"회사 일 아닌 다른 걸 하는 것만으로도 행복하네요. 고맙습니다."

최근 진행하고 있는 기업 내 마케팅팀 보이스 스피치 교육에서 한 전무님께서 하신 말씀이 생각난다. 그때는 그냥 좋은 말 해주신 것에 감사하고 뿌듯한 정도였는데, 이제 와 돌아보니 나도 같은 마음인 때가 있었다.

여하튼, 당시 후보는 세상에 있는 모든 활동이었다. 2017년 무렵부터 탈잉, 크몽과 같은 재능공유 플랫폼이 슬슬 등장하던 터라 저렴한 가격에 원데이 클래스로 무엇이든 찍먹, 한번 찍어 먹듯 경험해보는 것이 어렵지 않은 때였다. 그러니 전부터 해보고 싶었던 일이든 세상 처음 보는 일이든 '한번 해보자' 하고 도전해 배워보기에 좋은 때였다. 하지만 이왕이면 지금 시작하는 것으로 프리랜서 생활의 불안까지 없애고 싶었다. 성우 일이 별로 없어 수입이 없을 때를 대비해 부업을 갖고 싶었다. 솔직히 말해서 그때만 해도 '내가 성우로 먹고살 수 있을까. 아무도 나를 안 쓰려고 할 것 같은데.'라고 생각했다. 내 노력과 실력만의 문제가 아니다. 세상은 성적순이 아니라지만 성적순이면 차라리 깔끔하겠다. 성적순 실력순이 아닌데 무슨 순서인지도 모르니 더 어렵다.

부업이라고 해도 직업으로 삼을 작정이니 웬만큼은 할 줄 알아야 하고 오래 할 수 있는 것이어야 했다. 결국 내가 좋아하는 것이나 잘하는 것에서 찾아야 했다. 차근차근 나를 뒤져보았다. 생활 습관, 생각, 취미, 특기, 그리고 아직 꾸고 있는 꿈까지. 나를 오래 지켜본 사람들, 나를 나만큼이나 사랑하고 아끼고 잘 아는 주변 사람들에게도 물었다.

"지금의 나는 본업에서 멀어져 있어요. 당장 1년 후에는 프리랜서가 될 텐데 먹고살 수 있을지 불안합니다. 대비를 하고 싶은데, 뭘 하면 좋을까요?"

사법고시에 두 번 낙방 후 헤매고 있을 때 어머니가 생각해본 적도 없던 '아나운서'를 제시해주셨듯, 이번엔 아버지가 길을 열어주셨다.

"대학원에 가는 게 어떠니?"

아버지가 보시기에 나는 그래도 공부 머리가 있으니 대학원에서 방송 관련 석·박사 과정을 끝내고 나면 마흔 살 전후로 교수 자리도 가능할 터라 안정적인 자리를 갖추고 성우 활동을 한다면 삶이 더 편안하지 않겠냐는 이야기였다. 틀린 말씀이 하나도 없었다. 물론 계획대로 시기와 노력과 운이 딱 맞아떨어지지 않을 수도 있지만, 그때로선 최선의 선택지였다.

일단 방송 관련 특수대학원 과정이 있는 대학교들을 찾고 교수진이나 졸업생 후기 등을 통해 가고 싶은 곳을 추렸다. 고려대학교와 연세대학교, 두 대학 방송대학원(현 미디어 대학원)의 2017년 상반기 입학을 목표로 지원서를 작성하고 면접을 준비했다.

두 학교에 모두 합격했고 당시 성북구에 살았던 나는 이동 시간을 고려해 고려대학교를 선택했다. 실제로 면접에서도 "특수 대학원 학생들은 지각이나 결석이 잦은데, 성실하게 다닐 수 있겠나?"라는 교수님의 질문에 "네, 집이 성북구입니다. 학교에서 차로 15분 거리예요."라고 답하기도 했었다. 엉뚱하게 보일 수도 있지만, 그 깔끔한 솔직함만큼 믿을만한 약속도 없다. 결과적으로는 논문 단계에서 고민이 많아지면서 2019년부터 수료 상태에 머물러 있지만, 아직 끈은 놓지 않은 상태이고 나는 이제 만 36세라 아버지와 이야기한 계획까지는 시간이 있다.

내가 잘해온 공부로 대학원이라는 도망갈 구멍을 만들었는데, 학교는 일주일에 두 번만 가니 또 며칠이 남았다. 그런데 남는 요일에는 이미 나는 무언가를 하고 있었다. 바로 요가. 댄서를 그만두고 고시생이던 23살, 동네 청소년센터에서 처음 시작한 요가를 10년 가까이 쭉 하고 있었다. 건강이나 미용을 위해서도 있지만, 무엇보다 좋았다. 새벽까지 술을 마시고 같이 잠들었는데, 일어나서 요가하고 씻고 오는 나를 보고 정말이지 대단하다며 질려 하던 대학 동기의 얼굴이 생생하다. 그 정도로 좋아했다. 운동을 해야 개운하게 순환이 되면서 활력이 생기고 하루가 기운찼다.

그 정도로 좋아서 하는 요가. 내가 왜 이 생각을 못 했을까. 당장 요가 강사 되는 법을 검색했고 한국자격검정진흥원에서 일단 요가 1급 지도사 자격증 코스를 등록했다. 동시에 다양한 요가 자격증 발급처를 비교해 정보가 부족한 상황에서 가장 안전한 방법인, 찾아보기에 가장 큰 곳(대한요가지도자협회)에 아쉬탕가 빈야사와 플라잉 요가 강사 코스도 추가로 등록했다. 마지막으로 수강 중인 플라잉 요가 센터(바디 블러썸 플라잉) 원장님께 문의해 해당 센터의 플라잉 요가 강사 코스까지, 총 세 군데에서 네 개의 요가 강사 자격증을 취득했다. 대학원을 가지 않는 평일 중 3일과 주말 2일을 이용해서 말이다.

"잘하는 것과 좋아하는 것이 다르면 어떤 것을 해야 하나요?"

내겐 이상한 질문이다. 둘 다 하면 된다. 단, 시간과 체력과 멘탈이 허락하는 범위에서. 나의 체력과 멘탈은 불안에 나눠줄 여력이 없을 정도로 다른 일에 탈탈 털리기를 원했고, 다행히 시간 여유는 있었다. 그렇게 좋아하는 일과 잘하는 일을 직업으로 만드는 데에 에너지를 분산했고 결과는 성공이었다. 회사 생활에서 받는 스트레스도, 다가올 프리랜서 삶에 대한 불안도, 그 무렵부터 내 삶에 주는 타격이 약해지는 것이 느껴졌다.

4 Job.
요가 강사입니다

04

본업과
환승 연애

Start

　'그만두고 싶다.' '이렇게까지 괴로운 시기를 버틸 가치가 있을까?' 2017~18년 종종 했던 생각이었다.

　만약 그때, 내가 죽으라고 '성우' 하나만 붙잡고 있었다면 오히려 확 놓아버렸겠다 싶다. 어느 정도의 힘이어야 놓치지 않고 부수지 않고 쥘 수 있을까. 나의 온 세상이 '성우' 하나였다면 그 세상을 내 손으로 폭파해버리고 나는 폐허로 남았겠지 싶다. 한 우물을 아무리 파도 바위에 부딪히기만 한다면 삽질하던 손이 아파서라도 기어 나오지 않을까. 혹은 물이 나온다 한들 이 물 먹고 탈이 났다는 둥, 냄새가 나는 것 같다는 둥 하루에도 몇 번씩 딴지를 거는 사람들이 있다면 지긋지긋해서라도 우물 뚜껑을 덮어버리지 않을까.

그런 점에서 나는 슬럼프에 빠지는 사람들이 애틋하다.

슬럼프. '자기 실력을 제대로 발휘하지 못하고 저조한 상태가 길게 계속되는 일, 향상되지 못하고 제자리에 머물러 있는 현상'. 온 인생을 소중한 한 가지에 쏟아부어 집중하는 사람에게 간혹 찾아오는 아픈 훈장이라고 생각한다. 이 일이 너무 좋아서, 너무 잘하고 싶어서, 그런데도 나의 노력과 애정이 보상받지 못하는 데서 오는 마음의 상처. 최선을 다하지 않은 사람에게 슬럼프란 어불성설이다.

슬럼프는 보통 빠진다고 표현한다. 일종의 구덩이같이 느껴져서일 것이다. 문제는 이 구덩이에 잘못 빠지면 다시 나오기가 어렵다는 것이다. 구덩이가 너무 깊어서일 수도 있다. 혹은 너무 오래 빠져있어 나올 방법을 잊어버려서일 수도 있다. 혹은 나오려고 틀린 방법으로 너무 애를 쓰는 바람에 힘이 다 빠져버려 나올 의지마저 꺾여서일 수도 있다. 슬럼프를 이겨내기란 그렇게 쉽지 않다.

당시에 나는 드디어 안정이라고 믿었던 인생에 배신당한 기분 탓에 슬럼프에 빠졌던 것 같다. 계약직 지역 아나운서에서 평생 가능한 전문직 서울 공채 성우 합격은, 내가 여태 이뤄온 그 무엇보다 짜릿하고 든든했다. 구덩이에서 어떻게든 기어 나가야 했다. 슬럼프를 이겨내고 소중한 내 본업을 지키기로 마음먹었다. 하지만 이 구덩이는 늪 같았다. 이 안에서는 발버둥칠수록 더 끌려 들어갔다.

나의 우물은 두더쥐굴 같다. 가고 싶은 곳은 따뜻하고 편안하고 안락한 저 깊은 나의 홈 스윗 홈이다. 하지만 곧장 가지는 않는다. 중간중간 위로 아래로 오른쪽, 왼쪽, 대각선으로 돌아다니며 방을 만든다. 하나의 방이 무너지면 다른 방으로 도망간다. 하나의 방에 물이 차면 다른 방을 새로 파본다. 그렇게 나라는 나무의 뿌리를 여기저기 뻗으며 물과 영양분을 빨아들일 길을 늘렸다. 가지와 잎도 이리저리 뻗으며 햇빛 받을 곳, 에너지를 발산할 곳 역시 늘렸다. 그렇게 광합성할 곳이 많아지니 줄기가 건강해졌다.

취미를 넘어 미래 직업의 후보로 하는 활동은, 힐링을 넘어 도전이 되었다. 본업이 내 숨통을 조여도 요가 강사 코스를 들을 때와 대학원에 있을 때는 숨이 쉬어졌다. 환기되었다. 본업과 거리를 두니 본업에서 겪는 괴로움이나 불행 역시 남의 일처럼 볼 수 있게 되었다. 나의 본업을 멀리서, 조금이나마 다른 시선으로 바라볼 수 있었다. 그렇게 나의 본업을 다시 사랑할 수 있는 에너지가 생겼다.

지금의 나는 성우인 게 너무 행복하다. 자랑스럽다. 합격 1, 2년만에 그만두었다면 몰랐을 좋은 성우 동료들도 정말 많았다. 2주에 한 번만 봐도 "세상에, 오랜만이다."라고 말하는 최고의 술친구들도 바로 아래 기수 후배 성우들이다. 쿵짝이 잘 맞아 필터 없이 욕도 속도 다 털어놓는 친구도 동갑내기 동기 성우다. 의지가 되는 선배들도, 존경할 만한 인간이자 어른인 선생님들도 마찬가지다. 지금은 성우계가 내가 소속된 사회라는 것이 정말 자랑스럽다. 어디에 가든 "안녕하세요, 성우 이다슬입니다."라고 소개하는 이유다.

이렇게 나는 N잡 활동이라는 에너지 분산을 통해 내 인생의 반려직업인 본업을 지켰다. 슬럼프에 빠진 사람들의 질문을 받으면, N잡을 준비하다 보면 본업까지 다시 사랑하게 될지도 모른다고 말한다. 하지만 때때로 직업은 시간적·심리적·체력적 여유를 전혀 허락하지 않은 채 사람의 숨통을 조이기도 한다. 그럴 때는 과감히 일을 버리는 게 어떨까. 아무리 어렵게 된 직업이라도 일이 인간에 우선할 수는 없다. 그 직업을 버리면 나도 없을 것 같겠지만 절대 그렇지 않다. 내가 살면서 맡은 수십 개의 역할 중 하나일 뿐이다. 세상에 직업은 많고 진짜 내 적성에 맞는 일은 아직 못 만났을지 모른다. 그러니 '이깟 직업'으로 여기고 몸과 맘이 잡아먹히지 않기를. 나를 잘 지키며 살아갈 수 있기를.

4 Job.
요가 강사입니다

05
숨 좀 쉬자 :
들이쉬고 내쉬고

Start

"성우님은 요가 진짜 좋아하시나 봐요."

내 SNS를 보는 사람들이라면 으레 하는 말이다. 내 SNS는 일 홍보, 강아지, 요가가 온 피드를 차지하고 있기 때문이다. 그렇다. 나는 요가가 정말 고맙다. 몸매 관리라는 미용 목적을 넘어 몸 건강은 물론, 마음 건강까지 모두 요가로 지키며 산다고 해도 과언이 아니다. 처음엔 가볍게 생각하고 담근 발이었는데 이제는 머리까지 잠겨 있다.

사람은 상반되는 요소가 공존할 때 더 매력적으로 느껴진다. 내가 면접 스피치를 코칭할 때 자주 사용하는 팁이기도 하다. 스피치의 내용이나 당신의 캐릭터 브랜딩에 반전을 키워드로 하라고 말이다. 여하튼, 요가도 그렇다. 단단하지만 유연하다. 힘 있지만 부드럽다. 동적이면서 정적이다. 내 몸 구석구석에 집중하며 움직이고 명상으로 정신까지 수련할 수 있다. 무엇보다 일단 숨을 쉰다. 깊이 들이쉬고 길게 내쉰다. 요가에서 가장 중요한 것은 자신의 호흡이다.

우리는 평소에 자신의 숨을 잘 인식하지 못한다. 그리고 목소리나 스피치에 고민 있는 사람 대부분은 "숨을 언제 쉬어야 할지 모르겠어요."라든가 호흡이 달린다는 점을 호소한다. 숨 쉬는 것은 너무나 당연한 일인데 말이다. 1분에 약 15번, 한 시간이면 약 천 번, 깨어있을 때는 물론 무의식 중에도 우리의 몸은 알아서 하루 2만여 번의 호흡을 한다. 그렇게 많이, 평생 해야 하는 '숨쉬기'를 제대로 하지 않는다면 몸은 불편해질 수밖에 없다.

긴장하거나 불편하면 숨은 더 잘 쉬어지지 않는다. 머리가 하얘지고 땀이 나거나 손발 끝까지 혈액이 돌지 않는 듯한 답답한 느낌에 힘들어진다. 심리적인 부분과도 연관이 강하다. 그만큼 우리는 당연하게 쉬는 숨을 조금 더 의식해 바르게 할 필요가 있다.

기업 사내방송 프로그램에서 만난 정신건강의학과 양재진 원장님도 비슷한 말씀을 하셨다. 사람이 정말 분노하거나 감정 조절이 안 될 때, 다른 것보다 가장 빠르고 쉬운 방법은 깊은 호흡을 하는 것이라고. 예부터 참을 인 세 번이면 살인도 막는다는 말처럼, 한 번의 날숨에 내가 왜 이렇게 화가 났는가, 두 번째 날숨에 다른 사람도 이렇게 화가 날 일인가, 세 번째 날숨에는 이 화를 어떻게 다스릴 것인가와 같이 깊이 들이쉬고 내쉬며 하는 생각의 정리가 가장 간단하면서 효과적이라는 것이다. 이왕이면 장소를 바꿔서, 야외나 하다못해 창문이라도 열고 환기하며 하는 편이 좋다는 말씀에, 평소 호흡·환기·순환 마니아인 나는 정말이지 고개를 끄덕이며 깊이 공감할 수밖에 없었다.

지금은 이렇게 사랑하는 요가지만, 나도 처음에는 핑클의 옥주현 씨가 멋진 몸매를 만든 운동 정도의 이미지를 갖고 시작했다. 하다 보니 바른 호흡을 통해 마음을 다스리고 몸을 강하고 부드럽게 만들 수 있었다. 길고 깊은 호흡과 단단한 코어를 갖게 되었고 마음을 다스리는 요령도 생겼다. 그렇게 취미로 운동으로 5년 이상 이어오다 보니, 소리를 쓰고 표현하는 나의 직업들에도 큰 도움이 되었다.

가벼운 마음으로 우연히 시작했다. 처음부터 특별한 목적이 있었던 것은 아니지만, 화분을 돌보듯 꾸준한 애정을 갖고 시간과 에너지를 들였다. 단지 그것뿐이었는데, 훗날 숨통을 터주고 도망가 쉴 수 있는 큰 나무가 되어주었다. 꼭 요가가 아니어도 좋다. 아침에 5분 일찍 일어나서 호흡하고 명상하는 것이 5분 더 침대에서 뒤척이는 것보다 몸도 훨씬 개운하고 마음 안정에도 도움이 된다. 처음엔 수고롭겠지만 습관이 들면 아무렇지 않아진다.

　고마운 나의 반려 운동. 덕분에 나의 숨을 바라보며 살아 있음을 느끼고 나 자신과 대화할 수 있었다. 코로나 팬데믹 시절 집합 금지와 그 이후 발목 인대 부상으로 강사로서 예전 같지는 않지만, 그래도 평생 요가인으로서 행복하고 싶다.

Start

요가
강사가
되려면?

① 필요한 자질

- 근력과 탄력, 힘과 유연성
- 자신과 나누는 깊은 대화
- 인내심과 평정심
- 하지만 누구나 요가에 관심만 있다면 자질은 수련하면서 차차 쌓아갈 수 있다.

② 직업으로 가는 길

- 사단법인부터 유명 강사가 운영하는 요가원이나 센터 등 자체적으로 강사를 양성해 자격증을 발급하고 고용하는 곳이 많다.

- 요가를 그저 운동으로만 생각하기보다 몸과 함께 마음도 다듬는 평생의 수련으로 여기는 자세와 단순히 강사에 그치기보다 요가 세계로의 안내자라는 마음가짐이면 더 바람직하겠다.

❸ 장점과 단점

- 건강한 몸과 마음을 만들며 수입 활동을 할 수 있다.
- 강사로 활동을 시작하기에 초기 투자 비용이 많지 않은 편이다.
- 요가원도 강사도 많아서 경쟁이 심하다.
- 파트타임 강사만으로 남는다면 활동 대비 수입에 아쉬울 수 있다.

❹ N잡으로서

- 요가는 끝없는 수련이기에 진정 요가인으로서 본업으로 하는 경우 올인하는 경우가 많다.
- 하지만 물리치료사와 필라테스 강사나 요가 강사 겸업, 댄스 강사와 같은 비슷한 장르의 운동 강사를 겸업하는 사람 역시 적지 않다. 요가복, 아로마 오일 등 요가 관련 용품 사업을 시작하거나 공동 구매 같은 부가 수입 활동을 하기도 한다.
- 시간 활용이 자유로워 N잡의 가능성은 충분하다.

❺ 활동 요령과 예상 수입

- 대부분 강사 양성과 고용이 연계된 곳에서 자격증을 따서 일하는 편이고 파트 타임 강사의 경우 시간당 강사료는 3~4만원 대에서 시작한다. 일대일 수업은 강사의 경력과 인지도에 따라 보통 5~15만 원 사이로 분포되어 있으며 이 경우 센터를 차리지 않고 자신의 집에 공간을 만들어서도 충분히 가능하다.
- SNS에 사진이나 영상, 유튜브에 자신만의 수련 시퀀스 영상 등을 주기적으로 업로드하면서 캐릭터를 만들고 인플루언서로 자리를 잡는다면 더 좋다.

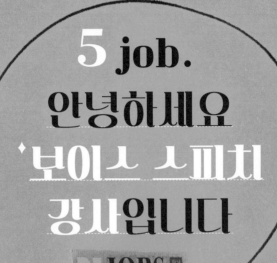

5 job.
안녕하세요 '보이스 스피치 강사입니다

5 Job.
보이스 스피치 강사입니다

01
갓프리 정글 속 도망갈 구멍

Start

직장 생활.

2014~2015년 MBC 강원영동 아나운서. 2016~2017년 KBS 성우. 지난 4년 동안은 월급을 받았고 소속이 있었다. 근무 시간과 환경에 특이점은 좀 있었지만 그래도 엄연히 회사원이었다. 방송하는 2년 계약직 회사원. 끝이 정해져 있다는 것을 애초에 알고 시작한 생활이지만 그래도 막상 진짜 퇴사를 하고 나니 막막했다. 그 막막함을 이겨내고자 나름대로 준비를 했지만 쉽지 않았다.

이제부터는 공식적으로 프리랜서다. 앞서 취득한 요가 강사 자격증과 아나운서라는 또 하나의 직업은 어디까지나 초반 공백을 메꾸기 위한 서브 직업이고 본업은 프리랜서 성우다. 이렇게 전속 생활이 끝난 지 얼마 안 된 성우를 '갓프리'라고 한다. 갓 프리랜서가 되었다는 것이다. 그리고 전속 2년 차부터는 많은 선배들이 그 '갓프리' 생활의 어려움에 대해 예방 주사를 놓아 준다. 크진 않더라도 꼬박꼬박 받던 월급이 끊어지는 것, 직접 일을 찾아야 하고 입금되는 순간까지 직접 챙겨야 하는 낯선 프리랜서로서의 삶이 적응하기 쉽지 않기 때문이다.

특히나 KBS의 갓프리는 더욱 기회가 적고 힘들다는 이야기는 개인의 경험담을 넘어 사실이기도 하다. KBS는 다른 방송사에 비해 많은 인원을 매년 뽑아왔다. 입사 후에는 애니메이션 더빙을 주로 하는 다른 방송사의 전속 성우들과 달리, KBS 전속들은 라디오국에서 오디오 드라마 콘텐츠 위주로 활동하게 된다. 사실상 더빙은 거의 못 한다고 봐도 된다. 나도 2년의 전속 생활 동안 TV 콘텐츠라고는 KBS 교향악단 스팟 더빙, 즉 광고 녹음과 TV유치원의 캐릭터 꼬야, 자동 공부책상 위키의 엑스트라 캐릭터들이 전부였다.

반면 프리랜서 성우 세계에서 녹음 일은 다양하다. 특히 게임이나 애니메이션, 외화 등 더빙 일은 그 양과 인지도가 크다. 물론 사람마다 주력 분야가 다를 수 있다. 오디오북 낭독, 광고, 오디오 드라마, 다큐멘터리나 홍보, 예능을 비롯한 방송물, AI 관련 녹음 등 성우들이 일하는 영역은 우리 생활 속에 정말 많다. 아무리 성우에 관심이 없어도 하루에 성우의 목소리를 10번은 듣고 산다. 대중교통 안내 방송, 통화 연결음, 주차 정산기, TV나 유튜브 광고 등.

다시 이야기로 돌아가면, TV 콘텐츠나 더빙 일을 별로 하지 못한 채 프리랜서 시장에 나오게 되는 KBS 출신의 많은 갓프리들에게 기회는 많지 않게 된다. 전속 생활 막바지에는 선배들의 도움으로 오디션 기회를 만들고 샘플 파일을 만드는 데 공을 들이는데 KBS 전속들은 더빙 샘플이 거의 없다. 자신의 지난 활동을 모으는 것이 아니라 본인이 직접 제작하는 샘플이 대부분이니 퀄리티와 신뢰도에서 차이가 생길 수 있다.

모든 프리랜서 시장이 그렇듯 이 와중에도 지망생 때부터 이름을 알리고 활동해 온 인정받은 신인, 혹은 처음 등장했지만 실력과 매력이 압도적인 신인, 인성과 영업력이 뛰어난 열정적인 신인 등 힘든 와중에도 일찌감치 주목받는 사람들은 어디에나 있다. 그것이 10명 모두에게 일어나는 일은 아니라는 점이 슬플 뿐.

나의 갓프리는 후자에 속했다. 한 달이라는 말도 안 되게 짧은 지망생 기간. 인맥을 쌓기보다는 두려움에 칩거했던 전속 생활과 그 덕분에 쌓인 오해들. 부족한 지식과 정보력으로 샘플을 만들 줄도 몰랐던 전속 막바지. 모든 것들이 나의 갓프리를 성우로서 일찍 뜨기는 어렵게 만들기에 충분했다. 2018년 1월부터 3월까지 성우 일은 한 달에 2건, 4월은 3건, 5월은 1건,

6월도 다시 2건에 불과했다. 그나마도 우연히 알게 된 강릉 동향의 MBC 성우 선배님이 만들어주신 기회가 8할이었고 건당 30만 원으로 잡았을 때 생활이 가능한 수입이 아니었다. 후회는 안 하지만 반성은 한다. 무슨 일이 있든 당당하고 뻔뻔하게 내 살길을 찾았어야 했다. 적극적으로 따라 다니고, 얼굴 비추고, 연락하고, 물어보면서 말이다. 아쉽지만, 반면 좋게 생각하면 그 시기가 있었기에 배울 수 있었다. 덕분에 비슷한 상황에 처했을 때 더 괜찮은 선택을 하는 내가 된 것이라고 믿는다.

모아놓은 돈과 퇴직금, 실업 급여가 있었지만 길어야 반년 정도가 최대였고, 계속 이렇게 사회인으로서 부진할 수 없는 노릇이었다. 캘린더는 2018년 4월부터 슬슬 채워지기 시작한다. 성우 일은 보라색 글씨로, 보이스 스피치 강사 일은 자주색 글씨로.

2018년 4월 23일 월요일. 난생처음 보이스 강사로 학생들을 가르치게 되었다. 일단 시작은 면접 강사인 친구가 만들어준 특강이었다. 나의 경험, 쌓아온 노하우, 공부한 이론을 바탕으로 강의 자료를 만드는 작업에 몰두했다.

그렇게 첫 특강을 시작으로 보이스 스피치 강사라는 다섯 번째 직업을 갖게 되었다. 취업을 준비하는 20대 초중반 학생들의 목소리와 면접 스피치를 교정하는 것으로 활동을 시작했다. 그리고 2018년 6월 17일에는 전임 강사라는 타이틀을 달고 성우 지망생 대상 학원에서 정규 수업을 맡았다. 이어 같은 해 11월에는 재능 공유 플랫폼에 보이스 스피치 강사로 프로필을 등록해 2주 후인 11월 14일 해당 플랫폼을 통한 첫 과외도 진행했다.

이후에는 그간의 수업들이 모두 경력이 되어 블로그와 SNS를 통한 강사 활동 홍보가 수월해졌다. 강사 프로필이 풍부해지다 보니 소개도 많아져 굵직한 기업 강의나 외부 특강 의뢰도 들어오기 시작했다. 성우와 아나운서에 비하면 기간이 짧음에도 나의 보이스 스피치 강사 프로필은 앞서 시작한 두 직업의 프로필 양 못지않고, 때로는 그달의 가장 큰 수입을 차지하기도 한다. 다양한 환경에서 다양한 사람들을 만날 수 있어서 배우는 것도 많고 성우로서 연기의 폭과 세상을 넓혀주기도 한다.

강사로 일할 시간이 없을 정도로 본업인 성우 일이 너무 바빴으면 좋겠다고 생각한 적이 없다면 거짓말이다. 나뿐만이 아닐 것이다. 비슷한 생각을 하는 동료들도 있을 것이고 때로는 지망생 사이에서도 이런 때 이른 걱정을 듣기도 한다. 반면 후배 양성에 강한 의지를 갖고 보람과 재미를 느끼며 바쁜 활동 중에도 어떻게든 시간을 내 강의를 계속하는 성우들도 있다. 하지만 강사 활동 초반의 나는 아직 자신 없고 부담감이 커서인지 생각이 거기까지 닿지는 못했다. 그런데 만약 그때 보이스 스피치 강사라는 직업을 갖지 못했다면 어땠을까?

본업인 성우로서의 활동이 부진했던 2018년 상반기 갓프리 시절엔 요가 강사, 댄스 강사 일도 찾아서 진행했지만, 일도 수입도 많지 않았다. 아나운서 일은 성우 일만큼이나 적었다. 보이스 스피치 강사 일이 없었다면 갓프리 첫해의 생활과 자존감은 정말 바닥이었을 것이다. 강사 활동이 있었기에 성우 일을 놓지 않을 수 있었다. 보이스 스피치 강사 일은 본업인 성우 일을 사랑하고 지킬 수 있게 해주었다.

회사라는 테두리를 벗어나 처음 내던져진 프리랜서라는 정글. 특히 초반의 갓프리 생활에서 학원은 내게 도망갈 구멍이었다. 나의 다섯 번째 직업은 그렇게 나의 프리랜서 삶의 초석을 다지고 지켜주었다.

02
세상은 넓어지고 인연은
변화하고 일은 계속되고

Start

지금은 나의 평생 수입원으로 생각할 정도로 자리 잡은 나의
다섯 번째 직업. 하지만 2017년 중순까지만 해도 나는 이 직업
을 알지도 못했고 생각조차 해본 적이 없었다.

대학원에서 만난 동갑내기 중 승무원 생활 후 면접 강사로
활동하는 친구가 있었다. 자기만의 센터를 운영하면서 유명한
대형 학원에서 강의를 하고 있었다. 신기했다. 대학생 때, 윤지
운 작가의 만화 '눈부시도록'에서 고액 입시 강사라는 존재가
있다는 것을 처음 알았다. 그리고 잠시 그런 강사가 된 나를 상
상해본 것이 전부였다. 이 친구를 만나고서야 비로소 자각하게
되었다. 현재 혹은 이전 직업을 살려 해당 분야 지망생들의 면

접을 돕는 강사 일을 얼마든지 할 수 있다는 것을. 대단한 유명인이 아니어도 마음만 먹으면 누구나 가능하다는 당연한 사실을, 32살이 돼서야 깨달았다.

반대로 그 친구는 나를 신기해했다. 성우는 실제로 처음 본다며 아나운서 경력과 서울대 학부까지 모두 놀라워했다. 그리고 말했다. "너 왜 스피치 수업 안 해?" 그때만 해도 나는 "에이~ 자신 없어, 못 해." 하고 말았다. 댄스 강사와 요가 강사는 운동이라는 점에서 같은 강사여도, 보이스 스피치 강사와는 다르다. 다른 사람에게서 변화를 만들어내고 취업을 책임져야 할 것 같은 스트레스를 견딜 자신이 없었다. 생각해본 적이 없으니 준비해본 적도 없어서 어떻게 시작해야 할지 막막해 애초에 발을 들이고 싶지 않기도 했다.

짧은 대화였지만 새로운 세상을 알게 되었고 변화는 시작되었다. 한 번 뜨인 눈으로 보내는 일상은 그 전과는 다르고, 친구와의 대화가 가져온 나비 효과는 분명했다. 요가 강사 자격증 중 하나를 취득한 한국자격검정진흥원 사이트의 스피치 지도사와 이미지 메이킹 지도사 자격증 과정에 등록하게 된 것이다. 대학원이라는 새로운 곳에 가니 새로운 친구를 만나 몰랐던 것을 알게 되고, 그간 관심 없었던 자격증을 따기에 이른 것이다.

자격증을 취득함으로써 보이스 스피치 강사라고 소개하기 위해 부끄럽지 않을 첫 단계는 마쳤다. 다음은 이력서 만들기다. 해당 경력은 없다 보니 일단 관련 분야의 준전문가임을 증명할 아나운서와 성우 경력만 기록했다. 세 번째 단계는 활동 준비, 즉 강의 준비다. 새로운 분야에 진입할 때는 기존에 활동하고 있는 사람들을 연구하고 벤치마킹하는 공부가 필요하다. 그 분야의 유명한 사람들의 활동을 직접 찾아가고, 영상을 보고, 책이 있다면 읽어야 한다. 참고할 것과 버릴 것을 분별하고 차별성을 만들 부분을 찾고 빈틈을 발견해 나만의 영역을 개척하기 위해서다. 네 번째는 홍보. 자격증, 이력서, 강의 자료까지 공급은 준비 완료했으니 이제 나에 대한 수요를 불러일으켜야 한다. SNS, 블로그, 유튜브와 재능 공유 플랫폼에 등록하고 주변 지인들에게 알리는 것도 필요하다.

프리랜서에게 사람은 자산이다. 친한 사람을 통해서는 물론이고 전혀 의외의 사람에게 연락이 오거나 두 번, 세 번 건너서 일이 들어오는 경우도 허다하다. 나에게는 중요한 생존 활동이지만, 남에게는 별일 아니다. 자신을 홍보하는 것을 자존심 상하는 일로 생각하면 곤란하다. 나의 홍보와 부탁 때문에 상대가 내내 부담을 갖거나 나를 우습게 생각하는 일은 거의 없다. 부담을 갖고 나를 위해 애써준다면 정말 감사한 인연이니 충분히 보답하거나 확실한 설명으로 부담을 덜어주면 된다. 반대로 우습게 생각한다면 이걸 계기로 사람이 걸러진 것이라고 여기면 그만이다. 그러니 순간의 쑥스러움에 혹시 모를 기회를 놓치지 말고 부디 그냥 말하기를.

홍보까지 했다면 내가 할 수 있는 것은 다한 것이다. 이제 의뢰를 기다렸다가 일을 시작하면 된다. 나는 앞서 말한 것처럼 여기에서부터 주변의 도움을 받았다. 일단 내게 보이스 스피치 강사의 길을 알게 한 대학원 친구다. 2017년 스피치 지도사와 이미지 메이킹 지도사 자격증을 따고, 2018년 프리랜서 성우가 되어 일이 없는 석 달 동안 이력서와 강의 자료를 만들고 몇 가지 핵심을 정리해 블로그에 업로드해두었다. 그리고 2018년 3월, 대학원 개강 후 만난 친구에게 그간의 준비를 알리며 혹시 강의를 어떻게 시작하면 좋을지 물었다.

"우리 센터에서 일단 특강을 열고 내 수업 과정에서 한 타임 맡아줘." 너무 흔쾌했고 세상 가벼웠다. 기다렸다는 듯이, 정말 별일 아니라는 듯이. 그때의 가뿐함과 감사함은 평생 못 잊을 것이고, 자신의 영역에서 더욱 활발히 활동 중인 그 친구와는 여전히 가장 친한 친구로 자주 만나며, 때로는 서로를 위로하고 응원하고 있다. 그저 대학원 친구로만 남을 뻔했던 인연은 고용주와 고용인으로, 업계 동료로 확장됐다.

이어 지망생 시절 다녔던 성우 학원을 찾았다. "잘 지내냐? 밥 한번 먹자."라는 스승님의 연락을 받고 찾아뵈었던 것으로 기억한다. 일은 많이 하는지, 수입은 괜찮은지 등을 물으셨고, 아직은 성우로 자리 잡지 못한 제자의 이야기를 들은 원장님은 곧바로 말씀하셨다.

"여기에서 강의해." 그렇게 스승과 제자의 인연도 원장님과 선생님으로 진화했다. 학원 강의라고는 합격 특강이 전부였다. 그럼에도 믿고 맡겨주신 덕분에 프리랜서 초반 3년 동안 고정 직장이 있어 마음이 든든했고 학생들과 함께하며 나도 성장할 수 있었다.

학원 강의를 그만두게 된 계기인 교통방송 '한밤의 교차로'라 디오 진행 역시 대학원 동기와의 인연 덕분이었다. 나를 섭외한 교통방송 PD는 알고 보니 대학원 동기였다. 나는 그 동기 언니 와 대화해본 기억이 별로 없다. 언니는 2017년 한 수업에서 발표하는 나를 보고 '저 친구랑 나중에 방송하고 싶다.'라고 생각했고, 4년 뒤 실행에 옮기면서 새로운 관계가 펼쳐졌다. 잘 모르는 대학원 동기 중 한 명에서 PD님과 진행자로. 내 이름을 건 라디오 DJ라는 나의 꿈 역시 전혀 생각지 못한 인연이 이루어 주었다.

친한 성우 선배의 개인 유튜브 채널에 종종 출연했다. 그 선배에게는 취미 생활 겸 자기 홍보 겸 새로운 일의 연결 통로였지만 나는 아무 보수 없이 호의와 재미로 시간과 열정을 들였다. 무언가를 기대한 것도 아니었다. 그런데 얼마 후, 큰 게임 녹음 회사에서 연락이 왔고 내게 대표작이 된 캐릭터를 맡게 되었다. 후에 들으니, 해당 녹음 회사에서 선배가 자신의 영상을 보여줬는데, 거기에서 나를 발견하고 섭외로 이어진 것이었다.

이렇듯 어디에서 어떻게 누구의 눈에 띌지는 아무도 모른다. 그리고 2023년 하반기는 그런 우연과 연결의 가호가 몰린 시기였다. 2018년 10월부터 2020년 2월까지 출연한 팟빵의 인기 프로그램 '매불쇼'는 '유 퀴즈 온 더 블록' 출연의 시발점이 되었다. 매불쇼에서 활약하는 나를 눈여겨보았던 KBS의 한 작가님은 2023년 6월, '누가 누가 잘하나' 여름 방학 특집에 참여하면서 내게 처음으로 연락했다. 그리고 8월에, 자신이 원래 담당하고 있던 '아침마당'의 한 코너에 나를 다시 한번 섭외했다. 5명의 출연자 중 한 명에게 주어진 시간은 10분 정도. N잡러로서 토크를 진행했고 이 방송을 본 유 퀴즈 제작진이 9월, KBS 성우실을 통해 내게 연락하기에 이르렀다.

내가 짠 판도, 내가 그린 큰 그림도 아니다. 그냥 주어진 현재에 충실하다 보니 누군가가 어딘가에서 나를 보고 있었다. 사람은 사람에게 도움받고 도움 주며 살아간다. 상처를 주고받기도 하지만 세상만사 장점과 단점은 공존하기에 마련이다. 심지어 N잡러인 프리랜서에게 사람은 좋은 인연을 넘어 여러 관계로 확장할 가능성이 무궁무진한 우주이기도 하다. 단순히 사람 한 명 한 명이 곧 일이고 돈이라는 속물적인 소리가 아니다. 현실적인 이야기인 동시에 서로의 세상을 넓히며 함께 성장할 수 있다는 가치의 이야기이다. 지난 나의 프리랜서 삶이 그랬고 앞으로도 그럴 것이라고 믿는다.

03
내 꺼 하자!
취미와 직업 사이

Start

"내가 좋아하는 일이 취미일 때는 남의 것을 빌려 쓰는 느낌
인데, 직업이 되는 순간 완전히 내 것이 되거든요."

'유 퀴즈 온 더 블록'의 내 출연 방송을 본 지인 대부분이 가
장 인상 깊었다고 하는 말이다. 나는 여기저기 호기심을 갖고
세상을 보다가 관심이 가는 것이 생기면 별 주저 없이 배우러
간다. 더 잘하고 싶어 어제의 나와 경쟁하며 성장하다가 주위
를 둘러본다. 동료 수강생 혹은 강사님을 보며 조금 더 욕심을
내 본다. 여기에서 가장 잘하는 사람이 될 수 있지 않을까, 나도
가르칠 수 있지 않을까, 내가 좋아하는 이 활동이 내 안에 완전
히 흡수되어 한 몸이 되면 좋겠다. 어린아이 같은 소유욕은 춤,

요가, 만화, TV 보기 같은 나의 작은 취미들을 모두 직업으로 만들었다.

군이 직업으로 할 필요가 있느냐고 묻는다면 답은 당연히 아니다. 취미는 취미로 즐길 때 가장 행복할 수도 있다. 직업이 되면 혼자만의 만족을 넘어 책임이 따라오니 스트레스가 될 수 있는 것도 사실이다. 어디까지나 개인의 선택이다. 그런데 내게는, 돈을 내면서 하던 것으로 돈을 벌 때의 희열이 너무나 신선하고 강했다. 남을 가르치기 위해 더 자세히 연구하고 완전히 몸에 익히던 성실과 열정이 예쁘고 기특했다.

N잡러를 주제로 강의를 나가면 자주 듣는 질문이 있다. "여러 직업 중 어떤 직업이 가장 어렵고 힘든가요?" 답은 늘 같다. 당연히 성우다. 나의 본업이고 가장 애정하는 최애 직업이니까 항상 더 잘하고 싶고 언제나 부족하다고 느껴 어렵고 힘들다. "그렇다면 두 번째는요?" 두 번째는 강사다. 그중에서도 바로 보이스 스피치 강사 일.

사랑할수록 어렵고 책임감이 클수록 부담스럽기 때문이다. 모든 일이 그렇겠지만 강의는 특히나 GIVE AND TAKE. 비용을 지불한 사람은 비용만큼 혹은 그 이상의 효과를 기대한다. 당연하다. 그래서 무언가를 가르쳐 성장시키고 변화시키는 일은 정말 쉽지 않다.

게다가 내가 경험으로 익힌 것을 말과 글로 정돈해 짧은 시간 안에 상대가 체득하게 하는 것은 정말 어려운 일이다. 철저히 준비해야 쉽고 알맞게 전달할 수 있다. 인내심은 필수고 상대와의 주파수를 잘 맞추는 섬세함도 필요하다. 혼자 할 때는 부정확해도 되고 헷갈려도 되고 느낌에 의존해 주먹구구식으로 굴어도 별로 문제되지 않는다. 하지만 대가를 받고 학생을 깨닫게 하여 더 나은 모습으로 만들어야 하는 목적을 가진 강사로서는 절대 용인될 수 없다. 나의 강사로서의 철칙이자 세상의 모든 강사가 동의하는 부분일 거라 생각한다. 그래서 강사 일은 내 N잡 중 가장 부담스럽고, 두 번째로 힘들다.

최근 N잡러를 주제로 진행한 특강에서 한 학생이 이런 질문을 했다. "취미를 어느 정도로 잘해야 직업으로 할 수 있나요?" 처음 들어보는 질문이었고 나도 생각해본 적이 없어 신선했다. 좋아서 하는 취미 활동을 직업으로 만들면서 된 N잡러인데 그 전환점과 경계에 대해서는 고민한 적이 없다니. 나의 부족한 부분을 메우고 새로운 생각을 하게 만드는 좋은 질문에 정말 고마웠다.

"나의 취미는 언제 어떻게 직업이 되었지?" 나에게 질문을 던졌고 다행히 짧은 고민 끝에 바로 답이 나왔다. "그 취미로 돈을 벌 수 있는 정도요." 나의 취미를 이용해서 남에게 대가를 받을 수 있을 때 취미는 직업이 된다. 액수는 중요하지 않다. 내가 취미로 만든 수세미를 본 친구가 "나도 하나 만들어줘! 얼마면 될까?"라고 묻는다. 당황한 나는 "어… 글쎄? 천 원만 줘."
라고 어색하게 대답하며 천 원을 받았다. 적은 수익이더라도
그때부터 나의 수세미 만들기라는 취미는 직업이 될 가능성이
생긴다.

이렇게 무언가를 제작하여 생산하는 활동, 배우고 익힌 것을
전달하고 가르칠 수 있는 활동 등 세상에 존재하는 다양한 취
미는 이미 직업이 되어있는 경우가 많다. 이 경우 보통 자격증
이나 직업 활동이 가능한 증명 수단이 존재한다. 그렇다면 일
단 그 자격증을 취득하는 것만으로 실제로 실력을 선보이기에
앞서, 나를 전문가로 쉽게 소개할 수 있다. 그리고 자격증이 있
다면 당장은 아니더라도 훗날 활용이 가능하기에 이왕이면 확
보해두는 것이 좋다. 활동에 공백이 생기는 경우, 자격증의 기
간이나 업데이트 등을 꼼꼼히 확인하여 흐름을 놓치지 않아야
한다.

다음으로 활동 장소와 방법을 탐색하면 본격적인 시작이다.
일할 수 있는 곳을 직접 찾아가서 공고를 보고 지원하거나 이
력서를 제출해두는 것은 기본이다. 요즘은 카페, 플랫폼, 어플
과 같이 온라인을 통해 공고가 올라오고 지원도 가능하다. 나
의 경우, 요가 강사나 댄스 강사와 같은 운동 강사 전문 커뮤니
티 카페 '스포드림'이나 어플 '호호요가'에서 주로 일을 찾는다.
보이스 스피치 일은 재능 공유 플랫폼들에 등록해 수업 신청을
받는다. 요즘은 성우, 아나운서, MC, 쇼호스트 일에 작가 일도

플랫폼이 존재한다.

　나는 일단 무료 혹은 저렴한 가격의 특강이나 일회성 클래스부터 시작하는 편이다. 처음부터 거창하게 모든 것을 갖추려고 하다 보면 투자 비용도 많이 들고 시작도 늦어진다. 구인 카페나 플랫폼에서 대강, 즉 대타 강의로 일을 시작했다. 전국 각지에서 다양한 이유로 대타 강사를 구한다. 이 길을 먼저 간 사람들이 미리 갖추어놓은 공간과 과정에 잠시 속해 경험을 쌓는다. 처음부터 대뜸 본격적으로 시작하게 되면 그 일이 아직 몸에 익지도 않은 와중에 긴 호흡으로 끌고 가야 해서 정신이 없을 수 있다. 강사 양성 코스에서 아무리 시뮬레이션을 한들 실전은 연습과는 다르다. 심지어 본업이 아닌 N잡 중 하나라면 고정 스케줄을 잡는 것은 더욱 부담스러워 그때그때 대타 강의를 잡는 것이 딱이었다.

　가볍게 N잡 중 하나로 하다 보면 어느 순간 본업과 뒤바뀌는 때가 오기도 한다. 주말에 취미로 나가는 낚시 영상을 업로드하다가 아예 직장을 그만두고 전업 유튜버가 되어 '도시어부'에도 출연하는 '진석기TV'나 '취미로 인생역전'을 자신의 타이틀로 하는 정리 전문가 정희숙 대표처럼 말이다. N잡러가 되거나, 새로운 직업으로 삶이 바뀔 수 있는 가장 간단한 방법은 취미에 숨어 있다. 취미야말로 아무리 시간이 없어도, 남이 말려도, 내가 좋아서 하는 행복한 활동이다. 그러니 자연스레 잘하고 싶고 잘하기 위해 들이는 시간과 노력의 과정도 즐길 수 있다. 그러니 꺼진 취미도 다시 보고, 그간 관심만 가고 선뜻 시작하지 못했던 무언가를 내일은 배우러 가보는 것은 어떨까.

5 Job.
보이스 스피치 강사입니다

04
"기자님, 안녕하세요?"
N잡러의 시작

Start

2018년은 성우, 아나운서, 요가 강사, 댄스 강사, 그리고 보이스 스피치 강사까지 5개의 직업을 모두 소화하는 시기였다. 그때까지만 해도 N잡러라는 단어가 그다지 쓰이지 않았다. 2017년 9월, 뉴스에 등장하기 시작한 N잡러는 직업이 여러 개인 사람이라는 뜻으로 기존에 있던 '투잡', '부업'이라는 단어들이 사회 현상을 담지 못해 등장한 신조어다. 투잡을 넘어 세 개이상의 직업을 통해 소득을 벌어들이는 사람이 많아지기 시작한 것이다.

아직 적극적으로 나를 정의하고 고민하지 않았던 나는, 나를 뭐라 부르지 못했다. 그저 조금 독특하고 바쁘게 사는 프리랜서 정도로 생각했다. 그러던 2018년 11월 중순, 대학원 단톡방이 시끄러워지는 일이 있었다. 아나운서로 활동하고 있는 한 대학원 선배의 인터뷰가 네이버 메인 화면에 걸린 것이다. 타이틀은 '운동하는 아나운서'였다. 다들 신기해했고 대단하다며 칭찬했다. 선배의 열정적인 몸과 마음을 보며 문득 이런 생각이 들었다.

'나도 기삿거리가 될만하지 않나?'

많은 분들이 나를 보면 매사 도전 정신이 넘치고 용기 있을 것이라고 생각한다. 그렇지 않다. 나도 여러 측면이 공존하는 인간이다. 거침없이 도전할 때도 있지만 아무것도 바꾸지 않은 채로 그 자리에 머물고 싶을 때도 많다. 특히 나를 드러내는 일에 썩 용기가 있는 편은 아니다. 후폭풍에 대한 두려움이 많아 변화를 앞두고는 몇 번씩 시뮬레이션을 하며 돌다리도 두드려보고 건넌다. 지금의 액션으로 얻을 이득과 손해를 비교하는데, 손해가 압도적으로 적지 않은 이상 움직이지 않는다. 좋은 일보다는 안 좋은 일을 더 크고 오래 느끼는 성격이라 늘 최악의 상황을 생각한다.

하지만 그때는 무슨 영문인지 신중함보다는 용기와 욕심이 앞섰다. 나도 인터뷰를 당하고(?) 싶다는 생각이 들자마자 바로 기사의 출처와 제보 메일 주소를 찾았다. "안녕하세요, 이다슬입니다."로 시작한 메일에는 나의 학력과 경력, 지금 5가지 직업으로 활동하고 있는데 이런 모습이 혹시 궁금한 분들이 계시지 않을까 하여 쑥스럽지만 직접 제보한다는 내용을 적어 보냈던 것으로 기억한다. 답이 오지 않아도 실망하지 말자는 포기하는 마음 반과 그것을 압도하는 설렘과 기대 반으로 기다리던 시간이 지나고 일주일이 채 되지 않아 답신이 왔다.

"메일 잘 받았습니다. 말씀주신 대로 여러 개의 직업을 갖고 바쁘고 활기차게 사는 삶이 독자들에게 도움이 될 듯합니다. 시간 되시면 인터뷰 가능할까요?"

2018년 12월 3일. 나의 얼굴과 이름이 네이버 메인 화면에 걸렸다.

〈빅뱅·원더걸스 댄서였던 서울대생은 사법고시 낙방 후 5잡러가 됩니다〉

5개의 직업으로 살고 있다 정도로만 나를 표현해왔는데, 5잡러라는 단어를 처음 보았다.

그렇게 나는 2007년 댄서를 시작으로 아나운서, 성우를 거쳐 요가와 보이스 스피치 자격증을 쌓아, 2018년에 자칭 타칭 N잡러가 되었다. 본능적으로 냈던 용기가, 내게는 평소 같지 않던 과감한 그 첫걸음이 단 2주 만에 나에게 새로운 이름을 만들어준 것이다.

서울대 입학부터 지금까지 10년의 복잡다단한 인생이 스크롤 네 번 내릴 정도 길이로 깔끔하게 요약되어 기사에 담겼다. 실패도 성공도 빛도 그림자도 모두.

… 돈과 명예보다는 도전과 자극, 새로운 것을 배우는 재미를 추구해요. 서울대 나와서 왜 안정적인 직장을 잡지 못하고 그렇게 사느냐는 말도 들었지만, 전 제 방식이 틀렸다고 생각하지 않습니다. 내가 재밌고 잘할 수 있는 일을 찾아 끊임없이 노력하는 중이죠. 한 가지 직업, 전공을 강요하는 한국식 문화에 작은 반항이 되고 싶습니다.

… 앞으로 학력, 전공, 기존의 꿈 등 무엇에도 갇히지 않고 부지런히 가고 싶은 길을 가겠습니다. 이런 저의 모습을 보고 '늦었을까 봐, 벅찰까 봐, 먹고살기 힘들까 봐' 고민인 모든 사람들이 도전하는 계기가 됐으면 좋겠습니다.

이제 와 다시 읽어보니 당시의 나는 비장할 정도로 N잡러에 대한 시각을 걱정하고 방어하는 태도여서 웃음이 난다. 그때만 해도 서울대를 졸업하고도 한 가지 직업에 안정적으로 자리 잡지 않고 여러 직업으로 사는 나를, 세상이 낯설고 불편하게 볼 것이라고 생각했기 때문이다.

당시만 해도 생소했던 N잡러가 등장한 지 10년도 안 되어 세상은 많이 바뀌었다. 2024년 2월. 한 뉴스사이트와 리서치 회사가 19~34세 청년 1100명을 대상으로 인식조사를 진행한 결과, 10명 중 6명인 59.7%가 N잡러로 살아갈 예정이며 이미 소득을 벌어들이고 있는 수단이 2가지인 사람도 21.8%, 3개 이상인 사람도 4.1%로 나타났다. 수명은 길어졌고 고용은 유연해졌다. 2018년, 처음 N잡러로 살기 시작하며 가졌던 비장한 각오와 기대는 어느새 당연하고 자연스러운 사회 현상이 되었다. 앞으로 N잡러는 어떻게 진화하고 나는 또 어떻게 변화하게 될까.

Start

보이스 스피치 강사가 되려면?

❶ 필요한 자질

· 바르게 소리내는 방법과 말을 잘 하는 방법에 대한 애정과 연구
· 차분함과 순발력, 소통에 있어 바른 애티튜드
· 자신이 아는 것을 키워드로 만들어 수업으로서 구성할 수 있는 능력
· 단점을 찾고 그 단점이 발생하는 원인과 해결 방법까지 찾아내는
  듣는 귀와 열정

❷ 직업으로 가는 길

· 아나운서, 성우, 리포터, 쇼호스트, 배우와 같이 목소리와 말을 다
  루는 직업, 특히 방송 관련 경력이 있는 경우가 많다. 보이스 강사

로 목소리만 다룬다면 가수, 성악가 출신 강사도 많고 성대 교정에 특화된 지식과 커리큘럼으로 진행하는 전문가들도 있다.

- 아주 드문 경우로 해당 직업의 지망생으로 오래 공부한 경험과 노하우를 바탕으로 강사로서 좋은 활동을 하는 경우도 있다.

- 스피치 지도 관련 자격증이 있긴 하지만 강사 시장에서 활용도는 높지 않은 편이며, 일부 학원 등에서 낭독 지도사, 동화 구연 지도사와 같은 명칭으로 비슷한 강사 자격증을 발급하기도 한다.

❸ 장점과 단점

- 인간이 사회적 동물인 이상 커뮤니케이션 능력은 삶의 매순간 요구된다. 어린이, 학생, 취준생, 직장인, 성인 등등 보이스 스피치 관련 강의의 기회와 수요는 항상 많다.

- 수요가 많은 만큼 공급도 많고 역사도 오래된 레드오션이다. 이미 훌륭한 이론과 책이 많이 나와 있어서, 시대의 흐름에 맞춰 특별한 콘텐츠를 고안해 어려워도 자신만의 영역을 만들 필요가 있다.

❹ N잡으로서

- 대부분의 보이스 스피치 강사들은 대부분 다른 본업을 바탕으로 시작한다.

- 강사로 활동하다가 자리를 잡거나 학원을 열면서 강사를 전업으로 하기도 하지만 본업을 유지하면서 N잡으로 하는 경우가 많다.

❺ 활동 요령과 예상 수입

· 먼저 아나운서 학원, 성우 학원, 스피치 학원 등에서 수업을 진행하는 방법이 있다.

· 나아가 강사로서 존재감을 알리고 자리를 잡기 위해서는 유튜브 채널이나 책 집필을 통해 자신만의 콘텐츠를 만드는 것은 거의 필수라고 할 수 있다.

· 학원에서 수업을 맡는 경우 보통 3시간 수업에 15만 원부터 시작한다.

· 재능 공유 플랫폼에 등록된 수업의 경우 일단 강사의 경력에 따라 그룹 수업이냐 일대일 수업이냐에 따라 다르지만, 강사 활동을 시작할 때 가격의 적정선을 파악하는 기준으로 삼을 수 있다.

6 job.
안녕하세요,
'라이브 커머스'
진행자입니다

01
'절대 못 해' 진짜? :
can't 와 don't

Start

내 인생에 플랜 B를 깨닫게 해준 아나운서님. 그리고 그 아나운서님을 만나게 해준 같은 스터디원이었던 동생. 그 동생은 그후 또 다른 자리를 만들어줬다. 2013년, 방송을 준비하는 모임이니 이 분야도 한 번 배우고 경험해보는 것이 어떻겠냐며 체험 수업을 제안한 것이다. 그곳은 쇼호스트 학원.

나는 한 번도 쇼호스트를 나의 직업으로 상상해본 적이 없었다. 한창 TV홈쇼핑이 등장하고 성장하던 시기에 자란 세대라 매우 익숙한 직업이었지만, 나는 절대 못 할 일이라고 생각했다. 체험 수업을 듣고 난 후에도 생각은 그대로였다. 순발력과 당당함, 그들만의 화법과 특별한 매력은 내게 없는 것이고 가질 수 없을 것 같았다. 낯선 수업은 신선했고 그간 몰랐던 방송인의 역량에 대해 고민하면서 나의 부족한 점도 돌아볼 수 있었다. 정말 도움이 되는 시간이었고 이후 유명 쇼호스트의 특강을 따로 찾아다니게 될 정도였다. 어디까지나 아나운서 합격을 위한 것이었다. 나는 절대 못 할 것이라고 늘 생각했다.

'나는 다른 방송은 다 해도 쇼호스트는 절대 못 할 것 같아. 자신 없어.'

아나운서, 성우, MC 등 방송 관련 수많은 직업을 경험하고 상상하면서도 쇼호스트는 왜 그렇게 어렵게 느껴지고 겁났을까. 일단 성우처럼 공채 제도가 남아있는 직업인 점이 컸다. 시험을 통과하기란 절대 쉬운 일이 아닐 테니 말이다.

다음은 에너지다. 방송 시간 내내 활력을 갖고 빠르고 높게 쉬지 않고 말을 한다. 심지어 특별히 대본이 있는 것도 아니다. 판매하는 것에 대한 사전 지식과 정보만을 가지고 자신의 말을 하는 것이다. 내가 해온 그간의 방송은 대본을 읽거나 암기하여 소화하고 애드립을 더하는 정도라, 그 부분도 대단하게 느껴졌다.

마지막으로 판매에 대한 압박감이다. 나의 일은 특별히 시청률이나 화제성에 대한 부담감이 없다. 물론 성우로 참여한 작품의 평가나 조회수, 판매율이 높으면 좋지만 누구도 내게 그것을 요구하거나 비교하지 않는다. 나는 그저 퍼포먼스를 하는 그 순간 최선을 다해 나의 역할을 하면 된다. 하지만 쇼호스트는 다르지 않을까. 완판·매진·매출·재방·앵콜 등, 숫자로 설명되고 증명된다는 점이 겁이 났다.

그런 내게 라이브 커머스 방송 제의가 왔다. 2019년 6월이었다. 대기업 모바일 어플 몰에서 진행되는 예능형 홈쇼핑의 PD님이 SNS DM을 통해 출연 가능 여부를 문의한 것이다. 아직 프리랜서 2년 차에 성우로서도 방송인으로서도 아직 이렇다 할 포트폴리오가 없었던지라 무엇을 보고 나를 어떻게 알고 연락하신 걸까 신기했다. 홈쇼핑 방송 진행 역량을 확인할 수 있는 정보는 더더욱 전혀 없었다. 일이라면 무엇이든 놓칠 수 없었던 그때였지만, 반가움보다 망설임이 앞섰다. 할 수 있을까.

내가 2013년 처음 체험 수업으로 접한 후 지난 6년간 '내가 다른 방송은 다 해도 저것만큼은 절대 못 할 거야.'라고 생각해 온 쇼호스트 일이었다. 정확히는 모바일 예능형 홈쇼핑 프로그램의 서브 진행자로서의 출연. 당시에는 라이브 커머스라는 표현도 잘 쓰이지 않을 정도로 생소한 새로운 영역이었다.

2012년에 내가 갖고 있던 아나운서의 이미지가 아나테이너로 많이 달라졌듯, 쇼호스트 역시 내가 가지고 있는 인식과는 꽤 달라져 있었다. 출연 제의를 받은 일은 '모바일 어플의 예능형 홈쇼핑', 지금의 라이브 커머스였다. 내 역할은 전문 쇼호스트를 서포트하는 서브 진행자였기에 제품을 소개하는 방송에 패널로 나간 것으로 생각해도 무방할 정도였다. 제의를 받고 모니터해보니 내가 자신 없었던 높은 톤으로 끊임없이 활력을 발산하는 방식 외에도 다양한 톤과 분위기의 쇼호스트들도 많이 볼 수 있었다. 게다가 나는 회당 소정의 출연료만 받는 일회성 출연자이기에 판매량이나 금액은 내게 공유되지 않는 시스템이었다. 하지 않을 이유가 없었다.

그때 그 일을 시작으로 나는 라이브 커머스 진행 일을 계속하고 있다. 나의 여섯 번째 직업이다. '절대 못 해.' 진짜? 과연 그럴까? 절대로 못 하는 일이 있을까? 나의 성격, 상황, 가치관 등을 이유로 그저 지금까지 안 한 것 아닐까? 혹은 아직 못 해본 것 아닐까?

그 이후로 나는 "저건 절대 못 해."라는 말을 쉽게 입에 담지 않는다. 살면서 이런 일은 또 있을 것이다. 만약 can't라고 생각이 든다면 충분히 찾아보고 익숙해져 보겠다. 의외로 그저 don't일 수 있으니 말이다. 불가항력의 '못 해'보다는 내가 선택한 '안 해'가 더 많을 테니까. 그러니 긴 인생, 무엇도 단정 짓지 말자. 나의 그릇을 제한하지 말자. 훗날 상황이 바뀌었을 때 나의 발목을 잡는 것이 과거의 내가 되지 않도록.

6 Job.
라이브 커머스 진행자

02
나!
네 동료가 되자

Start

라이브 커머스 진행 일의 시작이 되었던 한 PD님의 연락. 그 분은 나를 어떻게 알았을까. PD님이 있는 회사는 성우 공채를 진행하는 애니메이션 채널도 운영하는 곳이었다. 성우들과도 친숙했고 이미 성우 몇 명과 모바일 홈쇼핑을 진행한 적이 있었 다. 덕분에 성우들의 방송 역량을 잘 알고 있었고 새로운 성우 를 찾고 함께하는 데 걱정이 없었다. 선명한 발성과 정확한 발 음이 주는 전달력, 자유자재로 소화하는 상황극이나 개인기로 발휘하는 성대모사 등 제품 판매의 주역인 쇼호스트의 방송을 다채롭게 만들어주는 서브 출연자로서 손색이 없었으리라.

SNS DM으로 섭외를 받았기에 PD님의 SNS도 자연스레 탐색하게 되었고 내가 존경하는 선배나 실력 있는 다른 방송사의 동기와 이미 몇 번 방송을 진행한 것을 확인했다.

내가 믿는 사람들이 함께 일하고 있는 연출자이니 당연히 나도 믿음이 갔다. 프리랜서 일은 의뢰하는 사람도 상대를 평가하겠지만, 반대로 의뢰받는 사람도 얼마든지 의뢰인을 판단하고 선택할 수 있다. 처음에는 소위 닥치는 대로 내게 연락 준 것만으로 감사해하며 일했지만, 몇 번의 의심스러웠던 선택이 결국 악연으로 끝난 뒤로는 경제적인 상황이 아주 나쁘지 않은 이상 신중해졌다. 마음의 상처를 줄여서 건강하게 오래 일하기 위한 방책이었다. 작년 봄, 주변에 악평이 많은 사람과 일하다가 크게 상처를 받았는데, 같은 사람이 올초 다시 연락을 주었다. 화제성 있는 작품에 내가 자신 있는 역할이라 잠시 고민은 되었지만, 과감히 거절했다. 물론 너무 아쉽고 자꾸 생각나긴 한다. 하지만 아마 수락했다면 나는 또 상처받고 후회했을지도 모를 일이다. 한동안 생각나면 생각나는 대로 좀 아쉬워하다가 천천히 잊어야지.

이렇게 일을 받아들이고 직접 겪어보는 것이 가장 확실하지만, 사실 사람의 촉이라는 건 처음 연락을 주고받을 때 오기도 한다. 말투, 단어 선택, 연락하는 시간대부터 메일이나 문자, 통화의 첫인사와 끝인사 등에서 사람이 보인다. 상대가 일과 사람을 대하는 태도에 묻어날 수밖에 없다. 겪어보면 다를 수도 있다. 말은 세지만 속은 여릴 수도, 태도는 강하지만 그만큼 일의 결과가 만족스러울 수도 있다. 그 또한 개인의 선택이다. 다만 나는 나의 모양을 바꿔 끼워 맞추는 것보다, 애초에 인연을 만들지 않는 편이 더 낫다는 것을 10년의 경험으로 알았다.

마지막 방법은 상대와 이전에 일해본 지인에게 물어보는 것이다. 남에게는 좋은 사람이 내게 별로일 수도 있고 내게는 괜찮은 사람이 남에게는 악당일 수도 있다. 그래도 내가 믿을 수 있는 사람을 통해서 이야기를 들어보는 것은 예방주사 효과를 낼 수도 있고 미리 위험을 피하게 해줄 수도 있다.

2019년 처음으로 받은 쇼호스트 섭외. 아마 나 자체만으로는 성사되지 않았을 일이다. 아예 나를 찾아보지도 궁금해하지도 않았을지도 모른다. 선배들과 동료들이 보여준 훌륭한 퍼포먼스가 나의 라이브 커머스 진행자 데뷔를 가능하게 해줬다. 프리랜서 시장은 보통 정글, 각개 전투 등으로 표현된다. 그렇지만 우리는 같은 직업이라는 것만으로 이미 연결되어 있다. 그들이 각자 자신의 길을 잘 가준 것만으로 내 앞길까지 트인 것이다. 서로가 서로에게 무언의 보증이 된다.

프리랜서 일은 그렇다. 실력이 1순위겠지만 이왕이면 인성도 좋아야 한다. 기본적으로 샘플 파일이나 검색을 통해 톤과 특성을 파악한다. 다음은 오디션을 통해 실력과 어울림을 파악해 캐스팅한다. 경우에 따라 주변 동료들에게 물어보기도 한다.

"○○ 알아요? 이 친구 어때요?"

모든 일이 그렇겠지만 프리랜서이자 N잡러는 특히 일하는 곳도 주변에 사람도 몇 배로 많다. 남을 흥하게 하긴 어려워도 망하게 하긴 쉽다지 않은가. 나도 초반에 원치 않게 적이 생겨 고생한 후로 이 부분에 신경을 많이 쓴다. 일에 있어 좋은 평가를 받는 것을 목표로 하기보다 차라리 나쁜 평가를 받지 말자. 최소한 나쁘지 않게, 보통으로만 기억되자. 예의 있는 말과 겸손하면서도 적극적인 태도로 호감이 가고 함께 일하고 싶은 사람이면 더 좋겠지.

나의 일을 잘하자. 좋은 동료가 되자. 적을 만들지 말자.
대단한 인싸까지는 못 되더라도 이 세 가지만으로도 충분하다.

6 Job.
*라이브 커머스 진행자

03
알아야 부른다 :
퍼스널 브랜딩

Start

"성우님은 유튜브 안 하세요?"

자주 듣는 말이다. 나는 유튜브를 안 한다. 콘텐츠에 대해서는 이것저것 고민하고 떠올리곤 한다. 성우로서의 더빙이나 라이브 콘텐츠는 물론 보이스 스피치 강의나 요가나 케이팝 댄스 튜토리얼, 혹은 N잡러 라이프 브이로그 등등. 하지만 무엇 하나 선뜻 시작하기가 어렵다. 일단 한 발 나서는 것이 중요하다는 것을 알고 그렇게 살아온 나인데도 이상하게 유튜브는 힘들었다. 완벽할 자신이 없고 서툰 과정을 공유하는 것이 부끄러웠다. 마지막으로 나를 아는 사람들이 나의 콘텐츠와 나를 평가하는 것이 두려웠다. 구더기 무서워 장 못 담근 격이다.

요즘 강연에 자주 등장하는 몇몇 주제들이 있다.

메타 인지, 융합형 인재, AI와의 공생, 100세를 넘어 120세 인생 그리고 퍼스널 브랜딩.

퍼스널 브랜딩은 예전에는 TV 예능 속 연예인들에게나 존재하는 '캐릭터'였다. 하지만 이제는 남녀노소를 불문하고 누구나 얼마든지 자신을 브랜딩해서 하나의 상품, 나아가 1인 기업으로도 만들어나갈 수 있는 시대다. 여기에는 블로그와 SNS, 그리고 유튜브의 힘이 크다. 이미 레드오션이 되었지만 그럼에도 여전히 퍼스널 브랜딩의 가장 기본적인 수단이다. 프리랜서, N잡러에게는 더더욱 필요한 일이다. 프리랜서는 자신을 얼마나 매력적으로 표장하느냐에 따라 일의 양과 질이 달라진다.

유 퀴즈 출연 후 고민이 많았다. 전문가를 찾아 유튜브와 블로그를 키우고 인스타그램의 소개 글과 사진을 소위 나를 팔기 좋게 정리할까 여러 번 생각했다. 타이밍이고 기회였다. 하지만 여태 어설프게 모든 창구를 활용하고 있다. 아마 작정하고 '프로 N잡러', '유 퀴즈 성우' 등을 키워드로 인스타그램과 블로그, 유튜브로 나를 판매하는 데 열중했다면 지금 일과 수입의 상황이 매우 달랐을지 모른다.

이렇게 퍼스널 브랜딩에 소극적인 나지만, 달라져야겠다고 자극이 된 사람들이 있었다. 대학원에서 알게 된 한 언니는 아나운서, 리포터, 작가, 가수, 연극배우 등등 방송 관련 분야라면 뭐든 다 도전하고 끊임없이 자신을 홍보했다. 넘치는 에너지가 솔직히 부담스럽기도 했다. 코로나 팬데믹이 시작되고 방송 및 문화 예술계에 위기가 닥쳤다. 와중에 활로로 떠오른 라이브 커머스. 언니는 오래되어 알아보기 어려운 옛날 인터넷 쇼핑 방송 영상을 SNS에 올리며 자신의 쇼호스트로서의 역량을 한동안 공격적으로 어필했다. 그러더니 직접 라이브 커머스 스튜디오를 꾸려서 방송을 시작했고, 지금은 사업체를 만들어 대표로서 라이브 커머스 교육 및 진행자 양성을 하고 있다. 자신의 인스타그램에 홍보를 시작한 지 불과 2년여 만의 일이다. 절박함과 자기 어필이 만들어낸 결과였다.

한 동료는 자신의 본업과는 전혀 상관없는 분야로 유튜브에 꾸준히 영상을 올렸다. 어설플 수밖에 없었고 조회수도 적었다. 무슨 동력으로, 어째서 계속하는 걸까 궁금하기도 했다. 그러다 나도 당분간 잊고 살았는데 어느 날 소식을 듣게 되었다. 채널을 개설한 지 4년 정도 만에 몇십만의 구독자가 생겼고 현재도 업로드 중이다. 나중에 듣고 보니 해당 분야는 동료가 평소 가장 좋아하는 분야였다. 꾸준히 하게 만든 힘은 그 단순함이었다.

'컨셉충'이라는 말이 있다. 이미 오래된 신조어다. 콘셉트에 매몰되어 모든 행동이 자연스럽지 않은 사람을 비하하여 이르는 말이다. 나도 컨셉충이 우스웠다. 방송에 등장하여 컨셉충이라고 불리는 사람들을 보며 '우와~ 진짜 대단하다'라고 했지만 비꼬는 마음일 때가 대부분이었다. 이제는 아니다. 어느 순간부터 아니었다. 진심으로 인정하고 존경한다. 유튜브의 시대가 오면서 인정받은 채널들은 모두 자신의 특성, 취미, 좋아하는 것을 굴하지 않고 오랜 시간 꾸준히 해온 사람들의 것이다.

알고 보니 요리를 좋아하고 음식에 진심인 배우 이장우와 최근 급부상한 청소광 브라이언이 대표적으로 떠오른다. 두 사람 모두 데뷔 10년이 지난 후에 자신들이 오래 좋아해온 것으로 다시 전성기를 맞고 있다. 또 내가 존경하는 성우 선배 중에는 자신이 좋아하는 색깔을 자신의 정체성으로 확립시켜, 그를 아는 사람들이라면 누구나 언제 어디서든 그 색깔만 보면 그를 떠올린다. 토끼가 되는 것이 어릴 적 꿈일 정도로 토끼를 좋아해서 토끼만 그리는 김한나 작가의 예도 마찬가지다. 김한나 작가와 그녀의 토끼 그림은 몇 년 전부터 쭉 큰 인기를 누리고 있다.

이런 사람들은 주변의 반응에 휘둘리지 않고 있는 그대로 좋아하는 것을 즐기는 자신의 모습을 지킨다. 그리고 어떤 형태로든 자신을 드러내고 알린다. 그렇게 시간이 쌓이다 보면 하나의 브랜드가 되고 세상이 알아보는 자신만의 계절을 맞는다.

돌이켜 생각하면 그간 나의 모든 수험 성공에도 퍼스널 브랜딩이 숨어있었다. 아나운서 시험도, 성우 시험도 그랬다. 하다

못해 졸업 사진에도 콘셉트가 있다. 한 고등학교의 유명한 패러디 졸업 사진처럼, 기억에 남으려면 명확하게 정의되고 기억되고 불릴 자신만의 키워드가 있어야 한다. 나의 대학 졸업 사진은 '화이트 미니 원피스에 똥머리'였다. 재킷, 단정한 긴 원피스, 투피스에 긴 웨이브 머리 일색이던 그 시절, 내 차림은 튀었고 이후 졸업 사진에는 나와 비슷한 차림이 몇몇 보였다. 처음 도전했던 스포츠 아나운서 시험에서는 머리에 꽃장식을 달고 가서 '머리에 꽃 단 애'로 나를 소개했고 그 때문은 아니겠지만 기대하지도 않았던 1차 통과라는 결과를 받았다. 성우 시험에 합격하고 한참 후 한 회식 자리에서, 담당 PD님께서는 "나, 다슬 씨 시험 때 입고 온 복장 정확히 기억 나."라고 말하기도 했다. 건강하면서 수수하게 꾸민 듯 안 꾸민 느낌을 내려고 고민했는데, 쑥스러우면서도 뿌듯했다. 면접 강의를 할 때 학생들에게도 매번 강조하는 부분이었고 지금 보니 이것이 내가 배운 적 없이 터득했던 성공의 한 방법이었다. 바로 퍼스널 브랜딩.

오디션도 대표적이다. 이제는 '프로듀스 101'처럼 무려 100명이 넘는 아이돌 지망생이 등장해 10자리도 안 되는 데뷔조를 노리며 경쟁하기도 한다. 그 안에서 기억되는 것이 결국 퍼스널 브랜딩이다. 특히 프로그램 사전 홍보로 사용된 '1분 자기소개' 영상은 퍼스널 브랜딩 그 자체다. 어떤 매력을 보여주고 각인시킬지, 얼마나 명료하게 나를 기억하게 할지 선택하고 표현한다. 나라면 과연 어떻게 했을까? 이런 프로그램을 보면, 어린 청춘들의 열정과 간절함, 반짝이는 눈에 자극을 받곤 한다. 그 영민함에 감동하기도 한다. '진짜 열심이다. 나도 한때 저랬을까. 나라면 어떨까.'

지금의 나는 프로필이 7개다. 성우 프로필, 아나운서 프로필, 라이브 커머스 진행자 프로필, 보이스 스피치 강사 프로필. 물론 요가 강사와 댄스 강사 프로필도 2020년 코로나 팬데믹 이후 자주 활용하지는 않지만 가지고 있다. 마지막으로 배우 및 모델 에이전시용 프로필까지 총 7개. 각 프로필은 문의가 들어오면 내용에 맞게 하나만 보내는 것이 기본이다. 다만, 나는 각 프로필에 내가 가진 다른 직업들과 대표 이력 두세 개를 같이 적어두었다. N잡러로 나의 정체성을 브랜딩한 것이다. 혹시 모를 일이다. 라이브 커머스 진행자 프로필에 요가 강사 이력을 함께 제출한 덕분에 스포츠웨어 방송에서 다리 찢기 후 양 발끝 사이의 길이를 맞추는 이벤트를 진행해 재미와 신선함을 끌어냈다. 또 오랜 팬이기도 한 유명 스트레칭 강사와 함께 요가복 방송도 진행할 수 있었다.

아무리 능력이 있고 자신감이 넘친들 나서서 알리지 않으면 알 수가 없다. 그런데 그 '알린다'는 것이 참 쑥스럽다. 망설여진다. 이 정도 실력과 상태로 알려도 되나. 남의 시선도 신경 쓰인다. 나대는 것으로 보이진 않을까, 애쓰는 내 모습이 혹시 우습게 보이지는 않을까. 생각이 많아지다 한 걸음도 나아가지 못하게 된다. 물론 용기 내 한 걸음 나간다고 당장 일이 술술 풀린다는 보장도 없다. 얼마나 계속해야 할지도 언제 나의 계절이 올지도 알 수 없다. 그렇기에 더더욱 자신이 내켜서, 자기 안에 동력을 갖고 시작해야 지치지 않을 것이다. 조금 더 당당해져도 괜찮고 조금 더 뻔뻔해지면 또 어떤가. 올해부터는 나도 낯선 한 걸음을 떼보려고 한다.

6 Job.
라이브 커머스 진행자

04
코로나 팬데믹
덕분에 살았다

Start

생각지도 못했던 라이브 커머스 일은 생각보다 적성에 맞았다. 나는 절대 못 할 것이라고 단정했던 지난 시간이 어이없을 정도로. 심지어 이 일을 못할 것이라 판단했던 이유인 판매에 대한 걱정을 사서 할 정도였다. 더 자주 방송하고 더 많은 매출을 올리고 싶은 마음까지 생겼다. 하지만 전문 쇼호스트가 아니다 보니 일은 한 달에 한두 번 정도에 불과했고, 활동이 알려지지 않다 보니 부르는 곳도 한정적이었다.

그러던 중, 더 생각지도 못한 시기가 왔다. 2020년 설 무렵을 시작으로 전 세계가 코로나 팬데믹에 빠진 것이다. 항공사, 여행사, 외식업, 결혼업체, 그리고 문화예술계를 비롯해 모두가 어려운 시기를 보냈다. 나에게 가장 직접적 타격은 아나운서 일이었다. 행사나 축제가 거의 불가능해지면서, 관련 업계에 종사하는 주변 사람들이 모두 힘들어졌다. 행사대행업체를 운영하는 친한 대표님은 배달 일을 비롯해 부업으로 그간의 생계를 유지했고 행사 전문 MC인 지인 역시 유튜브 진행으로 잠시 주 활동 영역을 바꾸며 모두 코로나 종식만을 기다렸다.

나 역시 일에 제약이 컸다. 고정 프로그램 없이 행사 진행 위주였던 프리랜서 아나운서 일은 거의 없어졌고, 모든 강사 활동 역시 임시 휴업에 들어가야 했다. 말을 주고받으며 입 모양을 관찰해야 하는 보이스 스피치 강의는 위험했기 때문이다. 요가, 댄스도 마찬가지였다.

당분간 성우 일 하나로 생활해야 하나 하던 그때. 폭발적으로 성장한 분야가 있었다. 바로 라이브 커머스. 기존에 홈쇼핑 채널을 운영하던 기업들은 물론, 백화점, 네이버, 그리고 배달 어플 기업까지. 온갖 라이브 커머스 플랫폼과 관련 업체들이 우후죽순으로 생겨났고 방송 또한 여기 저기에서 하루에도 수십 개씩 진행되었다.

2019년 미리 라이브 커머스 진행에 발을 들여놓았기에 빠르고 쉽게 이 물살에 올라탈 수 있었다. 한 달에 한두 번이라 아쉬웠던 섭외 연락은 일주일에 한두 건으로 늘어 한 달이면 10건 가까운 라이브 커머스를 진행할 수 있었다.

당시 역시 급속도로 성장한 오디오 콘텐츠 업계와 다양한 OTT 시장 덕분에 성우 업계는 다행히 코로나의 피해를 입지 않았다. 하지만 성우로서는 아직 병아리였던 내가 그 호황을 온전히 누릴 수는 없었다. 아나운서와 강사 활동이 거의 불가능하던 그때, 내게 남은 것이 성우 일 하나였다면 수입은 예전의 반 토막이었을 것이다. 무엇보다 갑자기 적어진 활동량에 내 마음이 감당이 안 되었을 것이다.

N잡러로 여러 분야에 수입과 활동을 걸쳐 놓은 것이 자아실현을 넘어 생계에도 확실히 도움이 된다는 것을 알았다. 세상살이가 어려운 것은, 예측 불가능하기 때문이다. 이것을 알기에 사람들은 과거로 돌아가는 판타지 회귀물에 열광하는 것 아닐까. 그렇게 전혀 예측할 수 없었던, 심지어 우리나라를 넘어 전 세계적인 위기의 순간. 가장 늦게 시작한 나의 6번째 직업이 나를 살렸다. 작정하고 대비한 것도 아니었는데 말이다.

프리랜서 성우와 아나운서 일은 1~2월에 가장 섭외가 적다. 나의 지난 10년이 그랬고 업계 주변 사람들의 말도 그러하다. 2019년 1월에는 한 달 동안 시부모님과 친정 부모님을 모시고 남편과 함께 시누이가 사는 파라과이를 비롯한 남미 여행을 했는데, 공백이 걱정이었지만 놀라울 정도로 섭외 연락은 없었다. 세 건이었는데 하나는 미루고 하나는 포기하고 하나는 지인을 소개해줬다. 올해 1월에는 일주일 동안 강원도 부모님 댁에 가서 글쓰기에 집중했다. 광고 섭외로 인한 오디션 영상은 가내 수공업으로 찍어 보냈고, 급한 녹음 두 건은 혹시 몰라서 챙겨온 장비로 홈레코딩으로 보냈다. 당장 서울로 돌아가야 할 이유도 없다. 일이라곤 10일 뒤에나 있는 기업 강의가 전부다.

이 정도로 일이 없는 1~2월엔 주로 수업할 곳을 찾거나 만드는 것으로 돈을 번다. 강사로 등록된 어플에 보이스 스피치 강의 가격을 할인하거나 소규모 요가, 댄스 클래스를 모집한다. 여행이 많은 시기이니 대타 수업도 쏟아지는 때라 강사 커뮤니티에서 대타 강의를 잡기도 한다.

이렇게 다른 활동을 하면 장점도 많다. 만나는 사람은 나의 연기에 자산이 되어주기도 하고 성우 본업을 더 애틋하게 느끼게도 해준다.

이렇게 N잡들은 때로는 하나가 돛을 펼쳐 순풍을 맞으며 시원하게 앞서 나아가고, 어느 한쪽에 구멍이 나면 다른 하나가 그 자리를 메꾸기도 하며 '나'라는 배가 이 망망대해에서 가라앉지 않게 한다.

05

이제 또 뭘 해볼까? :
좋아하는 일과 잘하는 일

6 Job.
*라이브 커머스 진행자

Start

　　2019년부터 2024년 현재까지 5년 동안, 나는 6잡러에 멈춰 있다. 멈춰 있다는 표현이 좀 이상하긴 하지만, 어쨌든 그 이후로 새로운 직업이 추가되지 않았다. 일이 바쁜 것도 있었고 6개 중에서 요가 강사와 댄스 강사는 임시 휴업이나 마찬가지인 상태라 일단 하고 있는 것이나 잘하자는 생각이었다. 그렇다고 계속 지금 상태에 머무를 것은 아니다. 평생의 콤플렉스였던 노래를 배운 지 3년이 되었다. 이따금 대타 강사로 활동 중인 플라잉 요가와 아쉬탕가 빈야사 요가 수련을 계속하며 페이스 요가 요가, 임산부 요가, 키즈 요가 강사 자격증도 준비 중이다.

　　나는 정리된 발성과 정확한 발음으로 읽고 표현하는 성우 본업과 누군가에게 뭔가를 가르치는 일을 잘한다는 평가를 듣고 또 자신한다. 잘하진 못하지만 노래하는 것과 춤추는 것, 카메라 앞이나 무대 위에서 말하고 소통하는 것을 좋아한다. 그리고 이 모든 것들을 더 잘하고 싶다.

"좋아하는 것과 잘하는 것 중 무엇을 해야 하나요?" 가장 어려운 질문이다. 웬만한 것들엔 술술 대답하는 나지만 이 질문에 대해 질문자가 만족할 만한 답은 아직 찾지 못했다. 2018년 G1 '꿈틀'에 출연했을 때도, 2019년 MBC 강원영동 'B급 라디오 보라보라'에 출연했을 때도, '유 퀴즈 온 더 블록'에 출연했을 때도 모두 받은 질문이다. 내 답은 질문자의 성에 차지 않는다는 게 느껴졌고, 유 퀴즈에서는 편집되었다.

세 번 모두 내 답은 같았다. "그 둘이 왜 양자택일의 대상이죠?" 출제자의 의도를 파악하지 못한다는 것이 이런 것이구나 처음 깨달았다. 좋아하는 것과 잘하는 것 중 대체 왜 하나를 골라야 할까. 둘 다 하면 되는 것 아닌가. 좋아서 자주 하다 보면 잘하게 되지 않을까. 좋아하는 일이라면 잘하지 못해도 한다는 그 자체로 좋지 않을까. 좋아하는 일이 아닌데 잘할 수 있을까. 안 좋아하는 일을 잘하게 되는 것은 대체 어떻게 하는 걸까.

책을 시작할 때 가장 먼저 생각했다. 글을 쓰며 이 질문에 대한 답을 어느 정도 찾아보자고. 먼저 나의 가장 큰 의문이었던 좋아하는 일과 잘하는 일의 이분법이다. 잘하는데 좋아하지 않는 일을 먼저 알아야 이해가 될 것 같았다. 아마 공부가 그렇지 않을까. 좋아서 하는 사람도 있겠지만, 대부분 수단으로 생각하고 버티는 것 아닐까. 그 시간이 즐겁진 않지만, 성적이 잘 나올 수 있으니까. 혹은 너무 싫지만 타고난 재능이나 엘리트 교육으로 만들어진 비운의 예술가라든가.

다음은 둘 중 하나만 해야 하는 상황이다. 프리랜서가 아니라 시간과 에너지를 모두 들여 하나의 일만 해야 하는 경우일 것이다. 유일한 생업이라면 일단 잘하는 일을 선택하라고 하겠다. 그 일로 돈을 벌어야 한다면 잘하는 일일수록 본인도 수월하고 함께 일하는 동료나 의뢰인에게도 만족스러울 테니 말이다. 좋아하는 일은 여유가 생기거든 취미로, 부업으로 하다가 나중에 다시 선택해도 되지 않을까.

어느 쪽이든 반드시 둘 중 하나를 선택해야 하는 상황이라면 가지 않은 길이다. 좋아하는 일을 하며 산다고 해서 매분 매초 행복하지는 않을 것이다. 힘들 때면 잘하는 일이 떠오를 것이고, 반대로 잘하는 일을 하며 살다가 괴로울 때면 좋아하는 일이 그리울 것이다. 어느 길이든 장단점은 있다. 가던 길을 계속 가며 내 힘으로 해를 띄우고 꽃을 피울지, 왔던 길을 돌아가 가지 않은 길을 가볼 것인지.

Start

라이브
커머스
진행자가
되려면?

❶ 필요한 자질

- 순발력, 방송을 이끌고 가는 높은 활력과 밝은 에너지
- 생방송의 변수에 대응할 수 있는 순발력
- 호감 가는 외모와 신뢰감 가는 음성에서 오는 흡입력
- 빠른 이해력과 기억력, 명확한 전달력
- 상품, 나아가 자신을 매력적으로 표현하고 판매할 수 있는 설득력

❷ 직업으로 가는 길

- 정식 쇼호스트의 경우는 홈쇼핑 채널에서 공채를 통해 선발하고 있다.

188

- 네이버 등 대형 커머스 역시 자체적으로 진행자를 두는데, 유명 연예인부터 인플루언서나 유튜버, 아나운서 등 방송 경력과 어느 정도의 인지도가 있는 경우가 대부분이다.

- 그밖에도 쇼호스트 지망생들이 방송 경험을 쌓기 위해 진행에 참 여하는 경우도 많고 소규모 기업의 경우 판매자가 직접 진행을 할 수도 있다.

- 예전에는 쇼호스트 학원, 아나운서 학원 등에서 교육을 받았는데, 라이브 커머스 진행자 전문 양성 업체들도 많이 생겨 선택의 폭이 넓어졌다.

- 이미지 메이킹이 잘된 SNS를 바탕으로 인플루언서로서 자리를 잡은 뒤, 중국 시장에서 활동하는 진행자도 많아지는 추세다.

❸ 장점과 단점

- 방송을 하는 여성 진행자는 항상 나이듦, 결혼, 출산, 육아에 의한 경력 단절의 걱정을 안고 살아간다. 하지만 쇼호스트와 라이브 커 머스 진행자의 경우 이 모든 것이 오히려 장점이 될 수 있다. 판매 상품의 주 소비자층과 더 많이 공감할 수 있기에 자연스러운 흐름 에 대해 거부감이 덜하다.

- 판매를 진행한 상품이나 기업에 문제가 생길 경우 이 역시 안고 가야 하는 위험부담이 있다.

- 철저히 자신의 이미지, 가치에 따라 수입이 정해지기 때문에 매출 에 대한 스트레스가 크다.

- 이 모든 것을 종합했을 때, 일상 생활이 모두 제품 선정, 홍보, 판매, AS를 위한 촬영과 SNS를 통한 고객 응대에 매일 위험이 높다.

④ N잡으로서

- 많은 진행자가 자체적인 사업체를 운영하는 사장님이기도 하다. 자신만의 브랜드를 론칭하기도 하고 유튜브 채널을 만들어 진행하기도 한다.

- 상품의 제작사나 브랜드의 말 잘하는 직원이 직접 자사 채널에서 진행자로 활동하는 경우도 많다. LG유플러스를 비롯해 대기업부터 영세기업까지, 다수의 경우가 있는데 이런 사람들은 모두 직장인인 동시에 라이브 커머스 진행자로 N잡 중이니 가능성은 열려 있다고 볼 수 있다.

- 또한 인스타그램이나 틱톡 등 유명 SNS의 팔로워가 1만 명만 넘으면 다들 공동구매를 비롯한 판매를 겸한다. 만약 이때 단순히 글과 사진 업로드를 넘어 라이브를 통해 실시간 판매를 진행한다면 라이브 커머스 진행자 겸업이라고 볼 수 있다. 수고에 비해 수익이 많은 편으로 알려져 있어 사람들의 관심과 인기가 높다. 전문 에이전시도 많아지는 추세라 초보들도 N잡 중 하나로 시작하기에 어렵지 않다.

⑤ 활동 요령과 예상 수입

- 쇼호스트 학원을 통하는 것이 가장 기본적인 방법이고 라이브 커

머스 채널을 운영하는 회사에 직접 포트폴리오를 만들어 자신을 알리는 등의 수고와 용기도 도움이 될 것이다.

• 자신의 이미지 메이킹에 따라 수입이 결정되므로 SNS를 이용한 퍼스널 브랜딩과 팔로워 모으기는 필수라고 할 수 있다. 지역 방 방곡곡에서 기업의 자체적인 라이브 커머스를 지원하는 프로그램 이 많으니 이런 곳의 교육을 찾아 지원하며 경험을 쌓고 활동 영 역을 확보하는 것도 초기 활동 방법이다.

• 라이브 커머스 진행자는 초기에 30만 원 안팎의 출연료로 시작하 는 것이 보통인데, 에이전시가 개입되거나 학원의 지망생에게 기 회가 오는 경우 진행자 본인에게는 10만 원 정도만 나오는 경우 도 더러 있다. 한 시간의 방송 진행료로는 부적합하다고 생각하지 만, 개인의 선택을 존중한다.

• 이후의 수입은 다른 방송인과 마찬가지로 활동량, 인지도, 팔로워 수 등 세밀한 조건에 따라 100배 이상 차이가 날 정도로 천차만 별이다.

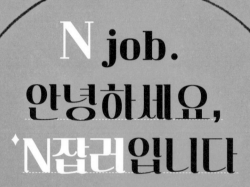

N job.
안녕하세요,
‘N잡러입니다

2019년, 라이브 커머스를 시작하면서 나의 직업은 6개가 되었고 그때부터 쭉 6잡러로 살고 있다. 하지만 나도 처음부터 N잡러로 살려고 작정했던 것은 아니었다. 그때그때 상황에 맞춰 흘러가다 보니 어느새 나는 6잡러가 되어있었고, 이는 내가 생각해도 가끔은 헛웃음이 나기도 하고 때로는 나 자신이 신기하기도 하다.

'세상에, 내가 이렇게 살 줄이야. 나도 꿈에도 몰랐네.'

동시에 이것 역시 확실하다. 내겐 N잡러가 꼭 맞다는 것이다. 보이스 스피치 수업을 시작할 때 가장 처음 꼭 하는 말이 있다. 나는, 말을 비롯한 사람의 모든 현재 상태는 세 가지 'ㅅㄱ'으로 이루어진다고 생각한다. 첫 번째는 성격, 두 번째는 습관, 마지막은 생각. 앞에서부터 오래되었고 영향력이 크며 뒤에서부터는 비교적 나의 의지대로 바꾸기가 쉽다.

지금 우리의 상태는 타고난 혹은 유년기에 형성된 성격을 바탕으로 형성되어 기본적으로는 살아온 세월 동안 들인 습관에 따라 발현되고 그 순간 어떤 생각을 하고 있는지에 맞춰 표현된다. 말 생활이 특히 그렇다. 보이스나 스피치에 고민을 갖고 찾아오는 수강생들은 원활한 커뮤니케이션을 위해 기존의 성격을 바꾸고 습관을 고치고 싶어 하지만 쉽지 않다.

그래서 나는 일단 생각을 바꿀 수 있게 유도한다. 의도적으로 당장 떠오르는 생각의 문구를 수정하고 억지로라도 마음가짐이나 감정의 단어를 자신이 지향하는 방향으로 바꾼다. 그렇게 스스로에게 주문을 걸다보면 자연스럽게 언어적·비언어적 표현이 바뀐다. 그다음엔 습관을 내가 원하는 방식으로 바꿀 수 있도록 노력해보는 것이다. 차근차근, 말을 비롯한 삶의 많은 태도 등이 몸과 생활에 새롭게 스며든다. 그러다 보면 사람에 따라서는 성격까지 바뀌는 경우도 보곤 했다.

어쩌면 나는 애초에 N잡러로 살 수밖에 없는 성격과 습관, 생각을 갖고 살아왔을지도 모른다. 이 책을 통해 삶의 방향에 대한 힌트가 필요하신 분들에게 나의 지난 삶이 작은 공감과 영감이 되면 좋겠다. 막상 살아내고 보니 너무나도 N잡러가 어울렸던 나의 평소 성격, 습관, 생각을 공유하려고 한다. 혹 나와 비슷하다면 N잡러의 삶이 어렵지 않을 것이다. 만약 나와 다르다면 생각부터 습관을 천천히 바꿀 수도 있고 '쟤는 저렇구나.' '이렇게 사는 사람도 있구나.' 생각하며 나와는 다른 방식으로 당신만의 N잡러 라이프를 만들어갈 수도 있을 것이다.

❶ 셀프의 중요성 : 자기 관리

N잡러 관련 도서를 보면 공통적으로 꼭 갖춰야 한다고 말하는 사항들이 있다.

자기 관리, 멀티 태스킹, 시간 엄수 등이다. 이 중 자기 관리는 아마 모든 N잡러가 최우선으로 꼽을 것이다. 유명인로서 소속사가 있지 않은 이상 우리는 모두 자기 스케줄을 자신이 관리한다. 하지만 그게 N잡러라면? 셀프로 해야 하는 일이 남들의 몇 배인 것이다. 꼭 N잡러가 아니어도 다들 잘 해내고 싶은 자기 관리는 절제와 보상, 그리고 선택과 책임으로 이루어진다고 생각한다.

◆ 절제와 보상

'유 퀴즈 온 더 블록'에 출연했을 때, 예고의 티저로 쓰인 말이 있다. 만화책 덕후였던 학창 시절, 나는 하굣길에 예약해둔 신간을 빌려 와서는 옆에 만화책을 쌓아두고 일단 공부부터 했다. 스스로 공부의 양과 질, 즉 몇 페이지를 몇 개 이하로 틀릴지를 정하고 이걸 해내고 나서야 만화책을 본다고 하자 유재석 씨는 헛웃음을 터뜨리셨다. 사람마다 성향에 따라 다르겠지만 나는 매를 먼저 맞는 편인 것 같다. 숙제가 남아있는 듯한 그 기분이, 찝찝함이 싫다. 빨리 해치워버리고 맘 편히 놀고 쉬고 싶다. 그저 그게 다였다. 부모님이 혼내서도 아니고, 대단한 좌우명이나 가치관이 있어서도 아니었다. 그냥 그게 내 맘이 더 편했다.

'계속 만화책만 보면 그것도 재미가 없지 않을까요?'라는 나의 말은 진심이었다. 프리랜서라서일 수도 성격 탓일 수도 있지만, 무한대로 주어지는 자유와 휴식은 오히려 나의 마음을 불안하게 한다. 주어진 일부터 빨리 해치우지 않으면 뭘 해도 즐겁지 않고 노는 데에도 집중할 수가 없다.

N잡러도 마찬가지다. 시간 관리에 성공하기 위해서는 무엇보다 자기 절제가 잘되어야 한다. 해야 할 일보다 하고 싶은 일을 우선시하고, 미루다가 수면이 부족해지는 등 계획이 망가지는 순간 일도 삶도 도미노처럼 와르르 무너질 것이다. 대부분의 사람들에게는 직장/집 두 개일 것이 N잡러에게는 N개의 일/집으로 몇 배이니 더 버거울 수밖에 없다. 무너지는 것은 한순간이지만 다시 습관을 들이고 돌아오는 데는 오랜 시간이 필

요하다. 도미노를 하나하나 세우듯이 말이다.

자기 절제를 훌륭히 해냈다면 보상을 통해 절제의 기쁨을 강화하는 것도 필요하다. 곧 다가올 달콤한 휴식에 대한 기대감과 함께 즐겁게 해야 할 일을 하는 것. 내가 계획한 바를 내 의지로 달성한 뒤 받는 보상은 그야말로 도파민이 폭발하는 기분이다. 그것이 설령 만화책 한 권 읽는 30분이라는 사소한 것이라도 말이다. 똑같은 만화책이라도 그냥 볼 때보다 훨씬 뿌듯하고 소중하다. 그냥 보면 그저 '만화책'으로 끝날 것이 내가 어떤 과정을 거치느냐에 따라 '퀘스트에 대한 보상'으로 격상하고 그저 '30분'일 시간도 감사함과 기쁨의 시간이 된다. 절제하며 보내는 시간도 보상을 극대화하기 위한 나의 선택이었으니 힘들지가 않다. 그렇게 자기 감독, 절제와 보상을 반복하며, 나는 나의 확실한 주인이 된다.

약속은 깨라고 있는 것이고 계획은 실패하라고 있는 것이라는 농담이 있다. 그 정도로 계획. 특히 새해 계획과 연초의 결심이나 다짐은, 창대했던 시작에 비해 끝은 미미했던 경험이 많을 것이다. 그럼에도 우리는 계속해서 새로운 계획을 세우며 살아간다. 작년에 세운 계획을 이루지 못했다고 앞으로 영영 계획 따윈 세우지 않고 살겠노라 다짐하는 사람은 없을 것이다.

작심삼일도 열 번 하면 한 달이고 그걸 10여 번만 반복하다 보면 금방 1년이 가더라는 말을 좋아한다. 그만큼 여유와 관용이 필요하다. 사흘 잘 지키다가 나흘째에 무너질 수도 있다. 그래도 아직 1년 계획은 진행 중이다. 고작 그 하루 때문에 계획 실패라 단정 짓고 그만둘 수는 없다. 마치 심통 난 어린아이 같은 마음가짐이 아닐까. 내 아이스크림을 아빠가 장난스레 한입 뺏어 먹으면 아빠 다 먹으라며 안 먹겠다고 남은 아이스크림 전부를 내 던지는 것과 같다.

나는 도전, 결심, 계획과 같은 단어를 가볍게 생각하는 편이다. 대단할 건 하나도 없다. 세상엔 해보지 못할 도전, 이루지 못할 계획, 지키지 못할 결심, 도달하지 못할 목표는 없다. 안 하겠다는 선택에 따른 포기나 중단도 존중한다. 그리고 모든 선택에 대한 책임 역시 오로지 나에게 있다.

◆ 선택과 책임

N잡러의 직업은 생계형, 취미형, 자아실현형으로 나눌 수 있을 것이다. 본업이 회사와 같이 어딘가에 소속되어 일정 시간 출근을 하는 직장인인지, 본업까지 모두 프리랜서인지로도 나눌 수 있다. 나는 생계형이자 자아실현형이고 본업을 포함한 모든 직업을 프리랜서로 하고 있다. 모든 일의 시간과 비용, 그에 엮인 인간관계까지 모두 내가 선택하고 배치하고 관리해야 하는 것이다. 많이들 유 퀴즈 출연 후에도 회사가 없냐며 놀라워했다. 모든 일, 모든 선택에는 장단점이 있다. 나중에야 어떻

게 될지 모르겠지만 나는 내가 직접 모든 것을 선택하고 책임지는 지금이 좋다.

무언가 일이 잘못됐을 때 우리는 이것을 해결하기 위해 혹은 적어도 앞으로 같은 일이 반복되지 않기 위해 이유를 찾는다. 이때 가장 쉬운 해결 방식은 남 탓과 원망일 것이다. 20대까지의 나도 종종 그랬다. 만만한 사람을 찾았고 그 대상은 주로 엄마였다. 30대 초반 성우 전속 시절까지도 탓할 대상을 찾고 그 불똥이 가끔은 지금의 남편인 남자친구에게 튈 때도 있었다. 정말 말도 안 되는 도피였다. 힘든 일이 있는 날이면 주변을 뒤지고 뒤져가며 원망하느라 가뜩이나 무거운 마음에 지저분한 버짐까지 퍼지는 미련한 시간을 보낼 때도 많았다.

N잡러다 보니 남들보다 다양한 분야에서 온갖 사람들을 다 만나게 된다. 종종 '같이 일하기에 별로일 것 같은데. 당장 이 돈을 못 벌더라도 거절할까?' 하는 첫인상을 주는 사람들이 있다. 이런 경우 나의 인생에서는 100% 확률로 안 좋게 끝나곤 했다. 갑질을 하거나 인신공격을 하거나 돈을 제때 안 준다거나, 나쁜 끝은 여러 가지지만 시작이 찝찝하더라는 것만은 늘 같았다. 시작하지 말았어야 했다.

프리랜서 생활은 좋은 인상, 좋은 인성, 좋은 인간관계 마지막으로 좋은 실력으로 바쁘게 내 살길을 찾고 지키고 만들어야 하는 그야말로 현실이었다. 남 탓과 원망을 하며 지난 일에 사로잡힐 시간에 어떻게든 떨치고 다시 밝은 얼굴로 걸어가야 한다. 모든 것은 내가 한 선택이었고 그러니 책임도 내 몫이다. 그것이 내 정신 건강을 위해서도 더 나은 일종의 정신 승리이기도 했다.

사실 내가 직접 선택하고 스스로 책임질 수 있는 일이라면 감사하다. 걱정하고 대비할 수 있는 일이면 그것도 다행이다. 때로는 선택은커녕 예측도 방어도 할 수 없는 상황의 소용돌이 속에서 길을 잃곤 한다.

그렇다고 매사 무조건 '내 탓이오.' 하며 비관적인 태도를 가진다는 것은 아니다. 법적으로 문제되거나 인격적·경제적으로 피해를 봤다면 확실히 대처하는 것이 맞다. 잘잘못을 따지고 사과와 보상을 받고 재발 방지도 약속받아야 한다. 그것은 남 탓이나 원망이 아닌 정당한 대응이니 말이다.

'유 퀴즈 온 더 블록' 임수정 씨 편을 보며 놀란 것이 있다. 임수정 씨는 소속사 없이 활동하고 있었다. 어느 순간 관리의 틀을 벗어나면 겁이 나고 옆에 매니저가 없으면 어디에도 못 갈 것 같아지면서 점점 새로운 도전을 하는 걸 두려워하는 자신을 발견했다는 것이다. 그래서 한번 혼자 덩그러니 있어 보는 걸 선택한 것이다. 지난 20여 년간 회사에 소속되어 세심히 받아온 관리는 장점이었지만 덕분에 틀에 갇힌 듯 홀로 서는 힘이 약해져 버린 것은 단점이었다. 그래서 회사 없이 활동한다는 선택을 했고, 직접 새로운 도전을 하는 것은 장점이지만 재무 관리나 세무 관련 어려움을 겪는 것은 단점이다. 언젠가 다시 소속사라는 선택을 하게 될지도 모른다. 하지만 지금 그녀는 자신의 선택에 만족하는 듯 보였다.

나의 현재는 과거의 내가 한 수천, 수만 번의 선택이 쌓여 만들어졌다. 사람은 하루에 무려 150여 차례 선택의 갈림길에 선다고 한다. 이 중 의식적인 선택은 70여 번이고 신중하게 고민하는 경우는 30여 번, 올바른 선택이라며 미소짓는 것은 5번도 채 안 된다고 한다. 시 낭독을 요청받거나 강연에 갔을 때 종종 언급하는 시가 있는데, 로버트 프로스트의 '가지 않은 길'이다.

단풍 든 숲속에 두 갈래 길이 있었습니다.
몸이 하나니 두 길을 가지 못하는 것을
안타까워하며, 한참을 서서
낮은 수풀로 꺾여 내려가는 한쪽 길을
멀리 끝까지 바라다보았습니다.

그리고 다른 길을 택했습니다. 똑같이 아름답고,
아마 더 걸어야 될 길이라 생각했지요.
풀이 무성하고 발길을 부르는 듯했으니까요.
그 길도 걷다보면 지나간 자취가
두 길을 거의 같도록 하겠지만요.

그날 아침 두 길은 똑같이 놓여있었고

낙엽 위로는 아무런 발자국도 없었습니다.

아, 나는 한쪽 길은 훗날을 위해 남겨놓았습니다!

길이란 이어져 있어 계속 가야만 한다는 걸 알기에

다시 돌아올 수 없을 거라 여기면서요.

오랜 세월이 지난 후 어디에선가

나는 한숨지으며 이야기할 것입니다.

숲 속에 두 갈래 길이 있었고, 나는-

사람들이 적게 간 길을 택했다고.

그리고 그것이 내 모든 것을 바꾸어놓았다고.

　우리는 선택에 대해 만족할 때도 있지만 앞서 말한 것처럼 신중히 한 30여 번의 선택 중 웃을 수 있는 건 5번 정도밖에 되지 않는다. 그럼 20번 이상은 속상하고 아쉬워한다는 것이다. 하루에도 몇 번씩 지나온 갈림길을 돌아다 보며 '아, 저 길로 갔어야 했는데.' 하며 후회한다면 너무 잦은 에너지 낭비가 아닐까.

　시에서 말하듯 몸은 하나고 어차피 길은 하나밖에 걸을 수 없다. 한참 걷다보니 너무 멀리 와버렸다고 한들, 가던 길을 다시 되돌아가기란 쉽지 않다. 그래도 정 미련이 남는다면 멀리서 돌아보며 아쉬워만 말고 지금이라도 되돌아가면 된다. 직접 가지 않았던 길을 걸어보는 것이다. 설령 뒤돌아 가지 않은 길을 간다고 한들 그 길이라고 후회가 없으리라는 보장은 없다. 당장 행동하지 않을 것이라면 그만 뒤돌아보고 가던 길의 덤불을 어떻게 치울 것이며 어떻게 더 아름다운 꽃길로 가꿀 것인지를 고민하는 것이 더 건강할 것이다. 가지 않은 길을 자꾸 돌아보며 걷다가는 지금 내가 걷는 이 길의 돌부리를 못 보고 걸려 넘어질지도 모른다.

사법고시를 그만둔 게 잘한 일일까. 서울대 인문대 말고 고려대 법대에 갔으면 지금 더 안정적이고 행복하게 살았을까. 의미 없는 '만약'이다. 내가 가지 않기로 선택한 길이다. 법조인으로 성공했을 수도 있지만, 끝까지 고시에 합격하지 못했을 수도 있다. 내게서 이 미련이 정 사라지지 않는다면 그때 로스쿨을 준비해서 방송 관련 변호사를 도전해보면 될 일이다.

프랑스의 실존주의 사상가 장 폴 사르트르는 "인생은 B^{Birth}와 D^{Death} 사이의 C^{Choice}"라고 말했다. 또 인간의 합리적 자유와 책임감 있는 선택을 중시한 청교도주의자이자 영국의 시인인 존 밀턴은 "인간은 어떤 선택을 해도 후회하게 마련이다. 이것을 극복하는 것이 곧 성공"이라고 말했다. 선택은 인간의 숙명이고 우리를 가끔 뿌듯하게 하지만 거의 실망시킨다. 살면서 이루어지는 무수한 선택의 주체는 결국 '나'다. 어쩔 수 없는 선택 역시 내가 한 선택이다. 남에게 등 떠밀렸든, 목숨이 달려 어쩔 수 없었든 말이다. 어떤 선택이 아쉬운 결과를 가져왔다고 해도 이미 지난 과거에 사로잡혀 후회하기보다는 미래를 위해

짧고 확실하게 반성하고 필요한 책임을 진다면, 실패했다고 생각한 선택도 내 인생에 도움이 되는 발자국이 될 것이다. 시간을 돌린들 그때에도 어차피 부족한 인간인 '내'가 하는 일이다.

반면 때로 우리는 "고맙다, 과거의 나."라고 절로 외치는 순간들을 만나기도 한다. 과거에 별거 아닌 행동이 현재에 의외의 행복을 가져오는 것이다. 오랜만에 꺼내 입은 옷 주머니에서 나온 잃어버린 줄 알았던 물건이나 돈처럼 말이다. 하나하나 인식하지 못했을 뿐이지, 살다 보면 이런 일은 꽤 자주 일어난다. 그렇게 기특할 때도 많은 자신이니 더 믿고 아껴주면 어떨까.

❷ 루틴의 중요성 : 일상과 습관

누군가 내게 삶을 유지하는 데 가장 중요한 게 무엇이냐고 묻는다면 나는 주저 없이 대답한다. '루틴'이라고. 내게 꼭 맞춰 기계적으로 반복되는 하찮고 꾸준한 일상. 일상을 소중히 여기고 지키는 것이야말로 나를 오래 사랑할 수 있는 힘이자 시간 관리의 완성이라고 생각한다. 습관이 모이면 루틴이 된다. 루틴이 반복되면 습관이 된다. 나의 10대 수험 생활은 루틴으로 성공했고, 현재 N잡러 생활 역시 루틴으로 유지하고 있다.

◆ 아침 루틴

루틴을 만드는 데 가장 중요하게 생각하는 가치는 '순환과 환기'다.

침대 머리맡에 고정적으로 두는 물건들이 있다. 몇 가지는 수면에 필요한 것, 몇 가지는 기상에 필요한 것이다. 침대는 중요한 공간이다. 하루의 루틴이 시작되고 끝나는 곳이니까. 눈 뜨면 제일 먼저 아로마 오일을 손바닥에 몇 방울 떨어뜨리고 따뜻하게 비벼 코로 깊이 흡입하고 목 주변 등을 가볍게 마사지한다. 아직 잠들어 있는 몸을 깨우고 가라앉은 기분을 끌어올리며 깊이 호흡한다. 몸 구석구석 피와 숨이 순환하고 마음에도 긍정적인 에너지가 순환하는 기분으로 침대를 벗어난다.

곧바로 비가 오나 눈이 오나 온 집안의 창을 활짝 열고 침구를 털며 이부자리를 정리한다. 이불은 물론 베개와 요까지 간단히 털고 각을 잡아 늘 같은 모양으로 세팅한다. 침대에는 절대 다른 물건이나 옷을 널어놓거나 외출복 차림으로 올라가지 않는다. 침대용 잠옷과 실내복을 구분하는데, 이것은 남편도 예전부터 습관이라 참 다행이고 반가웠다. 침대는 오로지 수면을 위한 공간이어야 양질의 잠을 잘 수 있다고 생각한다.

다음은 공기청정기를 켜고 미지근한 물을 크게 한 컵 천천히 마시고 10분 정도 스트레칭을 한다. 아침에 먹는 영양제를 챙겨 먹고, 달력을 돌려 맞추며 새로 시작된 하루의 날짜와 요일을 확인한다. 전날 저녁 설거지해서 말려놓은 그릇들을 제자리에 수납하고 사과와 토마토를 잘라 먹는다. 남편은 보통 나보다 기상이 조금 늦어 남편 몫을 남겨 놓고 커피를 마시고는 화장실에 가서 큰일을 본다. 이런 얘기까지 하나 싶으시겠지만 내게 있어 아침에 가장 중요한 일이다. 방송을 앞두면 가벼운 긴장과 함께 신호가 올 때가 있는데 정말이지 곤란하다. 하루를 시작하면서, 집에서 속을 비우는 것은 나의 오랜 습관이다.

◆ 외출 루틴

그 후 강아지를 데리고 30분에서 1시간 정도 산책을 한다. 야외 배변만 하는 녀석이라 하루 3번의 산책은 필수다. 걷거나 뛰며 내 오디오 출연작을 모니터하거나 영어, 일본어, 스페인어 등 외국어 회화를 듣기도 하고 그냥 노래를 들으며 머리를 비우기도 한다.

다녀와서는 아침 겸 점심을 먹고 청소를 한다. 운동은 요가센터에 일주일에 3번, 일이나 모임이 없는 시간에 간다. 11시일 때도 있고 13시 점심시간이나 20시, 21시 같은 저녁 시간일 때도 있다. 루틴에도 유연성은 필요하다. 너무 고정되면 삶이 매여 불편하고 지키기 어려워진다.

나의 하루는 그날 잡힌 일을 위해 출발해야 하는 시간 3시간 전에 시작된다. 11시 스케줄이 그날의 첫 일이라면 7시, 13시 이후라면 9시다. 아침 루틴을 지키고 강아지를 산책시키고 외출준비를 하기 위해서다. 충분히 움직여야 목이 풀리고 소리가 트이며 부기가 빠지기 때문이기도 하다. 8시 전에 일이 잡혔다면 강아지 산책과 청소는 생략하고 1시간 반 정도 전에 일어난다.

외출 직전 5분 정도 빠르게 집을 둘러본다. 전등, 가스, 코드 등을 확인하고 강아지를 위해 라디오를 켜고 조도가 낮은 간접 조명을 켜둔다. 여름에는 에어컨으로, 겨울에는 보일러로 실내 온도를 맞추고 천천히 웃으며 인사하고 나간다. 요즘은 스마트 홈 어플로 외부에서 관리가 가능하기도 하지만, 루틴이 있다 보니 살면서 한 번도 밖에서 집이 걱정된 적은 없다.

◆ 귀가 루틴

일을 마치고 돌아오면 곧바로 입었던 옷과 가방을 정리하며 내일을 준비한다. 일정과 날씨를 확인해서 입을 옷과 가방을 챙긴다. 옷과 가방은 일의 T.P.O와 이동 방법에 맞춘다. 많이 걷는지에 따라 차림과 가방 무게도 조절한다. 그리고 메모장을 열어 다음 날 챙겨야 할 것, 사야 할 것, 들러야 할 곳이나 연락 해야 할 곳 등을 기록하며 내일의 할 일 리스트를 정리한다.

◆ 저녁 루틴

저녁 식사나 요가 수업을 다녀온 후에는 한두 시간 정도 다음 날 필요한 더빙 영상을 시사하거나 강의 자료를 만드는 등 개인 작업을 한다. 그리고 취침 전까지 TV를 보며 휴식하는 편인데, 이때도 가벼운 복근 운동이나 기구를 이용해 근육을 풀 어주는 스트레칭을 한다. 빠르게 잠들고 깊이 자는 데 도움이 된다. 그리고 강아지의 하루 마지막 쉬 산책을 가볍게 다녀온다. 저녁에 먹는 영양제를 챙겨 먹고, 침대에 와서는 입술과 뒤꿈치에 보습 제품을 바르고 아로마 오일로 가볍게 마사지한 후, 컨디션에 따라 수면안대나 복대를 하고 누워 7시간 후로 알람을 맞춘다.

♦ 장기 루틴

하루 이상의 날을 기준으로 하는 루틴도 정리되어 있어야 한다. 일주일에 한 번씩 몸의 순환과 마음의 정화를 위해 꼭 땀을 뺀다. 한 주는 집에서 반신욕, 한 주는 사우나에 가는 것을 빠뜨리지 않는다. 고등학생 때 기숙사에 살 때도, 대학생 때 강원학사에 살 때도 그랬고 긴 시간 여행을 떠나서도 현지에서 꼭 챙기곤 한다.

집안일에서도 마찬가지다. 3일에 한 번 주방 및 현관 닦기, 4일에 한 번 먼지 및 거울 닦기, 일주일에 한 번 청소기 닦기, 10일에 한 번 집 안의 화초 물주기, 2주에 한 번 음식물 미생물 처리기 정리, 1개월에 한 번 창틀 닦기, 3개월에 한 번 세탁기 청소와 주방 후드 및 창문 닦기, 4개월에 한 번 집 안의 제습제 확인 등 기간을 정해 챙긴다.

생각날 때 눈에 보일 때 하기보다는 일정한 기간을 정해놓고 지키면 공백이나 고민 없이 일정한 상태를 유지할 수 있다. 때를 놓치면 일이 많아지지만, 시기를 맞춰 정기적으로 하면 오히려 빠르고 간단하게 해치울 수 있다.

일주일에 요가 수업 3번, 피부 관리실 한 번, 피부과 한 번 등 자기 관리 스케줄은 일에 비해 후순위의 일정이라 요일이나 시간을 고정하지 않는다. 유연하게 운영하지만, 횟수를 지킬 수 있도록 어느 정도 한 주 일정이 나오면 예약하고 변경이 생기면 바로 조정한다. 루틴에 속하는 장소들은 가능한 집에서 가까운 곳, 동선에 있는 곳으로 잡는다. 그래야 변동에 빠르게 대응할 수 있다. 거리와 기동성이 좋으면 루틴을 지키기 훨씬 수월하다.

한 주간 먹을 식단을 계획하고 장을 본다. 얼마 전까지는 식단을 짜고 식재료를 사고 음식을 만들고 치우는 데 드는 시간과 에너지를 아끼기 위해 요리를 거의 하지 않았다. 그렇게 식단의 80%를 차지하던 배달과 외식을 현재는 20%로 줄였다. 내가 중요하게 생각하는 가치가 바뀌면서 루틴에도 변화를 준 것이다. 루틴은 나를 지켜줄 정도로 단단하지만, 동시에 내가 숨 쉴 수 있도록 유연해야 한다. 절대불변의 우주의 법칙 같은 것이 아니다.

◆ 루틴의 장·단점

이런 반복적인 일상, 루틴, 습관은 낭비를 줄여줘서 좋다. 선택의 고통을 줄여준다. 그리고 작은 일탈을 더 빛나게 해주기도 하고, 예상 밖의 사건을 맞닥뜨렸을 때 덜 힘들게 해주기도 한다. 단단히 자리 잡은 일상은 몸과 마음을 강하게 만들어 갑작스러운 사건에 덜 당황하게 한다. 동시에 일정하게 반복되는 일상 속에서 사소한 외출이나 약속은 특별한 이벤트로 느껴져 더 반갑고 고맙다.

사실 나 같은 극한의 J 계획형에 강박도 있는 사람이 프리랜서인 것은 아이러니다. 심지어 출퇴근 시간이 정해지지 않은 프리랜서가 루틴의 필요성을 이렇게 길게 이야기하는 것도 신기한 일이긴 하다. 하지만 그렇기에 루틴은 더 중요하다. 매일 매일 변수에 내 일상을 맡기다가는 수면이나 식단 등이 무너져 건강을 망칠 수도 있고 일이 몰렸을 때와 없을 때에 정신적 오르내림도 컨트롤하기 어려울 것이다.

잊지 말아야 할 것은 '주객전도 되지 않기', '그때는 맞아도 지금은 틀릴 수 있다'는 것이다. 루틴은 언제든 바꿀 수 있고 없앨 수 있고 추가할 수 있다. 루틴에 삶이 구속돼서는 안 된다. 더 건강하고 편안하기 위해 만든 루틴이 스트레스가 될 필요는 없다. 간혹 룰을 만들어 통제하는 것이 아니라 자기가 만든 룰에 지배당하는 사람들이 있다. 살면서 엄격한 통제가 필요한 경우도 있겠지만, 보통의 경우 그런 루틴이 무슨 의미가 있을까. 그런 사람들은 자기 루틴을 주변에 공유가 아닌 강요하고 옆 사람에게까지 스트레스를 주는 경우도 있다. 나를 살짝 발전시킬 수 있는 정도, 할 수 있는 정도여야 비로소 루틴이라고 부를 수 있는 일상이 될 것이다.

N잡러에게는 예외가 많이 발생할 수밖에 없다. 그럴수록 더

분명한 원칙과 중심이 필요하다. 그래서 루틴은 짜지만, 징크스는 만들지 않으려고 한다. 학생 때는 시험 전날 책을 베고 자기도 하고 머리를 안 감기도 했다. 성인이 된 후에도 징크스라는 단어가 멋져 보여서 이것저것 없는 징크스를 만들어보기도 했다. 하지만 징크스는 에너지 소모가 심했다. 일을 앞두고 신경 쓸 것만 늘어나고 일이 잘못됐을 때 원망과 후회도 길다.

한편 루틴으로 짜인 일상 공간에만 항상 머물다 보면 완전히 머리를 비우고 쉬는 것이 어렵기도 하다. 그래서 나는 한 번씩 강원도 친정에 가거나 여행을 통해 공간을 바꿔 환기하고 충분히 휴식하곤 한다.

◆ 미루지 않기

루틴에 있어 빠질 수 없는 것이 바로 '청소와 정리'다. 청소도 청소지만 주변 정리가 잘 되어있어야 머릿속도 일정도 깔끔하게 유지할 수 있다. 그중에서도 가방 속, 차 안, 책상과 식탁 위, 그리고 앞서 말한 침대를 가장 신경 쓴다.

냉장고와 옷장, 서랍, 가려져 있는 수납공간들도 한 달에 한 번씩은 들여다보고 정리해서 버릴 것을 처리하고 무엇이 있고 없는지를 체크한다. 그래야 '멍청비용'이라는 불필요한 지출을 줄이고 물건이 없어서 생기는 공백과 불편도 예방할 수 있다.

집에서도 밖에서도 물건들은 정해진 자리에 바로 두는 편이라 뭔가를 못 찾거나 잃어버리는 일이 거의 없다. 접이식 우산은 대학교 3학년 때 산 것을 12년 가까이 썼고, 양말 한 짝만 가져가는 요정도 우리 집에는 한 번도 찾아온 적이 없다. 머리끈도 끊어지거나 늘어나서 버리지 않는 이상 잃어버리는 일이 없다.

휴대전화 어플에 숫자1이 남아있는 걸 못 견디는 사람이기도 하다. 알람이 온 내용은 바로 확인하고 메일이나 사진첩 용량도 주기적으로 정리한다. 그래야 연락을 놓치지 않을 수 있고 필요한 순간에 당황하지 않고 대처할 수 있다. 가끔 메일 용량이 차서 못 받았다는 답변을 하는 사람이 있다. 또, 보이스 스피치 강의 도중 학생의 휴대전화로 모니터 영상을 찍어주려는데 저장 용량이 가득 차서 그제야 불필요한 것들을 지우느라 시간을 버린 적도 많다. 그래서 아예 수업 안내 문자에 "촬영 가능하게 미리 용량 정리 부탁드립니다."를 포함했을 정도다.

'미루지 않기'는 루틴의 불문율이다. 곧바로 한다는 원칙과 행동이 습관을 만든다. 습관의 사전적 정의는 '어떤 행위를 오랫동안 되풀이하는 과정에서 저절로 익혀진 행동 방식. 학습된 행위가 되풀이되어 생기는, 비교적 고정된 반응 양식'이다. 되풀이, 저절로, 익혀진, 고정된, 반응이라는 단어에서 알 수 있듯이 습관이란 무의식적으로 당연하게 몸에 배어 튀어나오는 것이다. 여기에 미룬다는 개념과 '어쩌다 한 번', '가끔', '이번 한 번만'과 같은 말은 절대 할 수 없다. 잠깐의 귀찮음으로 미루는 순간, 일은 쌓이고 당연히 할 일이 당연하지 않게 느껴지며 부담스러운 짐이 되고 귀찮음은 배가 된다. 나갔다 오면 곧장 씻고 실내복으로 갈아입는다. 택배가 오면 즉시 뜯고 정리한다. 샤워나 빗질 후 머리카락 정리는 연속 동작이다. 뭔가를 먹었으면 바로 치우고 헹구고, 식사가 끝나면 곧바로 식탁을 정리하고 설거지한 후 싱크대와 배수구까지 정리한다.

위와 비슷한 루틴과 생활 습관을 '숲속의 작은 집'에서 소지섭 씨를 통해 보았다. 만약 6개월 안에 죽는다면 꼭 해보고 싶은 일이 무엇이냐는 질문에 대한 답을 보며 나도 고민하게 되었다. 뭔가를 정하면 바로 실행으로 옮기는 타입이라 특별히 떠오르지 않는다는 그의 고요하고 담담한 대답을 보며 나에게 같은 질문을 해보았다. 비슷했다. 죽음이 닥쳐도 딱히 뭔가 아쉽거나 아깝지는 않은 느낌이다. 아픔은 무섭고 싫고 피하고 싶지만 죽음은 그렇진 않다. 가족들의 슬픔이 걱정되고 미안할 뿐이다. 아마도 나 역시 뭔가 하고 싶은 게 떠오르면 바로 실행하는 편이라 그런 모양이다. 보고 싶으면 연락하고, 배우고 싶으면 검색해 찾아가고, 먹고 싶으면 먹는다. 외부적 요인에 방해받지 않는 이상 내가 '나중에'를 선택하는 일은 거의 없다.

◆ 작지만 확실한 보상

루틴의 핵심은 결국 단순함이다. 단순해야 반복할 수 있고 단순해야 놓치지 않으며 단순해야 지치지 않는다. 운동과 식단을 비롯한 나의 모든 일상과 습관은 평생 매일 할 수 있는 것들로 되어 있다. 한평생 일정한 몸무게와 신체 상태를 유지할 수 있게 조절하고 관리하는 유지어터다. 누군가 내게 다이어트 방식을 물으면 평생 지킬 자신이 있는지를 되묻는다. 짧은 시간에 급격한 변화를 가져오는 건 좋지 않다. 일정 기간만 진행하는 절식, 원푸드 섭취, 과도한 운동 등은 평생의 건강을 지켜줄 수 없다. 다이어트 성공이라는 짧은 행복에 그친 후 오히려 역효과를 불러올 수도 있다.

일상 속에서 할 수 있을 정도의 절제와 작지만 확실한 보상을 반복한다. 그리고 이것은 내 한계의 마지노선과 행복의 끓는점을 알아야 가능하다. 결국 나 자신과 많이 대화해야 한다.

더불어 생활 공간을 공유하는 사람, 나의 경우는 부모님 그리고 남편과 루틴 역시 공유한다. 내가 일어나서 해야 하는 것들과 필요한 나만의 시간, 남편이 아침에 먹는 약과 식사 방식, 어머니가 설거지하는 방식, 아버지가 TV에서 해주는 요가 프로그램을 보며 운동하는 시간 등 가족 구성원의 루틴을 함께 파악하고 있다. 그래야 각자의 일상을 침범하지 않고 지켜줄 수 있다. 루틴을 공유하는 것만으로도 서로를 존중할 수 있다.

루틴이 단순하지 않으면 루틴에 발목 잡힌다. 간혹 뭐 하나 하는데도 유독 시간이 많이 걸리는 사람들이 있다. 공부하기 전 책상에 앉기까지, 앉아서 책을 펴기까지 챙길 것이 오만 가지인 주변의 누군가가 떠오를 것이다.

내가 자유자재로 컨트롤하지 못하고 오히려 나를 옭아매는 루틴 투성이면 몸이 쉴 새가 없다. 나의 효율과 평안을 방해하는 루틴은 좋지 않다.

❸ 기록의 중요성 : 적자. 무조건, 곧바로

루틴을 가능하게 만드는 것은 기록이다. 떠오르는 것들을 곧바로 써놔야 알 수 있고 계획이 된다. 기록하지 않은 계획은 다짐이나 결심일 뿐이라 휘발되기는 쉽고 실현되기는 어렵다. 휴대전화 메모장을 다양하게 사용하고 있다. 하루짜리 할 일 리스트, 일주일짜리 할 일 리스트, 한 달짜리 할 일 리스트에 필요한 내용을 그때그때 기록한다. 물론 가장 기본은 캘린더 형태의 스케줄러다.

나의 스케줄러는 형형색색이다. 성우 일은 보라색, 아나운서 일은 청록색, 요가 및 댄스 강사 일이나 운동 관련은 초록색, 스피치 강사 일은 자주색, 라이브 커머스 진행은 갈색, 새롭게 배우는 것들은 황금색, 미팅이나 오디션은 주황색, 병원이나 미용실, 에스테틱 등 관리 일정은 파란색, 집안일 등 개인 스케줄은 검은색, 약속이나 모임, 여행 등은 빨간색. 아직 시간 확정이 안 된 일은 괄호를 쳐놓는 등, 직업이 다양한 만큼 일정도 몇 배로 많다.

모든 일이 다 그렇겠지만 방송 일은 시간 엄수가 필수이고 N잡러의 경우 이런저런 일이 쏟아지면 헷갈릴 수 있으므로 더욱 신경을 써야 한다. 특히 장소를 확인해서 이동 시간을 계산하고 나는 비록 자주 생략하지만, 식사 시간을 확보하는 것도 필요하다. 길에서 버리는 시간을 가장 싫어하는지라 가능한 이동을 최소화하는 방향으로 일정을 짠다. 상대와의 조율도 당연히 해야 하지만, 비교적 내가 내 일정을 컨트롤할 수 있는 것은 프리랜서의 최대 장점이니 적극적으로 활용한다. 일 연락을 받으면 곧바로 수락하기보다는, 일정 확인 후 가능한 날짜와 시간을 몇 개 추려 문자로 보내드리겠다고 한다.

일정이 확정되고 나면 곧바로 정확한 시간과 장소를 확인하는 문자를 보내거나 보내달라고 요청한다. 언제까지 도착해야 하고 언제쯤 끝날지까지 꼼꼼히 확인한 후 즉각 내 일정표에 기록한다. 통화 녹음 기능은 사용하지 않는데, 어쩌다 언쟁이 붙어 시시비비를 따질 때 억울한 것 외에 일정 관련해서 곤란한 적은 없었다.

기억은 왜곡되기 쉽고 휘발되기 쉽다. 나의 기억과 상대의 기억이 같지 않으면 더 난감하다. 사적인 일이라면 어떻게든 넘길 수 있지만, 공적인 일이라면 자칫 큰 문제가 될 수도 있다.

시간과 장소를 포함해 나와 연락한 사람 혹은 담당자의 이름과 직급, 성향, 내가 갖는 그 사람에 대한 느낌이나 주의해야 할

부분, 소개해준 사람이나 나와의 관계, 약속된 보수와 지급일자 등도 함께 기록해두면 좋다. 보다 프로페셔널하게 보이면서 원활하게 일을 소화할 수 있고 상대의 만족도를 더 높여주기도 한다.

❹ 건강의 중요성 : 몸 건강, 맘 건강

최근 인터넷에서 본 글 중 가장 마음에 남은 것이 있다. "우울은 수용성이라 씻으면 어느 정도 해소된다."는 것이었다. 물론 과학적인 근거는 없겠지만 너무나 공감이 되었다. 식물을 비롯해 생명에게 있어 물과 햇빛은 필수다. 사람도 물과 햇빛에서 멀어지면 몸과 마음이 병들고, 몸과 마음이 병들기 시작하면 물과 햇빛에서 멀어지는 것 같다.

대충은 땀에 흘러나가고 나태는 햇빛에 소독된다. 그리고 무기력은 해를 보면 광합성을 통해 생기를 되찾는다. 아침이면 일단 창을 연다. 이동을 위해서든 특별히 시간을 내 산책하든 일부러 야외에서 햇볕을 쬐고, 구름과 달과 별을 구경하려 하늘을 올려다본다. 정신건강의학과 양재진 원장님과 기업 사내 방송을 진행했을 때, 정말 많이 깨닫고 배웠다. 그중 가장 인상 깊었던 두 가지 말씀이 있다.

"몸의 건강은 물론이고 마음의 건강을 위해서도 운동은 일과에 꼭 포함되어 있어야 한다. 실내 운동도 좋지만 이왕이면 야외 운동도 챙기는 것을 추천한다."

"화가 날 때 심호흡을 하라는 말은 일리가 있다. 그 장소를 벗어나 외부로 나가거나, 하다못해 창문이라도 열고 세 번 깊이 호흡하는 것만으로도 많이 진정된다."

꾸준히 요가를 하고 강사 자격증까지 따서 수련하는 이유도 그 때문이다. 요가는 깊은 호흡으로 몸을 순환시키고 마음을 환기한다. 근력과 탄력, 단단함과 유연함을 모두 추구한다. 반드시 명상이 포함되기에 생각을 정리하고 자신을 들여다보게 해준다. 몸과 마음의 균형을 중시하는 내게는 감사하고 꼭 맞는 운동이다. 사실 센터의 실내에서 하는 것도 좋지만 야외에서 해를 받고 바람을 맞으며 하고 싶은 마음이 늘 굴뚝같다. 공원에 요가 매트를 싸 들고 가서 한 적도 있고 강릉집 마당의 잔디 위에서 할 때도 있다.

꼭 요가가 아니더라도, 모두가 각자의 인생에 평생 가져갈 수 있는 좋아하는 운동은 꼭 찾았으면 좋겠다. 그리고 이왕이면 혼자 하기와 무리지어 함께 하기, 그리고 실내에서 하기와 야외에서 하기로 나누어서. 간단한 것이라도 좋아서 꾸준히 할 수 있는 것으로 말이다.

❺ 정의의 필요성 : 지금 상태의 단어화

나는 두 가지 경우에 가장 불안을 느낀다. 불확실 그리고 불균형. N잡러로 살다 보면 자주 놓이는 상황이다.

다음 주 금요일에는 성우로서 짧은 녹음과 아나운서로서 대학 동아리 행사 사회 약속이 잡혀있다. 그런데 일찍이 오디션을 보고 고대하던 광고 촬영 확정 연락을 그 전주 목요일에 받았다. 하필 금요일에 진행될 수도 있고, 다른 날일 수도 있고, 종일일 수도 있고, 빨리 끝날 수도 있다. 이 모든 게 언제 결정될지도 미지수다. 이렇게 주변 상황이나 타인에 의한 것은 내가 어쩌지 못한다. 종종거려도 확정을 채근해도 어쩔 수 없다. 마음을 비우고 조정 가능한 일에 미리 상황을 전달해 양해와 대안을 구해놓고 답이 나올 때까지 기다렸다가 최대한 서둘러 정리할 수밖에. 이럴 때마다 불안으로 속이 시끄러워져서는 N잡러로 여러 가지 일을 병행하기 어려울 것이다.

적어도 내 안에서 일어나는 불확실과 불균형을 다스려 보는 것이다. 불안을 몰아내기 위해 찾은 방법이 '정의하기'다. 지금 나의 감정과 상태를 정의할 수 있는 단어나 표현을 찾는다. 이렇게 이름을 붙이는 것은 메타 인지, 즉 자기 객관화에도 꽤 도움이 된다. 내가 어떤 감정인지 명확히 인식하고 나면 해소하거나 강화하기도 쉽다.

상대의 퉁명스러운 대답에 화가 난다. 한마디 하고 싶거나 이미 했고 목소리가 커지며 언쟁이 시작되려고 한다. 이럴 때화 자체에 매몰되어 판단력을 잃으면 자기 자신을 통제하지 못한다. 하지만 지금 나의 상태가 '내게 일어난 사건에 비해 과도한 분노, 어차피 바뀌지 않을 상대에 대한 소모적인 언쟁'이라는 것을 알아야 비로소 부끄러워지고 누그러뜨려야겠다는 생각도 가능하다. 명확한 단어로 규정해서 알고 나면 그 반대말을 떠올려 균형을 맞추는 것이 가능해지는 것이다.

하루에도 몇 번씩 마음이 롤러코스터를 탄다. 끓는점이 낮아 별거 아닌 일에 타오르고 또 금방 식기도 한다. 가뜩이나 밖에서 오는 오르내림도 많은데 안에서까지 번잡스러울 수는 없다는 생각에 자꾸 나의 상태를 확인한다. 무언가 갖고 싶다면 그것이 필요인지 욕구인지. 욕구라면 적절한지 욕망인지, 용인 가능할 정도인지 사치인지. 뭔가에 몰입하고 있다면 집중인지 선을 넘을 위험이 있는 집착인지. 무언가 궁금하다면 관심인지 욕심인지 등등.

한결같은 사람, 호수 같은 사람을 보면 기대고 싶고 닮고 싶다. 그들의 공통점은 감정의 등락이 과하지 않고 늘 일정하다는 것이다. 마음과 태도가 어느 한쪽으로 기울어지지 않고 항상 균형을 지키고 있다. 그런 사람들의 반응은 예측 가능하기 때문에 함께 하기에 마음이 편안하다. 가장 부럽고 존경스러운 인생의 지향점이다. 마음이 손바닥만 한 나는 여전히 배우는 중이고 다잡는 중이다.

❻ 경험의 필요성 : '해버릇' 들이기

아나운서이자 성우로서 외래어를 줄이고 바른 우리말을 쓰려고 노력한다. 그런데 틀린 말인데도 좋아해서 자주 쓰는 단어가 있는데 바로 '해버릇'이다. 동사 '−하다'에 '-어 버릇하다'를 붙이면 사실 '하는 버릇'이 올바른 표현이지만 묘한 뉘앙스의 차이 때문에 왠지 해버릇이 더 착 달라붙는 느낌이다. 일단 해보고, 자꾸 해봐야 한다는 것을 이르는 표현이다.

세상 모든 것을 다 직접 해볼 수 없으니 우리는 책을 많이 읽고 강연을 듣는 등 간접적으로 세상을 접하고 경험한다. 그렇게 지식을 쌓고 시야를 넓힌다. 하지만 책과 강연 등을 본다고 내가 그 저자나 강사의 삶을 그대로 베낄 수는 없다. 동기 부여와 환기가 되고 삶의 동력을 얻을 수는 있겠지만, 그 내용을 양분 삼아 자신의 삶을 어떻게 만들어나갈지는 본인에게 달렸다. 각자의 살아온 길과 주어진 상황이 다르기에 자신에게 맞는 내용만 골라 추려 적용하면 충분하다.

짧은 시간 안에 온갖 우주가 펼쳐지는 간접 경험과 함께, 위험하지 않은 선에서 가능한 것들을 최대한 직접 경험하려는 편이다. 호기심이 생기고 관심이 가는 것은 일단 겪어보는 것이다. 누군가는 이것을 도전이라고 하지만 나에게는 그냥 가벼운 해버릇이고 설령 도전이라고 해도 그리 대단한 것은 아니라고 생각한다.

공부도 책상에 앉기가 힘들고 앉은 후 책을 펴기가 힘들다.

운동도 나가기까지가 힘들지 뭐든 일단 한 걸음 떼고 나면 그 다음은 생각보다 술술 진행되는 경우가 많다. '일단 해보자. 시작하고 나면 어떻게든 되겠지' 하는 마음으로 첫걸음을 뗀다. 그후엔 '몇 번만 더 해보자. 하다 보면 어떻게든 되겠지' 하는 마음으로 다음 걸음을 이어간다.

최근 본가에 갔을 때, 어머니께서 나를 보자마자 눈을 빛내며 말씀하셨다. "엄마 요즘 운동 새로 시작했는데, 내일 같이 가볼래?" 따라가 보니 화려한 음악에 빠르게 움직이는 음악 유산소였다. 우리 엄마가 춤이라니 그것도 가요에 맞춰. 수영장 동생의 오랜 추천에 엄마는 동네 친구들을 설득해 같이 갔다. 친구분들은 과도한 활력에 놀라고 쑥스러워서 처음이 마지막이 되었고 그달의 신입은 엄마 하나 남았다고 했다. 엄마도 마찬가지였다. 동작들이 낯간지럽고 부끄럽고 이미 오래된 잘하는 사람들 사이에 끼는 것이 어색했지만, 일단 가고 또 자꾸 가다 보니 운동도 되고 새로운 재미를 느낀 것이다.

처음 해보는 동작들이라 어렵고 엄마만 바보같이 헤매는 것 같아 부끄럽다는 말씀에, 언젠가 쉬워지고 익숙해지는 때가 오면 그때는 오히려 지루하게 느껴질 수도 있을 것이고 지금의 낯섦과 새로움도 오래 가지 않으니 걱정하지 말고 초보 시절을 즐기시라고 말씀드렸다.

새로운 배움은 삶에 환기와 활력을 준다. 그간 몰랐던 나의 의외의 적성을 찾을 수도 있다. 처음엔 어려우니 잘 해내고 싶어 욕심이 나고 익숙해지면 재밌다. 과거와 비교하면서 이만큼 성장했음에 성취감을 느끼며 자존감도 높아질 수 있다.

나와 연차가 10년 이상 차이 나는 선배 중에는 그림을 그리고 작가로서 웹소설도 연재하며 드럼을 배우고 한 번씩 춤을 배워 영상을 올리는 분도 있다. 또 다이빙을 다니고 야구단을 하며 베이킹을 배우러 가고 직접 랩을 쓰고 노래도 하며 셀프 뮤직비디오까지 찍는 분도 있다. 모든 활동 하나하나가 다 대단하고 존경스럽다.

관심과 호기심을 씨앗으로 품고만 사는 것이 아니라, 심고 물을 줘서 싹을 틔우는 것에 두려움이나 망설임이 없다. 마음의 밭이 다양한 꽃과 작물로 가득 차다 보니 생명력이 느껴진다. 모두 주변에 관대하고 본업도 잘하는 좋은 분들이다.

못 할 것은 없다. 지레 겁먹어 안 하는 것이 있을 뿐이다. 일단 해봐야 못 하는지 알 수 있고 자꾸 하다 보면 잘하게 될 확률이 훨씬 높다. 시간이 쌓여 수준이 높아지면 그 사람의 새로운 N잡이 될 수도 있다. 설령 좀 못하면 어떤가. 그 시간과 비용을 통해 경험을 쌓고 기운을 얻었으면 그것만으로도 의미가 있지 않을까? 해봐야 미련이나 후회도 남지 않을 것이다. "그거 한 번 해볼걸." "그때가 마지막 기회였는데." "내가 말이야~." 같은 말을 하지 않을 수 있는 것만으로도 큰 이득이다. 검색해보면 배움의 창구는 많고, 낼 수 있는 여유 시간은 생활의 틈바구니에 아주 짧게라도 있을 것이다. 나는 평생 해버릇하며 살고 싶다.

N Job.
*N잡러입니다

02
프로 N잡러의 필수품,
헤르미온느의 시계

Start

나를 N잡러로 소개한 후 들었던 말 중 가장 기분 좋았던 것이 바로 '헤르미온느의 시계'이다. 소설 《해리 포터》 시리즈 속 주인공 3인방 중 한 명인 헤르미온느는 학구열이 강하고 욕심이 많은 만큼 무엇이든 열심히 하는 캐릭터다. 같은 시간대의 수업을 여러 개 다 듣고 싶어 맥고나걸 교수에게 시간을 돌릴 수 있는 마법 시계를 받아 시간을 돌려가며 모든 일정을 소화한다. 그래서 말도 안 되게 시간 활용을 잘하는 사람들을 보면 '헤르미온느의 시계'를 이야기하곤 했다.

바쁘다 바빠 현대사회에서 다들 한 번쯤은 갖고 싶은 '헤르미온느의 시계'. 현실에는 불가능한 환상의 아이템이다. 하지만 자신의 직업, 성향, 조건에 맞는 현명한 시간 관리로 흉내를 내 볼 수는 있다. 6잡러에 지금은 작가로서 에세이 집필에, 아내이자 주부이고 강아지 미엘이의 집사이며 딸이자 며느리인 나. 바쁜 이 사회에서 한 몸으로 몇 개의 역할을 소화하고 있는 우리. 대단할 건 없지만, 내가 흉내 내고 있는 헤르미온느의 시계는 이렇다.

❶ 수면의 질과 양

N잡러로 나를 소개하면 가장 많이 듣는 질문 두 가지가 있다. '잠은 얼마나 자요?', '시간 관리는 어떻게 해요?'

사실 처음엔 이렇게 묻는 분들에게 미안했다. 나는 특별히 내가 시간 관리를 하고 있다고 생각한 적도 없고, 잠이 부족하다고 생각해본 적도 별로 없기 때문이다. 그래도 최소한 수면 부족에 시달리지 않으면서도 적지 않은 스케줄을 잘 소화하고 있으니 그것이야말로 나름대로 시간 관리를 잘하고 있다는 뜻이겠구나 싶다.

물론 어쩌다 한 번씩은 세 시간도 채 못 잘 때가 있긴 하다. 특히 2021년 9월부터 2022년 10월까지 1년 2개월 동안 일주일에 한 번은 꼭 그랬다. 반드시 생방송으로 진행되는 교통방송 라디오 평일 심야 프로그램 진행자로 0시부터 2시까지 일하고 집에 들어와 씻고 누우면 3시. 그리고 KBS 아침 매거진 프로그램 코너 출연자로 일주일에 한 번은 7시 반까지 방송국에 도착해야 하니 늦어도 6시에는 기상해야 했다.

이런 특별한 날 외에는 나는 평균 7시간 수면 시간을 확보하는 편이다. 프리랜서의 특성상 일이 잡히는 시간이 불확실하여 자는 시간과 일어나는 시간을 항상 고정할 수는 없지만, 적어도 총 수면 시간만큼은 지키고 있다. 이것은 그 바쁘다는 고3 때를 비롯한 학창 시절부터 마찬가지였다. 4당 5락. 4시간 자면 붙고 5시간 자면 떨어진다는 말에는 한 번도 현혹된 적이 없다. "얼른 자라, 빨리 일어나라, 지각이다." 등 수면이나 기상과 관련해 부모님의 잔소리를 들어본 적은 한 번도 없었다. 어릴 적부터 자려고 눕는 것과 일어나는 건 내게 자연스러운 규칙이었고 자율이었다. 프리랜서가 된 후로는 보통 새벽 1~2시쯤 자고 아침 8~9시에 일어난다. 내게 선택권이 있는 한 일은 오전 11시 이후로 잡는다.

충분한 수면은 깨어있는 시간의 효율을 높인다. 여기에 일어난 직후 스트레칭 10분, 잠들기 직전 가벼운 운동 10분은 수면의 질까지 높인다. 그날 하루의 고민이 잠을 방해한다면 차라리 일어나 앉아 고민을 글로 털어놓는다. 지금 내가 할 수 있는 생각을 쏟아내고 나면 어느 정도 머리를 비우고 잠에 들 수 있다. 빛이 강해야 그림자도 짙어지듯이 깨어있는 시간을 눈부시게 보내기 위해 수면 시간을 새까만 어둠으로 보내는 것도 중요하다.

❷ 우선 순위 정하기

많은 분이 가장 궁금해하는 시간 관리다. 모두에게 똑같이 주어지는 24시간 속에서 6개나 되는 직업을 대체 어떻게 소화하는지를 묻곤 한다. 일단 나는 6개의 직업을 매일 다 소화하지는 않는다. 하루에 하나의 직업만 하는 날도 있고 두 개를 하거나 모두 다 하는 날도 물론 있다.

'후르츠 바스켓'이라는 만화에 이런 이야기가 나온다. 지금 당신의 앞에 엄청나게 많은 빨래가 쌓여 있다고 상상해보자. 발 디딜 틈 없이 방을 가득 메우고 있어 어디부터 손을 대야 할지, 내가 과연 이걸 다 해치울 수 있을지 가늠이 되지 않을 정도다. 이럴 때 어떻게 해야 할까. 다른 방법은 없다. 내 손 닿는 발밑의 가까운 곳부터 빨래를 해나갈 수밖에. 그렇게 차근차근 해나가다 보면 깨끗해진 방과 상쾌한 바람과 하늘을 보며 웃을 수 있을 것이다.

나의 일은 크게 두 가지로 나뉜다. 방송 일인 성우, 아나운서, 라이브 커머스 진행자. 그리고 요가, 댄스, 보이스 스피치 분야의 강사 일이다. 여기에서 또다시 두 가지로 구분할 수 있다. 남이 불러줘야 하는 일과 내가 찾아서 할 수 있는 일이다. 방송 일은 1인 방송 등의 예외도 있겠지만 보통 남이 불러줘야, 의뢰를 받아야 할 수 있는 일이다. 반면 강사 일은 내가 직접 플랫폼을 통해 가능한 날짜와 시간에 클래스를 열거나 강사 커뮤니티에서 그때그때 대타 강사 자리를 찾아서 할 수 있는 일이다.

1단계. 성우라는 본업을 중심으로 남는 시간에 다른 일들을 배치한다. 겹칠 경우 시간을 옮겨서 진행할 수 있는 일인지 아닌지를 양쪽에 확인하고 성우 일을 우선으로 다른 일을 받는다.

2단계. 일주일을 기준으로 잡혀있는 일의 양과 수입, 힘든 정도를 파악한다. 일을 더 받거나 만들지 판단한다. 일이 더 필요하다고 생각하면 앞서 말한 내가 찾아서 할 수 있는 일을 추가한다. 이때 고려해야 할 것이 N잡러 이다슬이 아닌 사람 이다슬이다. 청소, 빨래 등 집안일 할 시간, 운동 갈 시간, 목욕탕에 가거나 피부과에 가는 등 자기 관리의 시간을 비롯해 친구들을 만나거나 남편과 데이트하는 등 힐링할 시간, 강아지와 산책할 시간 등 사람 이다슬로서의 개인 일정도 일만큼이나 중요한 스케줄이다.

3단계. 마지막 단계는 하루를 기준으로 스케줄을 짠다. 강아지 때문에 집을 비우는 시간은 일하는 시간과 왕복 이동 시간을 모두 따져 6시간을 기준으로 하고 8시간을 넘지 않게 한다. 혹 지역 스케줄 등으로 길어질 때는 남편에게 일정 조정이 가능할지 미리 SOS를 요청한다. 이런 날이 많을 경우에는 며칠 강아지 학교에 맡길 수 있도록 연락해둔다.

상암에서 오전 10시부터 2시까지 녹음을 두 건 진행하고 강동 쪽 집에 와서 강아지의 배변 산책을 시키고 다시 여의도로 나갈 때도 있다.

수고스럽거나 힘들지 않다. 이렇게 내가 나의 스케줄을 조절할 수 있다는 것이 6개의 N잡을 모두 프리랜서로 하고 있는 내 삶의 장점이라 여기며 감사하게 생각한다.

❸ 자투리 시간 활용

시간 관리에 대해 질문을 받을 때 항상 이동을 비롯한 자투리 시간을 생산적으로 활용하는 것을 가장 추천한다.

나는 대중교통, 특히 지하철을 이용해 이동하는 것을 좋아한다. 이것은 본격적인 서울 생활을 다시 시작한 대학생 때부터 잡힌 습관이다. 특히나 요즘은 어플을 통해 이동 시간과 도착 시간은 물론 빠른 환승을 위한 승차 위치와 내 목적지에 가까운 입구의 하차 위치까지 파악할 수 있어 기다리는 시간과 길에 버려지는 시간을 가장 싫어하는 나에게는 최고이다.

시간 엄수가 필수인 N잡러에게 지하철은 약속을 잘 지킬 수 있는 최적의 이동 수단이다. 변수가 있을 수 있으므로 미리 지하철 관련 뉴스를 챙겨 보고 10~20분 정도 여유 시간을 두는 것은 필수이다.

대중교통에서 이동하는 시간은 너무나 유용하게 쓸 수 있다. 짧게는 10분, 길게는 90분도 걸린다. 일에 필요한 자료를 읽고 보고 듣거나 내 작업물을 모니터하기도 하고 공부를 하기도 한다. 드라마를 보기도 하고 블로그나 SNS를 관리하기도 한다. 가장 많이 활용하는 예는 '연락'이다. 일하거나 쉬는 시간에는 연락이 와도 받지 않는 편이다. 이동 시간에는 통화, 메시지, 메일 작성 등을 처리하고 스케줄러에 기록까지 마치기에 아주 좋다. 대중 교통에서의 통화는 주변 사람에게 방해가 될 수 있으니 환승 등 걸어서 이동할 시에만 하는 편이다.

직접 운전해서 이동하는 경우는 보통 세 가지다. 지역에 스케줄이 있을 때, 대중교통 이동이 어려운 이른 시간에 시작하거나 너무 늦게 끝나는 경우, 이동하며 목을 풀어야 할 때이다.

앞의 두 경우는 직관적으로 이해가 가겠지만 마지막 세 번째는 낯설게 느껴질 것이라고 생각한다. 일이 있으면 출발 시간 최소 3시간 전에는 일어나서 나만의 아침 루틴을 소화하며 몸과 목을 일할 수 있는 상태로 만든다. 그럼에도 잘 풀리지 않는 날이 있다. 그럴 때면 직접 운전해서 이동하며 차에서 통화를 하거나 노래를 부르며 이동하는 동안 목을 푼다. 암기해야 할 대본이 있다면 미리 녹음을 해 이동하며 듣는다. 듣고 소리를 내 따라 하면서 머리와 입에 붙인다.

물론 출퇴근은 누구에게나 지치고 힘든 시간이다. 붐비는 지옥철 안에선 휴대전화 들여다볼 여유조차 없을 것이다. 이때라도 조금 쉬면서 충전하거나 에너지를 비축해야 할 것이다. 모두가 다 같은 방식을 선택할 필요는 없다. 이외에 자신만의 자투리 시간을 찾아 활용할 수도 있다. 편안함과 휴식을 선택해도 전혀 문제없다.

❹ 멀티 태스킹

N잡러 관련 도서나 블로그 게시글 등을 보면 공통적으로 강조하는 것이 있다. 바로 '멀티 태스킹'이다. 멀티 태스킹은 한 번에 두 가지 이상의 일을 동시에 처리하는 '다중 작업'을 말한다. 한 번의 인생에 하나의 몸으로 여러 직업을 동시에 소화하니 N잡러는 일단 존재 자체가 멀티 태스커(멀티 태스킹 + -er)겠다.

하루에 여러 직업의 연락을 받기도 하고 아나운서로서 행사를 진행하러 가서 쉬는 시간에는 라이브 커머스 진행 관련 자료를 훑어봐야 할 때도 있다. 동시에 여러 일을 처리할 때 머릿속에 폴더를 떠올려 분리하고 저장하는 작업이 익숙하지 않다면 N잡러로 일하는 중 실수가 발생하거나 효율이 떨어질 확률이 높다.

처음 아나운서가 되어 MBC 강원영동에 입사했을 때, 나는 멀티 태스커로서 내 능력의 끝을 보았다. 지역 방송국의 제작비가 적은 라디오 프로그램의 경우 '아나듀서' 한 명이 그 프로그램을 모두 이끌어 간다. 아나운서 + 프로듀서라는 뜻이지만 그것이 끝이 아니다. 진행자이자 PD이며 작가이기도 하다. 나는 일단 주말 낮 프로그램으로 연습을 시작해 당시 서울에서는 전현무 씨가 진행하던 '굿모닝 FM'의 우리 지역 진행을 맡게 되었다. 오프닝부터 엔딩까지 매일 글을 쓰는 것은 물론이고, 코너를 짜서 출연자를 섭외하고 협찬처를 구한다. 프로그램 시작 30여 분 전 부스에 앉아 프로그램을 실행하고, 신청곡의 자리는 비워두고 각종 배경음악부터 선곡표를 얼추 채워 프로그램에 노래를 올려놓는다. 방송이 시작되면 직접 노래를 틀고 끄고 바꾸고 볼륨을 조절해 가며 진행한다. 문자창을 보며 소개할 문자를 뽑고 그중 선물을 드릴 분들을 선별해 기록해두고 당첨 문자를 보낸다. 8시부터 9시까지 라디오를 진행하고 나면 바로 920 TV 뉴스의 지역 소식을 진행해야 하니 노래 나가는 동안 화장도 하고 머리를 만지기도 한다.

글로 쓰니 대단해 보이지만 익숙해지니 별일 아니었다. 그리고 나처럼 멀티 태스킹이 익숙한 사람이 아니더라도 결국은 금방 다 해낸다. "이걸 저 혼자 다해요? 저는 원래 한 번에 하나밖에 못 해요." 하던 사람도 닥치면 해냈다. 의식하지 못할 뿐이지 우리 모두는 곰곰이 생각해보면 일터에서 나름의 일당백을 해내는 멀티 태스커일 것이다.

나는 일찍부터 일상 속 멀티 태스커였다. 사실 대부분의 멀티 태스킹은 그다지 집중력이 필요하지 않은 단순 작업에서 더 쉽게 많이 일어난다. 누구나 가장 쉽게 멀티 태스킹을 할 수 있는 때는 앞서 말한 이동 시간이다. 이동이라는 단순한 행동을 하며 공부, 연락, 블로그 업데이트, 밀린 드라마 시청 등 내가 하루 중 시간을 내서 해야겠다고 계획한 무언가를 할 수 있다. 다만 여기에 일이라고 말하기엔 애매한 SNS 탐색이나 알고리즘을 타고 쇼츠 등의 영상을 시청하는 것 등은 포함하지 않았으면 한다. 물론 그것이 잠시의 휴식이나 힐링이 될 수는 있다는 점은 인정하지만, 그리 꼭 필요한 일정이라고 보기는 어렵다고 생각하기 때문이다.

다음으로는 집안일을 할 때다. 나는 집안일을 할 때 홈케어를 함께한다. 얼굴에 각질 제거제나 수분팩 같은 것을 올려놓고 청소기를 돌리고 빨래를 넌다.

마지막으로 TV를 시청할 때는 항상 가벼운 운동을 한다. 이렇게 정식 운동이 아니라 일상생활에서 열량 소비를 높이는 방식을 니트NEAT 운동이라고 한다. 어렸을 때부터 아버지는 TV를 볼 때면 아령을 들거나 스쿼트를 하는 등 맨몸 운동을 하며 보시곤 했고 그 모습이 내게도 학습이 되었다. 그래서 나 역시 퇴근 후 저녁 식사를 마치고 자기 전 드라마나 예능 등 무언가를 시청할 때면 층간 소음이 발생하지 않게 앉아서 혹은 누워서 하는 요가 동작이나 복근 운동을 주로 한다. 마사지 볼이나 폼롤러, 요가 링, 마사지 건 등을 활용해 근육을 풀고 스트레칭을 한다. 시간을 내 집중해서 정식으로 땀을 흘리며 하는 만큼의 효과는 아니지만, 소화를 돕고 운동시간이나 강도에 대한 강박이나 부담을 덜 수 있다.

자투리 시간에 병행할 수 있는 것, 머리를 쓰지 않고 휴식하면서 간단히 할 수 있는 것, 자기 전에 누워서 할 수 있는 것 등등. 나의 일상을 채우는 자잘한 일의 특성을 파악하고 분류하는 것이 멀티 태스킹의 시작이다.

❺ 벼락치기

시간 관리에 고민을 갖는 사람들은 대부분 머리로는 알고 있지만, 몸이 안 따라 준다. 뭔가를 해야 한다는 것을 잘 알지만, 자리에 앉기가 어렵고 집 밖으로 나서기가 어렵다. 혹은 너무 비장하게 다 갖춰놓고 진득하게 할 준비가 됐을 때 하려는 맘이 오히려 장벽이 되어 선뜻 시작하기 어려운 사람도 있다. 평생 미루기에 대해서 연구했다는 연세대학교 이동귀 교수님도 '유 퀴즈'에 출연해 말했다. 완벽주의자가 완벽할 때를 기다리다가 미루게 되는 경우가 많다고 말이다.

KBS의 성우들은 전속 기간 내내 2년 동안 라디오 드라마 작업을 가장 많이 한다. 보통은 라디오 드라마를 자주 집필하는 작가님들의 작품이나 기존의 소설을 오디오에 맞게 각색한 대본으로 진행하는데, 1년에 한 번, 조금 특별한 대본이 성우실로 전달된다. 바로 KBS 라디오 드라마 극본 공모전에 입상한 작품들이다. 신인 작가의 발굴 기회이자 성우들에게도 신선한 시간이 되곤 한다. 워낙 라디오 드라마 대본을 많이 보다 보니 성우들끼리도 '나도 한번 써볼까?'라든가 '누구누구는 라디오 드라마 잘 쓸 것 같은데'라는 이야기도 종종 하곤 한다. 실제로 KBS 성우 중 이 공모전을 통해 입상하고 현재 드라마 작가를 겸업하는 선배도 있다.

작가는 쉬운 일이 아니다. 스토리 작가는 더욱 그렇다. 성우들 역시 해볼까 하지만 쓰는 것도 입상하는 것도 어렵다는 것을 알고 그냥 하는 소리가 대부분이다. 행동에 옮기고 입상해 활동까지 이어가는 것은 정말 대단한 일이다. 그렇기에 그 선배가 이룬 성공은 후배들에게 자극이자 가능성과 응원이 되었다.

최근 한 후배가 오디오 드라마를 써보고 싶다는 말을 진지하게 하곤 했다. 착수하지 못하는 이유는 일하고 연습하고 이래저래 살다 보면 작정하고 앉아서 글을 쓸 시간을 확보하기 어렵다는 것이었다. 인정하고 이해한다. 하지만 본업에 치여 시간이 넉넉하지 못하다는 마음가짐으로는 영영 어떤 것도 새로 시작할 수 없다. 항상 '이걸 해야 하는데, 그걸 하고 싶은데.'라는 말만 하며 아쉬움이 따라올 것이다. 거창할 필요 없다. 대단한 장비를 갖춰 제대로 준비하겠다는 생각은 오히려 방해된다. 본업의 틈새 시간을 활용하는 것이 N잡을 소위 찍먹으로 가볍게 한 입씩 먹어보기에 더 좋다.

이런 경우에는 멀티태스킹과는 반대로 벼락치기가 도움이 된다. 내가 꼭 해야만 하는, 혹은 하고 싶은데도 충분한 시간이 확보되지 않아 자꾸 미루게 되는 일에 짧은 시간제한을 두는 것이다. 단 10분이면 된다. 10분 알람을 맞추고 미루왔던 일을 일단 무조건 시작한다. 이것 역시 앞서 말한 이동귀 교수님의 미루기 해결 방법이다. 10분의 법칙.

첫 번째 효과는 고도로 집중한다는 것이다. 학창 시절 벼락 치기를 해본 사람은 더 공감할 것이다. 시간이 많으면 슬슬 여유롭게 하던 일도 마감 시간을 앞두면 달리게 된다. 쫓기는 느 낌이 싫을 수도 있지만 그것을 즐기는 순간 그 스트레스는 은 근한 도파민으로 바뀔 것이다.

두 번째 효과도 이미 다들 알고 있다. 일단 시작하기만 하면 쭉 하게 된다는 것을. 10분만 해야지 하던 것도 뒤에 일정만 허락한다면 대부분 그 자리에서 이어간다.

마지막 효과는 진부하지만 말 그대로 티끌 모아 태산이다. '겨우 10분 깨작거릴 바엔 안 하는 게 낫지.' 이렇게 생각하는 사람도 있을 수 있다. 글쎄. 돈이라고 생각해보자. 0원보다 야 천 원이 낫지 않을까? 양으로만 봐도 일주일에 한 번 자리 잡고 보내는 한 시간보다 하루에 10분씩 매일 보내는 70분 이 더 길다. 복근 운동도 마찬가지다. 많이들 비결을 묻거나 부러워하지만 다른 수가 없다. 하루에 5분씩 단순한 동작이 라도 매일 꾸준히 하는 것뿐이다. 이런 짧은 제한 시간은 가벼운 시작을 가능하게 하고, 끝마쳤을 때마다 작은 성취감도 줄 수 있다. 결국 꾸준함과 습관을 만드는 가장 확실하고 쉬운 방법이다.

03
프로 N잡러로 번 아웃 없이
일잘러 삶 유지하기

NJob.
N잡러입니다

Start

2023년 말. 청소년을 대상으로 한 강연에 N잡러로 초대되었다. 30분의 강연과 20분의 질의응답이라는 구성 덕분에, 다양한 질문 속에서 사람들이 나에 대해 어떤 점을 궁금해하는지를 파악할 수 있는 소중한 시간이었다.

가장 인상 깊었던 것은 한 남학생의 질문이었다. "번 아웃이 올 때는 어떻게 하세요?"

당황했다. 번 아웃이라니. 생각해본 적도 없는 단어였다. 짧은 고민 끝에 한 나의 대답은 이랬다.

"사실 저는 번 아웃이 온 적이 아직은 없는 것 같습니다. 프리랜서이자 N잡러에게 번 아웃은 그 정도로 바쁘다는 것이니 오히려 반가울 수도 있겠다는 생각이 드네요. 저는 오히려 너무 한 가지 일만 반복하거나 일이 없어서 쉴 때 번 아웃이 오는 것 같아요. 그래서 이렇게 새로운 것을 배우거나 하며 나를 귀찮고 바쁘게 만들어 환기합니다. 슬럼프에 빠지거나 쉬면서 부정적인 생각이 들지 않도록요."

나의 삶을 지배하는 가장 큰 단어는 '강박'일지도 모른다. 집중이 도를 넘어 집착이 될까 두려워 자꾸만 에너지를 분산하려는 본능적인 강박. 그렇다 해도 나는 지금의 내가 좋다.

"별로 가진 것도 이룬 것도 없으면서 뭐가 좋대."라며 나를 비난하는 사람이 있을 수도 있다. 혹은 "좋겠다. 나는 지금 내가 별론데."라며 자신을 비난하는 사람이 있을 수도 있다. 이런 비난은 결국 비교에서 온다. 먼저 타인과의 비교다. 나보다 많이 버는 사람, 나보다 유명한 사람, 나보다 어떠한 사람을 하나하나 찾아 비교하자면 끝도 없을 것이다. 다음은 자신과의 비교다. 자신의 빛나던 과거 모습이나 이루지 못한 미래의 모습과 비교하며 현재의 자신을 깎아내리는 것이다.

나 역시 지칠 때도 있고 무기력해질 때도 있다. 계절의 영향도 많이 받는다. 봄은 봄이라 싱숭생숭하고, 가을은 가을이라 센티멘탈 멜랑꼴리해진다. 영화나 드라마와 같은 콘텐츠에 대한 몰입도 심하고 생리 주기에 따라 몸과 맘의 기복도 심하다.

종종 내가 나를 다스리지 못해 화가 난다. 겉으로는 최선을 다하면서 속으로는 '이게 다 무슨 소용일까' 싶고, 아무것도 재미없을 때도 있다. 가족에게 닥친 갑작스러운 위기와 나의 무너진 건강 앞에서 한동안 철칙과 멘탈 관리 방법은 몽땅 속수무책이었다.

'내 아내의 모든 것' 임수정 씨의 대사를 떠올린다.

"소리를 내라. 나와 내 주변을 침묵에 잡아먹히게 두지 마라."

자꾸 소란스럽게 만든다. TV나 라디오를 틀어놓고 리액션도 하고, 가족이나 친구와 통화를 하며 털어놓았다. 혼자 코인노래방에 가거나 차에서 크게 노래를 부르기도 하고, 일부러 슬픈 콘텐츠를 찾아보며 엉엉 울기도 했다. 소리 낼 일을 자꾸 만들었다. 예전 같으면 거절했을 번거로운 일도 다 받아서 하고, 새로운 요가 강사 코스도 등록했다. 그러다보니 상황은 바뀌지 않았지만, 적어도 나는 구렁텅이에서 많이 기어나왔다.

'유 퀴즈 온 더 블록'에서 임수정 씨가 한 말도 많이 와닿았다. 연기하는 것 말고는 다른 건 전혀 떠오르지 않을 정도로 20대에 일밖에 안 했다고 말한 그녀는 꿈에 그리던 청룡영화제 여우 주연상을 받게 되었다. 배우를 시작하면서부터 꿈꿔온 목표인 여우 주연상을 받는 그 행복한 순간, 정말 신기하게도 그녀는 목표를 상실한 느낌이 들었다고 했다. 배우 임수정은 알겠는데 인간 임수정은 모르겠기에 방황이 시작됐다. 자신을 돌보기보다 계속해서 더 인정받고 사랑받고자 하는 마음에 직진만 했던 것 같았고 더 이상 가슴이 뛰지 않는 것 같아 비로소 자신을 돌아보게 된 것이다. '진짜 나는 뭘 좋아하지? 어떤 걸 하고 싶어 하는 거지?' 잠시 멈추고 쉬어가야겠다는 생각에 조금 돌아가는 길을 선택했다는 고백이었다.

인생에서의 목표는 드라마 속 복수가 아니다. 열심히 살게 하는 여러 이유 중 하나일 뿐이다. 목표를 이룬다는 것에 매몰되면 과정이 빛을 잃는다. 목표를 이루지 못했을 때의 좌절감 또한 견디기 힘들다. 이런 경우 목표를 이룬들 행복해지지도 않는다. 오히려 삶의 방향을 상실하고 허무함에 방황이 시작되기도 한다.

하지만 우리의 인생에서 뭔가를 이루는 데에 항상 온전히 우리의 힘만 작용하는 것은 아니다. 수많은 변수가 끼어든다. 그러니 혹 목표 달성에 실패하거나 결과가 좋지 못해도 그것을 오로지 자신의 탓이라 여길 필요는 없다.

드라마 '닥터 슬럼프'에서 여자 주인공은 아주 어릴 때부터 공부 자체가 재밌고 좋았으며 목표가 확실했다. 친구들과 어울리는 법은 모르고 자랐지만, 공부에 있어서만큼은 누구도 그 과정을 모자랐다고 말할 수 없다. 그럼에도 수능 당일 시험을 망치면서 원하던 대학에 진학하지 못한다. 그 결과의 아쉬움이 온전히 주인공의 잘못이자 책임인가. 과정이 성실하지 못했기 때문인가. 그렇다고 이 결과로 인생이 끝나는 것도 아니다. 오히려 주인공의 인생 드라마는 여기에서 시작한다.

타이밍과 운의 역할도 크다. 최근 넷플릭스 예능 프로그램 '오징어 게임: 더 챌린지'를 보면서 다시 느꼈다. 사회적으로 인정받는 능력 있는 사람이 항상 성공하는 것도 아니고, 누군가의 성공이 온전히 그 사람의 능력만으로 이루어지는 것도 아니다. 과하게 눈에 띄는 사람도 화를 부르지만, 지나치게 자신을 숨기는 사람도 빛을 보기 어렵다. 내가 통제할 수 없는 수많은 우연과 운이 개입될 수밖에 없다.

그러니 앞만 보고 달리다가 돌부리에 걸려 넘어졌을 때 돌부리가 왜 하필 거기에 있었는지, 왜 나를 만났는지 원망할 필요도 없고, 돌부리 하나 보지 못했다며 자신을 탓할 필요도 없다. 다친 곳은 없는지 살피고 잠시 쉬었다가 다시 달리되, 같은 일이 반복되지 않게 조금 속도를 늦추고 주의를 기울이면 되는 것 아닐까? 설령 넘어진 탓에 결승선에 늦게 도착했다 해도, 혹은 넘어진 상처가 깊어 완주를 포기한다 해도 그게 그리 나쁜 일은 아니라고 생각한다. 어떤 끝이든 그곳에 도달하기까지 스스로에게 부끄럽지 않다면 그것이 그 순간 나의 최선의 결과일 것이다.

"내일을 위해 오늘을 희생하지 마세요.'"
청소년을 대상으로 하는 강연 때마다 전하는 나의 가장 핵심

메시지다. 학창 시절에 자주 듣는 말이 있다. "대학만 가면 다 돼." 하지만 인생이 어디 그렇던가. 인생은 퀘스트의 연속이다. 10대를 희생해 대학에 가고 나면 취업을 위해 20대를 불태운다. 동아리 활동 하나부터 해외 연수에 공모전, 인턴 등등 모든 선택이 취업에 맞춰진다. 이후에는 승진해야지, 결혼해야지, 아이 낳아야지 하며 목표를 이룬 기쁨을 누릴 새도 없이 끊임없이 다음 숙제가 던져진다.

이런 오랜 통념에 맞춰 내일을 위해 오늘을 희생하다가는 행복은 오지 않는다. 수많은 오늘을 희생해 맞이한 내일은 또 다른 내일을 위해 희생해야 하는 또 다른 오늘이 될 뿐이다. 오늘은 내일의 먹이가 아니다. 내일은 오늘을 잘 살아낸 후 따라오는, 오늘과 똑같은 가치의 하루일 뿐이다. 목표에 매몰되지 말고 그 목표를 향해 달려가고 있는 과정을 기특하게 여기며 즐겼으면 좋겠다.

최근 아이와 함께 나의 강연을 듣던 한 학부모께서 질문하셨다.

"한국의 10대들은 현실적으로 좋은 대학이라는 내일을 위해 오늘을 희생할 수밖에 없는 것 아닌가요?"

나의 대답은 "글쎄요."였다. 부모님이 그런 생각으로 아이에게 공부하라고 하면 아이는 공부 그 자체에 의미를 갖지 못한다. 공부를 희생으로 여기면 부정적으로 느껴질 수밖에 없다. 대학이라는 목표를 위한 수단밖에 되지 않다 보니 시험을 위해서만 암기하고 돌아서면 잊어버린다. 당장의 시험에서 좋은 점수를 받기 위해 외운 것뿐이니 더 담아둘 필요가 없는 것이다. 공부는 부모님을 기쁘게 하기 위해서나 대학을 가기 위해서가 아니라 자신의 성장을 위해 하는 것 아닐까.

'유 퀴즈 온 더 블록'에서 나를 소개하는 첫 멘트가 나의 이런 삶의 태도를 압축하고 있다. '오늘을 산다는 건 그냥 열심히 사는 것.' 김연아의 훈련 도중 인터뷰가 떠올랐다.

무슨 생각을 하며 스트레칭을 하냐는 기자의 질문에 그녀는 피식 웃으며 답했다.

"무슨 생각을 해. 그냥 하는 거지."

깊은 생각이나 재고 따지는 신중함 없는 '그냥'이 필요할 때는 꽤 많다. 그래서 사람들은 단순 반복 작업을 취미로 삼곤 한다. 아무 생각 없이 머리를 비우고 싶어서. 그 잠깐의 휴식이야말로 지친 자기에게 줄 수 있는 최고의 선물이지 않을까.

현재 면접 스피치 강사로 활발하게 활동 중인 친구에게 듣고 놀란 이야기가 있다. 그 친구는 현장에서 교육을 진행하다 보면 힘든 과정을 견디기 힘들어 아예 중간 단계를 생략하고 싶어 하는 사람들을 많이 만난다고 했다. '무엇이' 되고 싶은지는 있지만 '어떻게' 되고 싶은지가 없다는 것이다. 삶의 목표에 있어 추상적인 가치만 있을 뿐, 구체적인 방법을 생각하기 싫어한다. '돈 많이 벌기', '놀면서 먹고살기' 같은 추상적인 가치만 있는 경우가 많다는 것이다.

그 역시 각자의 삶의 방식으로 인정해야 하는 부분이다. 열심, 열정은 사회에서 높이 사는 가치이고 헝그리 정신이 있어야 진짜 위기의 순간을 이겨낼 수 있다고도 말한다. 그런데 아이러니하게도 이 헝그리 정신이나 열심히 하고 싶은 의지가 없어지는 순간은 진짜 너무 힘들 때다. 아예 다 놓아버리고 오히려 인생무상이 되어버린다. 그러니 상대에게 함부로 열심히 살아야 한다고 말할 수도 없다. 나의 행복은 어떤 형태든 내가 결정하는 것이다. 나름대로 자신의 성향과 한계를 알고 선택한 것일 테니까 말이다.

'태어난 김에 세계일주 3' 마지막 화에서 번 아웃이 와서 고립되고 싶었다는 덱스의 고백을 보며 솔직히 많이 의아했다. 아직 얼마 되지 않은 것 같은데. 아직 한창 뛰어야 할 때인데. 무엇보다 그는 자신의 상황을 즐기고 있을 거라고 생각했는데. 어디까지나 나의 편견이었다. 당사자에게는 '아직'이 아니라 '이미'일 수 있다. 이미 지쳤고 이미 충분히 달렸을 것이다. 이렇듯 사람은 기준도 가치도 에너지도 다 다르다. 주어진 상황도 다르고 남의 눈에 보이는 것이 그 사람의 전부인 것도 절대 아니다.

스트레스, 슬럼프, 번 아웃. 열심히 사는 사람들에게 가장 무서운 단어들이다. 나아가 이것들은 건강을 망치기도 한다. 어떻게 다뤄야 할지, 어떻게 하면 안 생길지, 어떻게 하면 없앨 수 있을지가 늘 궁금하다. 그래서 이와 관련한 수많은 책과 영상, 강연과 같은 콘텐츠가 무수히 생산되고 또 소비된다.

운동, 드라마 보기, 친구들과의 술자리 등 몸 건강, 맘 건강을 지킬 수 있는 좋아하는 활동을 일상에 루틴으로 포함 시켜 스트레스를 미리미리 바로바로 해소한다. 에너지를 받는 곳과 쓰는 곳을 나누고, 고여있지 않도록 새로운 활동을 하며 환기한다. 그러다 보면 슬럼프는 잊히고 번 아웃으로 인해 꺼져가던 열정의 불씨는 다시 살아난다. 하지만 꼭 이것만이 정답인 것은 아니다. 모두에게 적용되는 것도 아니다. 그저 참고할 만한 사례일 뿐이다.

나에게 '지금을 산다. 행복하다'를 판단하는 기준은 딱 둘이다. 잠들 때 '아, 오늘 하루 뿌듯했다.'는 기분이 드는가. 그리고 잠에서 깰 때 '아, 오늘도 기대된다.'는 마음이 드는가. 그냥 매일을 비슷하고 반복적으로 소소하게 잘 살아내는 것. 그리고 그 평가를 남이 아닌 나 자신이 복잡한 사고 과정을 거치지 않고 직관적으로 하는 것.

학창 시절, 서울대가 목표였지만 그에 매몰되어 10대를 버리진 않았다. 공부는 그 자체로 지식을 채우는 것이라 좋았고 내가 설정한 공부의 양과 질을 채웠다면 그것으로 충분했다. 등수나 점수가 좀 모자라도 그 시험에 임했던 과정이 내가 보기에 충실했다면 괜찮았다. 그러다 보니 고3 때조차 나도 부모님도 그다지 스트레스를 받지 않았고, 수험 결과 역시 내가 바라던 대로 잘 나와줬다. 20대에는 너무 머리를 안 쓰는 기분이라 오히려 고3 때가 그립기도 했다. 그때만큼 뚜렷한 목표를 가지고 총명함으로 눈이 반짝이는 시절이 다시 올 수 있을까.

뿌듯한 기분에 잠들고 기대감에 눈 뜨는 행복이 매일 계속될 수야 없다. 하지만 나는 대체로 행복하다. 어떤 날은 기대감에 가득 차 시작한 하루를 망치고 고민 속에 잠들어서는 불안감에 눈을 뜨기도 한다. 오늘 하루 작은 계획을 세우고 그것만 달성하면 그걸로 충분하다고 스스로 위로해본다. 지금의 불안과 불행은 나의 기분이고 감정이다. 다음 주의 나는, 내년의 나는, 10년 후의 나는 이것을 다르게 판단하고 추억할지 모를 일인데 구태여 그 기분에 내일까지 망칠 필요는 없지 않을까. 아마 다들 한 번쯤은 옛날에 썼던 일기를 보며 '내가 이랬다고?', '참, 지금 보면 별일 아닌 것에 목숨을 걸었네'라는 생각해본 적이 있을 것이다. 시간은 흐르고 추억은 다르게 적힌다는 이소라의 '바람이 분다'의 가사는 사랑했던 두 사람 사이의 이야기지만, 같은 한 사람의 어제와 오늘에 있어서도 마찬가지 아닐까 싶다.

이 모든 것은 어느 것 하나 잘 흘려보내지 못하고 다 담아두는 나 자신에게 하는 다짐이기도 하다. 잘난 듯 글을 쓰고 있지만, 위의 내용은 내가 나에게 곧잘 하는 말이다. 마음의 우물이 얕은 모자란 사람이지만 조금 더 평안한 하루를 보내기 위해 방법을 구해보는 중이다.

❶ 페르소나 활용 : 직업과 나 분리하기

2019년 즈음부터 부캐가 유행하기 시작했다. 연예인만이 아니다. 우리는 여러 캐릭터를 갖고 산다. 이것은 가면이라는 뜻의 '페르소나'라는 개념이다.

자기 자신을 명확히 하나로 규정할 수 있는 사람은 흔치 않을 것이다. 노래 '가시나무' 가사처럼 내 속엔 내가 너무도 많다. 때로는 내가 몰랐던 나의 모습이 불쑥 튀어나와 당황할 때도 있다.

공적인 영역에서 내가 갖는 태도나 말 습관과 사적인 영역에서의 그것은 다를 것이며 사적인 영역이라고 해서 다 같지 않을 것이다. 친구들과 있을 때의 모습이나 말투, 가족과 있을 때의 그것은 또 다르다. 똑같은 술자리여도 익숙한 사람들만 있을 때와 낯선 사람이 있을 때는 다르고 똑같은 일자리여도 상사를 대할 때와 동기를 대할 때, 후배를 대할 때의 나의 말과 마음가짐은 다를 것이다. 같은 상사여도 편한 사람과 어려운 사람, 나를 아끼는 사람과 배척하는 사람을 대할 때는 또 다를 것이다.

250

이렇듯 우리는 당연하게 여러 가지 모습을 갖고 산다. 따라서 직업인으로서의 나 역시 무수한 나의 일부일 뿐이다. 하지만 우리는 곧잘 직업과 나를 동일시한다. 일에서 받는 평가를 나라는 인간 자체에 내려지는 평가로 받아들이곤 한다.

직업은 나일 수 없다. 생활비를 벌고 사회생활을 하는 혹은 자아실현을 하는 나의 한 조각일 뿐이다. 그렇게 생각하며 나의 정신 건강을 위해 이기적으로 페르소나를 활용했으면 좋겠다. 칭찬을 받았다면 나를 향한 것이라 여기며 기뻐하고, 반대로 힘든 일이 있다면 "네가 고생이 많다."며 마치 제3자가 된 양 위로하는 식으로 말이다. 지금 하고 있는 일과 직업은 절대 나 자체일 수 없다. 지금 파고 있는 하나의 우물일 뿐 내 세상의 전부가 아니다. 직업인으로서 나와 인간으로서 나를 분리하자. 심지어 세상에 직업이 될만한 일은 많다.

N잡러의 경우는 이런 다양한 모습으로의 분리와 공존이 더욱 필요하다. 일의 성격도 만나는 사람들도 몇 배로 다채롭기 때문이다. 나 역시 성우로서는 겸손한 신인의 자세로 임하지만, 아나운서일 때는 베테랑으로 임한다. 라이브 커머스 진행자일 때는 세상 활발하고 기운이 넘치지만, 요가 강사일 때는 고요하고 차분해진다. 보이스 스피치 강사로서는 최대한 어른스럽고 카리스마 있게 수강자들을 대하지만, 댄스 강사일 때는 마치 한창 댄서였던 20대 초반처럼 여전히 어리고 싶은 욕

구를 맘껏 발휘한다. 이렇게 N잡러로서 나의 다양한 페르소나는 차림새는 물론 태도·말투·발성·표정과 눈빛까지도 다르게 만든다.

보이스 스피치 교육을 요청하는 사람들 중에 이런 경우가 있다.

"친구들 앞에서는 씩씩한데 회사에서는 항상 소심하다는 얘기를 들어요.",

"저는 원래 성격이 털털한데 직장에서 영업용 미소를 지으며 말하는 게 스스로 가증스럽게 느껴져요."

나의 솔루션은 하나다.

"그럼 좀 어때서요? 그것도 당신인걸요."

모순일 때도 있고 충동할 때도 있을 것이다. 그것이 스스로 부끄럽고 이상하게 느껴질 수 있다. 하지만 그건 당연한 것 아닐까. 강자에게 약하고 약자에게 강한 것처럼 비겁하거나 누군가에게 피해를 주지 않는 이상, 이런 순간 저런 순간 나의 모습이 좀 다르면 어떠하랴. 오해가 만든 수많은 나와 얘기한 끝에 우리 모두 다 '나'다. 누가 맞고 틀린 게 아니기에 하나만 고를 필요 없다고 노래하는 아이브의 'Either way' 가사처럼.

❷ 객관화의 필요성(이런 나 받아들이기) :
타인의 평가에 무뎌지기

2022년 무렵부터 강연에서 자주 등장하는 키워드들이 있다.

메타 인지, 융합형 인재, 퍼스널 브랜딩, AI와의 공생, 그리고 120세 인생.

이 중 내가 이야기하고 싶은 자기 객관화는 메타 인지와 닿아 있다. 메타 인지는 1970년대에 발달 심리학자인 존 플라벨이 창안한 용어로, 자기 생각에 대해 생각하는 능력을 말한다. 다시 말해 자기 성찰 능력이다. 이 메타 인지는 최근 들어 아이들의 교육 영역에서 AI 학습기구들의 발달과 맞물리며 자신의 학습법에 대해 생각하는 초인지의 개념으로 활발히 등장하고 있다. 그리고 이것은 내가 자주 받는 질문 중 하나인 멘탈 관리와 악플 대처에 대한 답과도 연결된다.

인간은 당연히 주관적이다. 사고의 흐름에 있어 일단은 자신의 경험, 가치관, 감정 등 주관이 개입된 판단이 반사적, 즉각적으로 떠오르는 것은 당연하다. 그래서 나는 '객관적으로', '상식적으로'라는 말을 입에 달고 사는 사람의 의견을 그다지 믿거나 존중하지 않는다. 결국은 지극히 주관적인 자신의 의견을 교묘히 포장해 동조를 강요하며 주입하는 경우가 많았기 때문이다. 하지만 그럼에도 우리는 적어도 공적인 부분에서는 가능한 객관성을 가지려고 애써야 한다. 자기에서 벗어나 제3자의 입장과 시선으로 자신을 보려는 시도가 필요하다.

　나는 댄서를 시작으로 아나운서, 성우, 라이브 커머스 진행자 등 방송 일을 주업으로 삼고 있다. 2014년 3월 첫 뉴스 진행을 시작으로 꽤 오랜 세월 방송 일을 하는데도 항상 어렵고 두렵다. 다른 것보다 나의 그때의 생각과 말이 박제된다는 것이 가장 무섭다. 에세이를 준비하면서 2018년 처음 N잡러로 출연했던 G1의 '꿈틀'을 5년 만에 찬찬히 다시 보았다. 여전한 것도 있고 이미 생각이 바뀐 지 오래인 내용도 있었다. 아무리 줏대 있게 살려고 해도 시간이 흐르고 경험이 쌓이고 새로운 사람과 의견을 주고받으며 영향을 받은 모양이다. 그런데도 그 순간의 의견과 표현이 영영 남는다니. 몇십 년 후에도 그 영상으로 나를 알게 되는 사람에게 나는 그런 사람으로 인식될 것이라는 사실은 항상 나의 입술을 무겁게 한다.

　유튜브가 활성화되면서 박제된 영상 밑에 어제도 오늘도 10년 후에도 누군가가 댓글을 달 수 있다는 것은 더 무섭다. 처음 팟캐스트 인기 프로그램인 '매불쇼'를 통해 갑자기 많은 사람의 관심을 받았을 때 나는 처음 나의 나약함과 비겁함을 보았다. 그전까지 그렇게 관심 많던 시사와 정치 이슈가 싫어졌다. 댓글 하나하나 신경이 쓰이고 특히 부정적인 것들은 밤잠을 설치게 했다. 억울함이 가장 컸다. 일일이 반박하고 싶었지만 그게 얼마나 초라하고 부질없는 짓인지를 계속 되뇌며 참았다. 나를 방어하기에 급급했고 조언과 걱정을 가장한 평가에 맞춰 나를 바꾸고 싶어 했다. 한동안, 모두에게 사랑받고 싶다는 잘못된 욕구에 사로잡혀 있었다.

이대로는 내가 나를 잃겠다 싶었다. 방송가에 있으면서 깨달은 진리 중 하나는 "버티면 승리한다."였다. 누가 뭐라든 자신의 모습을 버리지 않고 바꾸지 않고 좋아하는 것을 하며 묵묵히 밀고 나가다 보면 그의 계절이 온다. 뒤늦게 뜨는 연예인, 골프나 캠핑, 낚시 유튜버처럼 말이다. 그걸 아는데도 그리 많지도 않은 몇몇 악플에 휘둘리는 게 속상해서 또 나를 비난하게 되었다.

일단 프로그램에서 하차했다. 선택한 것이다. 인기 프로그램 출연자라는 타이틀을 유지할 것인지, 어찌할 바 모르고 병든 내 마음을 챙기고 덕분에 얻은 관심과 앞으로의 출연으로 받게 될 소정의 수입을 포기할 것인지. 나는 후자를 택했다. 돈과 인기보다는 건강이 우선인 것은 당연하니 말이다. 쉬다 보니 나를 좀 한 발 떨어져 볼 수 있게 되었다. 그전까지 공격받는 내가 너무 안타까워서 싸고도느라, 나라도 나를 너무나 지키고 싶어 애를 썼는데, 조금 쉬고 안정을 찾고 나니 비로소 꽉 잡고 있던 손을 놓을 수 있었다. 그리고 나니 그간의 내가 별로 불쌍하지 않아 보였다. 내게 상처였던 댓글을 단 사람들의 시선도 이해하게 되었다. 어떤 성격에 어떤 인생을 살았기에 내게 그런 말을 한 건지 상상의 나래까지 펼치니 연기할 때 캐릭터 잡는 데에 도움이 될 것 같아 고맙기까지 했다. 그렇게 나를 객관화·대상화하니 욕먹는 나도 받아들일 수 있었고 타인의 평가에도 조금은 무뎌질 수 있었다.

그리고 글을 썼다. 차마 대댓글로는 달지 못한 내가 하고 싶은 말을 나만이 볼 수 있는, 혹은 친한 사람들만 볼 수 있는 공간에 쏟아냈다. 효과는 좋았다. 첫 번째 효과는 당장 후련하다는 것이다. 두 번째 효과는 시간이 지난 후 그 글을 다시 볼 때 나타난다. 고통받고 있던 그때의 나를 남처럼 보고 위로할 수 있다는 것이다. 내가 봐도 그때의 고민이 하찮고 이해되지 않을 때도 있다. '내가 쓴 것 맞아?' 싶기도 하다. 그 경험은 앞으로 또 힘든 일이 생겼을 때 일종의 타산지석이 된다. "겪어봤잖아. 이 또한 지나가. 시간이 해결해줄 거야."라는 말은 남에게 들을 때는 공허하다. 하지만 자신에게 하는 말일 때, 이것만큼 강력한 위로도 없다. 반대로 '나 정말 고생 많았구나' 싶을 때도 물론 있다. 어떻게든 힘든 시기를 보내고 지금을 맞은 것을 기특해하며 과거의 나를 칭찬하고 다시 앞으로 나아갈 힘을 얻는다.

우리는 종종 말한다. '남의 일일 때는 쉽지.' 그러니 한번 해보는 것이다. 나의 일을 남의 일처럼 만드는 연습, 나를 남처럼 대하는 연습 말이다. 약해진 마음에 생각보다 꽤 도움이 된다.

❸ 자기 관리의 필요성 : 그런 나 만들어가기

집안일이나 홈케어만큼이나 일정표에 꼭 시간을 내 기록하는 개인 스케줄이 있다. 바로 운동이나 피부 관리처럼 나를 정비하는 시간이다. 남에게 보이기 위해서 보다는 나 자신을 위한 활동이다. 몸을 건강하게 하고 내가 추구하는 모습을 향해 가면서 마음의 건강 또한 지킬 수 있다. 이런 모습은 남이 볼 때도 호감이 가게 마련이라 일을 성사시키는 데에도 도움이 된다. 과정에 충실했을 뿐인데 생각지 못한 좋은 결과가 따라오는 것처럼 말이다.

그리고 한 번씩 평소에는 잘 가지 않는 특별한 곳에 가거나 사진을 남긴다. 2021년과 2022년에는 '격월이다'라는 나만의 프로젝트를 만들어서 두 달에 한 번씩 1년에 여섯 번, 2년 동안 총 12번 다양한 컨셉으로 프로필 사진을 찍어 남겼다. 지금도 1년에 서너 번 일정한 간격을 두고 사진을 찍으려고 한다. 특정한 이벤트를 위해 무리해서 급하게 인생에 한 번, 내가 아닌 것 같은 나를 만드는 것이 아니라 정기적으로 나 자신의 상태를 확인하고 꾸준히 관리하기 위해 하고 있다. 잘 나온 결과물을 보며 만족스럽기도 하고, 일에 활용하거나 필요할 때 바로 제출할 수 있어 편리하기도 하다.

관리나 촬영에 굳이 큰돈이나 시간을 들일 필요는 없다. 앞서 말한 홈케어와 니트 운동처럼 생활에 묻히는 것으로도 충분하다. 나의 예산과 생활 패턴, 동선에 맞춰서 검색해보면 온갖 이벤트나 체험, 유튜브에 공개된 꿀팁 등 기회와 정보는 무수히 많다.

피곤할 수 있다. 귀찮고 무의미하게 느껴질 수도 있다. 하지만 그런 부정적인 단어들을 이겨낸 사소한 부지런함과 나를 향한 작은 성의가 의외의 만족과 선물이 되어줄 것이다. 이런 자기 관리는 결국 자신을 위한 투자, 자기 투자가 아닐까.

❹ 성공 경험 쌓기 : 사소한 계획과 작은 성공

앞서 말한 모든 것들이 지속 가능하려면 성공의 경험이 쌓여야 한다. 실패의 가장 나쁜 점은 실망의 경험이 생긴다는 것이다. 실망이 크면 실의에 빠지고 무기력해진다. 이 괴로운 상황을 피하고 싶으니 포기하고 아예 손을 놓아버린다. 스피치 교육을 하며 더 확실히 느꼈다. 스피치에 고민이 있는 사람들은 대부분 말하기에 실패의 경험, 안 좋은 기억이 있다. 혹은 애초에 자신이 없다 보니 시도조차 하지 않아서 아예 성공의 경험이 없다. 그러니 계속 겁나고 자신감을 잃어 한 발자국 떼기는 점점 더 어려워진다.

무엇이든 차근차근 작은 것부터 시작해야 나아가기가 쉽다. 연초에 세우는 계획 달성에 실패하고 중도 포기하는 이유는 갑자기 너무 원대한 계획을 세우기 때문이다. 살아왔던 방식을 갑자기 송두리째 바꾸려다 보니 처음 하루 이틀은 의욕적으로 하지만 3일째부터는 버겁고 어려워지면서 아예 그만두게 되는 것이다.

쉬운 것부터 해야 한다. 나의 삶에서 아주 작은 것부터, 하루 안에 할 수 있는 것부터. 나는 알람에 맞춰 잘 일어나는 것만으로도 그날 하루를 성공으로 열어 뿌듯하다. 지하철을 주로 이용하는데, 집 현관에서 열차를 타는 것까지 달리면 5분, 걸으면 10분이 소요된다. 아침에 일어나면 미리 오늘 이용해야 하는 지하철 시간을 보고 집에서 나가야 하는 시간을 정한다. 12시 6분 열차면 11시 56분에는 나가야지 하고 마음먹는다. 그리고 그 시간을 잘 지켜서 집을 나와 계획한 열차를 타면 그것도 작은 성공이다. 자기 전 TV를 보며 복근 운동 3세트를 해냈다면 또 성공으로 하루를 마무리하는 것이다. 아주 사소한 일상의 하나하나가 다 성공의 경험이 되어 기쁨을 주고 자신감을 키워준다.

반려견과 함께 살기 시작하면서 알게 된 재밌는 사실이 있다. 우리가 강아지를 칭찬하기 위해 주는 간식인 보상에 대한 이야기다. 강아지들에게 이 간식은 커도 하나, 작아도 하나다. 그러니 큰 간식을 쪼개 작게 여러 번 주는 편이 더 많은 보상이자 칭찬으로 느껴 효율적이라는 것이다. 앉아, 손, 돌아 등등 교감 훈련을 열 번 하고 큰 간식 하나를 먹는 것보다 차라리 그 큰 간식을 열 개로 쪼개 하나를 해낼 때마다 하나씩 열 번을 먹는 편이 더 행복할 것이다.

사람은 자신이 성장했다고 생각할 때 가장 성공의 기쁨을 느끼는 것 같다. 성장은 약간의 불편함을 수반한다. 성장한다는 건 무언가 바뀌는 것이니 달라짐에 의해 잠시 불편을 겪는 것은 당연한 일이다.

큰 변화와 급격한 성장으로 막대한 성공을 누리는 것만큼 큰 기쁨은 없을 것이다. 하지만 하나의 큰 변화를 10개의 작은 변화로 쪼개 10번의 성공의 경험으로 바꾸면 성공은 더 가깝고 성장은 더 빠르지 않을까. 결과에 이르는 길은 덜 힘들 것이고 과정 자체를 차근차근 즐길 수 있을 것이다.

7 job.
안녕하세요,
작가입니다

7 Job.
작가입니다

01
작가님~ 하고
불렸다

Start

"성우님, 왜 아직 책이 없으세요?"

강의에 가면 섭외해주신 분들께 가장 자주 듣는 말이다. 저자가 되는 순간 강의의 기회와 대우가 달라진다는 것이다. "제가 아직 쓸 내용이 부족해서요."라고 말하면 다들 응원하며 "일단 내면 달라요. 일단 내고 강연 다니면서 콘텐츠 쌓이면 다음에 또 쓰면 되죠."라고 답해주시곤 했다.

감사하다. 그리고 인정한다. 내 삶의 방식 역시 일단 하자는 해버릇이라, 쓰다 보면 써지고, 또 자꾸 써 버릇해야 필요한 순간에 진짜 좋은 글이 나온다는 것도 안다. 하지만 말로 먹고사는 내게도 글은 두려웠다. 한 주, 한 달, 그리고 1년 계획을 적어두는 모든 메모장에 '책'과 '논문'은 방을 빼지 못한 채 3년 내내 한 번을 차지하고 있었다.

숙제를 남겨둔 기분에 한 번씩 명치가 묵직해졌지만, 왠지 책 작업만큼은 일단 시작하고 볼 수 없었다. 왜 진작 하지 않았을까 후회할 것 같아 겁났다. 하지만 작업을 진행 중인 현재. 책을 쓰는 때가 다름 아닌 지금인 것이 너무 마음에 든다.

책을 쓰고 있는 지금 2024년은 내가 방송을 시작한 지 꼬박 10년째 되는 해다. 2018년부터 시작한 보이스 스피치 강의도 어느새 5년이 넘었다. 방송인으로서 어느 정도 경력이 쌓였고 강사로서도 콘텐츠와 경험이 많아졌다. 살아온 세월도 36년을 넘으며 한 사람의 인간으로서도 말의 설득력이 갖춰진 것 같다. 물론 2034년의 내가 지금을 돌아본다면 여전히 어리고 미숙하게 느껴지겠지만 말이다. 책을 바탕으로 활동하기보다 활동을 책에 담고 싶었기에, 미룸 아닌 미룸이 만든 지금이라는 타이밍이 참 다행이다.

그렇게 반가운 타이밍임에도 글이 써지지 않아 한참을 애먹었다. 11월 중순 1차로 초고를 보냈는데, 내가 봐도 별로였다. 전체 반려되고 목차까지 갈아엎기로 했다. 출판사 분들의 아이디어와 내가 쓴 책을 읽고 싶다며 처음 출판사에 추천해준 분과의 미팅을 통해 방향을 잡았다. 그런데도 12월 한 달 내내 전혀 진도를 나가지 못했다. 잘해야 된다는 생각에, 이 책을 읽는 분들이 시간과 책값을 낭비로 느끼면 안 된다는 생각에 완벽할 수 없는 일에 완벽을 꿈꿨다. 틀리고 싶지 않았고, 괜찮은 사람으로 보이고 싶었으며, 그럴듯하게 남고 싶었다. 그러다 보니 내 생각을 그대로 표현하지 못한 채 꾸미고 거르고 단어를 고르게 됐다. 과정은 재미없고 부담스러워졌다.

한평생 온갖 프로그램을 보고 다양한 직업으로 방송가에서 10년을 보내며 배운 것이 있다. 나라는 중심을 잡고 묵묵히 밀고 나가야 한다. 그래야 본인도 편하고 보는 사람도 편하다. 내 모습을 있는 그대로 인정받고 '그런 사람'으로 자리를 잡는다. 자신을 꾸미거나 남의 말에 휘둘려 맞추다가는 어느 순간 색깔을 잃고 휩쓸려 사라져 버린다.

글에도 환기가 필요했다. 내내 붙잡고 앉아 있는 것보다 잠시 일어나 스트레칭하고 물을 마실 때, 이를 닦을 때, 강아지와 산책에 나갔을 때 오히려 더 떠올랐다. 손에서 완전히 놓는 것만 아니라면, 잠시 쉬는 편이 훨씬 도움이 된다. 드라마를 보며 공감하고 노래를 들으며 울고 예능을 보며 웃다 보니 영감이 생기고 당장 쓰고 싶은 것이 마구 생겼다. 가장 곤란할 때는 샤워하면서 떠오를 때다. 당장 어디에 쓸 수도 없건만 쓰고 싶은 말은 자꾸 생각난다. 키워드의 앞글자를 따서 일단 급하게 외우고는 나오자마자 휴대전화에 기록했다.

글은 무겁고 어렵다. 말보다 오래 가고 내가 세상을 떠나도 세상에 남아 나를 대변하기에 무겁다. 미래를 위해 과거를 돌아보며 현재를 그리는 어려운 작업이다. 오랜만에 겪는 낯선 활동이 신선했고 나의 시간과 온 정신이 새로운 일에 사로잡혀 있는 것이 반가웠다. 쉽지 않아서 더 재밌었고 과정이 보통이 아니었던 만큼 결과물이 기대된다.

아나듀서로 MBC 강원영동에서 라디오를 진행할 때도 내 프로그램은 내가 직접 구성하고 썼다. 이후에도 N잡러로 세 번의 에세이를 기고했다. 하지만 본격적으로 작가가 된다는 것은 확실히 다르다. 6개의 직업으로 살아왔지만, 그간 나의 모든 일은 선노동 후입금이었다. 무조건 일을 먼저 하고 나중에 보수를 받는 시스템이다. 작가는 달랐다. 책을 계약하고 나니 글은 아직 한 글자도 쓰지 않았건만 계약금이 들어왔다. 직업이 다양하면 이런 소소한 재미도 있다. 일하기 전에 입금되는 직업은 내게 또 다른 신선함이었다. 그렇게 작가라는 직업은 내 세상을 한 뼘 더 넓히고, 기존의 직업에도 도움이 될 것이다. 강의도, 연기도.

더 기대되고 신기한 것은 책을 어느 정도 작성하고 끝이 보이는 지금은 다음 출판 작업도 가능할 것 같은 느낌이 든다는 것이다. 불과 지난주만 해도 책 작업은 내 뒤를 무섭게 쫓는 곰인 동시에 앞에서 입을 떡 벌리고 선 호랑이 같았다. '해낼 수 있을까. 너무 어렵다. 나는 올빼미형 인간이 아닌데 글은 왜 이렇게 밤에만 잘 써질까.' 등등 온갖 잡생각에 시달렸다. 심지어 막판에는 스트레스와 과로로 급성 저음성 난청이 왔고 최근에는 왼쪽 눈 각막과 오른쪽 눈 망막에도 문제가 생겨 시청각에 모두 제약이 있는 상태다. 그렇게 힘든데도 자신이 생겼다. 이 유는 나도 알고 있다. 첫 번째는 일단 시작했다는 것. 백지 상태의 원고는 막막하지만 일단 10분만 자리에 앉아 한 줄이라도 쓰기 시작하면 그때부터는 술술 이어진다. 평생 미루기에 대해서만 연구한 '유 퀴즈'에 출연한 박사님도 말씀하셨다. 미루는 사람은 '10분의 법칙'만 적용해도 반은 성공이라고 말이다.

두 번째는 끝이 보인다는 것. 한번 시작한 일을 포기하지 않고 끝을 봤을 때의 효과는 크다. 완주의 경험은 나를 기특하게 여겨 사랑하게 만든다. 자신감이 생기고 다음을 가능하게 한다. 그렇게 성장한다. 그렇다고 포기가 꼭 나쁘다는 것은 아니다. 사법고시를 포기한 입장에서 포기 역시 용기이자 새로운 시작이고 마음 건강을 위해서도 분명 필요한 선택이다.

책을 쓰기로 하고 계약한 순간부터 출판사 분들은 나를 '작가님'이라고 부른다. 숫자도 예쁜 나의 7번째 직업이자 새로운 호칭인 '작가님'. 불러주시는 입 모양도 예쁘고 귀를 통하는 울림도 부드럽고 좋다. 이 7번째 직업으로 오래오래 불리고 싶다. 2024년. '작가님~' 하고 불렸다. 나의 오랜 할 일 리스트 항목 하나가 드디어 삭제되었고 작가님으로 두 번째를 기약하게 될 것 같은 들뜬 예감이 든다.

7 Job.
◆작가입니다

02
살면서 못 하는 것 좀 있으면 어때

Start

"성우님은 못 하는 게 뭐에요?"

가장 자주 달리는 댓글이자 많이들 가볍게 해주시는 칭찬이다. 당연히 곧이곧대로 받아들이지야 않지만, 정말 감사한 말씀이다. 한편으로는 뭔가 못하는 모습을 들키면 안 될 것 같은 마음도 든다. "아뇨, 너무 많아요. 일단 노래도 못하고요. 골프도 잘 못 칩니다. 그리고 또~~."라고 나서서 소리치고 싶을 때도 있다.

그러면서도 '내가 하겠다고 맘먹은 것 중엔, 못하는 것 따위 없었으면' 하는 것도 사실이다. 실현 불가능한 바람이고 건강하지 못한 욕심이라는 것도 알지만, 마음이 비워지지 않는다. 그래서 예민해지고 나를 괴롭히고 포장하게 된다. 내가 게임을 안 하는 이유도 이 때문이다. 졌을 때의 스트레스가 게임을 하면서 받는 재미보다 더 커서 마음이 힘들기 때문이다. 못할 것 같으면 아예 관심 없는 척 시작을 안 해버리거나, 내가 애정이 없고 열심히 안 해서 못하는 척 못나게 굴 때가 많다. 예전엔 노래가 그랬고, 골프는 현재 진행형이다.

최근 코로나로 인해, 그리고 남편과 필라테스 레슨을 받느라 오래 쉬었던 플라잉 요가 수련을 다시 시작했다. 오랜만이라 어색하기도 했는데 특히 도저히 안 되는 자세가 있어 급기야는 짜증이 났다. 미들 스트랩 인버전이라는 자세다. 내가 자격증을 따서 한창 강사로 활동했던 5~6년 전까지만 해도 그리 많이 하는 자세가 아니라 어렵고 낯설었다. 동작의 원리는 알겠는데 몸을 어떻게 써야 할지 도무지 요령이 안 붙었다.

일단 그게 가능해야 이어지는 동작을 할 수 있기 때문에, 다른 수강생들이 해당 시퀀스를 마칠 때까지 수업 시간 중 멍하니 기다릴 때도 많았다. 처음에는 나도 낑낑거리며 해내려고 애썼다. 하지만 승모근을 비롯한 불필요한 다른 부위에만 힘이 들어가는 바람에 아프고 피곤하기만 했다. 한쪽 다리를 마치고 다른 쪽 다리를 할 때는 선생님이 해먹에서 내려와 도와주기도 했는데 양쪽이 불균형한 기분이라 싫었고 수업 끝나고 연습하거나 선생님께 추가로 교육을 받자니 민폐인 것 같아 그것도 싫었다. 결국 그 동작이 시작되면 아예 해먹에서 내려와 매트에서 조용하고 작은 스트레칭 동작을 하는 포기 상태에 이르렀고, 해당 동작을 자주 하는 선생님 수업은 피하게 되었다.

속상하고 부끄러웠다. 수업을 못 따라가는 것이 속상했고, 강사라는 사람이 못하는 동작이 있다는 것도 부끄러웠다. 괜히 짜증이 났고, 연습을 도와주겠다는 선생님에게도 괜찮다고, 안 하겠노라고 선언해버렸다. 선생님이 도와주고 죽어라 연습했는데도 끝내 못 해낼까 봐 무서워서, 그러면 내가 정말 초라할 것 같아서.

드라마 '모래에도 꽃이 핀다'에서 씨름을 포기하려는 아들에게 아버지는 말한다. 그간의 시간과 노력이 억울하지 않냐고. 악착같이 물고 늘어져서 뭔가 보여줘야겠다는 생각이 들지 않냐고. 주인공은 말한다. 악착같이 물고 늘어졌는데도 끝까지 무엇도 못 보여주면 그때는 어떡하냐고. 그 마음이 너무 예쁘고 안타까웠다. 너무나 이해가 되고 공감이 갔다. 우리는 때로는 너무 좋으면 오히려 안 좋은 척을 한다. 정말 열심히 했는데도 못했을 때의 실망을 감당할 자신이 없어 짐짓 멀리 한다.

요가 동작만이 아니다. 오랜 구력에 비해 골프 실력은 잘 늘지 않고, 나름 꾸준히 배우고 있는 노래 역시 3년째 어디 내놓을 수준이 못 된다. 어느 정도 시간과 애정과 노력을 들여도 내가 원하는 지경에 닿지 못하자 급기야 미워지기 시작했다. 내가 못하는 이유는 내가 좋아하는 일이 아니라서, 열심히 하지 않아서임을 티 내고 싶었다. 못하는 것이 아니라 안 하는 것이라고 광고라도 하고 싶었다.

쓸데없는 자존심이고 쓸모없는 허세다. 일단 다른 사람들은 내가 그것을 잘하든 못하든 관심이 없다. 왜 못하는지는 더더욱 궁금하지 않을 것이고 그런 이유로 나를 무시하거나 욕할 리는 더더욱 없다. 문제는 나다. 문득 생각이 들었다. '그게 뭐라고.' 요가도 골프도 노래도 삶을 더 풍성하게 즐기려고 시작한 것들인데, 이렇게 스트레스만 받으면 아무 의미가 없는 것 아닐까. 꼭 잘해야만 하는 걸까. 그냥 그 정도 수준이면 안 되는 걸까. 내 삶을 이루는 여러 가지 것 중 한두 개일 뿐이고, 이것쯤 못한다고 내가 어떻게 되는 것도 아닌데.

설령 내가 강사로 수업을 진행한다고 해도, 내가 못하는 해당 동작을 빼고 진행할 수 있는 시퀀스는 수백, 수천 가지다. 중급 이상보다는 입문반이나 초급반을 주로 맡으면 충분하다. 골프나 노래 실력이 뛰어나지는 않지만, 나는 그것들로 먹고사는 것도 아니고 그렇다고 대회에 나갈 욕심이나 계획이 있는 것도 아니다. 그렇다고 지난 시간과 노력이 아주 허투루 날아간 것도 아니다. 노래도 골프도 예전에 비하면 조금이지만 늘었다. 무엇보다 내게는 춤을 비롯해 다른 잘하는 것들이 있다.

욕심을 내려놓았다. "지금 포기하겠다는 건가요? 도전해야죠!"라고 할 수도 있다. 도전의 반대말은 뭘까. 포기가 가장 먼저 떠오를 것이다. 그러나 도전의 반대말이 '포기'이려면 일단 시작한 후에 그만둬야 할 것이다. 때로는 아예 시작을 안 하는 경우도 있다. '안주', 즉 머무르는 것이다. 도전을 대단하고 멋진 것으로 강조하는 분위기 때문에 포기나 안주는 부정적인 것으로 인식되지만 과연 그럴까. 그것도 선택이다. 부끄러워할 일도 비난받을 일도 아니다. 그저 여러 삶의 방식 중 하나일 뿐이다.

애증. 너무 사랑하면 너무 미워지기도 더 쉽다. 너무 잘하고 싶으면 오히려 때려치우기도 더 쉽다. 잘하지 못하는 자신의 모습을 참기 힘들 수도 있다. 내가 생각하는 만큼의 변화나 성장이 보이지 않으면 인내심이 사라지고 자신에게 부아가 치민다. 지나치게 완벽을 추구하다 보면 한두 번의 실수나 더딘 성장이 곧 실패로 느껴져 당장이라도 그만두고 싶어진다. 나는 내가 좋아하는 일만큼은 포기하고 싶지 않다. 그러니 너무 빨리 성공을 기대하지도 완벽을 바라지도 않으련다. 더딤을 받아들이는 마음의 여유가 필요하다.

그러다 보면 어느 순간 될지도 모른다.

"춤은 열 배 노력하면 두 배 좋아지죠."

보아의 말이다. 욕심이 생기니 조급해지고 나의 시간과 노력이 아까워져서 그 중요한 말을 잊었나 보다. 언젠가 미들 스트랩 인버전 자세에 필요한 부위에 근육이 더 붙고 요령이 생겨서 생각지도 않게, 쉽게 쓱 될지도 모른다. 노래도. 골프도 어느 순간 실력이 쌓여 취미를 넘어 특기가 될 수도 있다. 혹은 평생 저 세 가지는 내가 못 하는 것들로 남을 수도 있다. 설령 그런들 뭐 어떠하랴. 살면서 못 하는 것 좀 있는 거지.

일단 나의 선택은 "마음을 비우고 천천히 묵묵히 한다."이다. 그래도 도저히 욕심이 사라지지 않아서 취미가 마음을 좀먹는 다면 이 정도 실력과 상태에 안주하거나 아예 포기하겠다. 잠 수 대결에서 이기고 싶다고 한계를 넘어서까지 물에 머리를 박 고 있을 필요는 없다. 그리고 과감한 선택으로 마음 건강을 지 킨 나를 기특해하겠다. 그러다 혹시 모르는 성공의 때가 온다 면, 그간 조바심내지 않고 꾸준히 해온 나를 칭찬해야겠다. 그 저 그걸로 족하다.

03
나의 나무 :
스페셜한 제너럴리스트

7 **Job.**
◆작가입니다

Start

　나는 나무다. 꿈을 꾸는 나무. 에너지를 받는 뿌리도, 에너지를 발산하는 가지도 무성한 나무.

　한 우물을 파는 것이 미덕인 우리나라에서 여러 우물을 팠다. 이런저런 자격증을 따고, 시간을 쪼개 다양한 일을 하는 내게 대단하다고 말해주는 사람들에게 겉으로는 감사하면서도 속으로는 나 자신을 의심하고 걱정한 때도 있었다. 그런 내게 유재석 씨는 말했다.

　"다슬 씨는 여러 우물을 파는데, 다 물이 나올 때까지 파시네요."

　나라는 나무의 뿌리는 여섯 개, 열 개로 갈라져 각자가 물이 나오는 깊이까지 파고 들어간다. 그리고 성우라는 큰 줄기로 에너지를 전한다. 한 뿌리가 약해지면 다른 뿌리가 물을 끌어당긴다. 다양한 경험과 만남이, 목소리 연기자로서 표현의 범위를 넓혀준다. 그리고 여러 갈래로 가지를 내고 잎을 틔운다. 높이, 멀리 힘차게 뻗어 나가며 햇빛을 받아 광합성을 한다. 그렇게 에너지를 발산한다.

사람마다 가치관과 삶의 방식은 다르고 자신만의 나무 모양역시 각양각색이다. 누군가는 시간이 오래되고 굽어질수록 멋들어진 소나무일 수도 있고, 누군가의 나무는 곧은 대나무일수 있다. 누군가는 작은 꽃나무일 수도 있고, 또 누군가는 다른나무들과 한데 어울려 자라는 데 안정감을 느끼는 남천일 수도있다. 나는 얕지만 넓게 뻗은 잔뿌리와 잔가지가 많지만 기둥이 굵은 나무다. 비록 주변 다른 나무의 굵고 깊은 뿌리에 져서물을 빼앗길 수도 있고, 잔가지 덕에 바람 잘 날 없이 흔들린다해도, 나는 내 나무의 모양을 있는 그대로 인정하고 키워나가려고 한다.

10살 정도로 기억한다. 3박 4일 어린이 캠프에 가서 처음으로 부모님과 떨어져 단체 생활을 하며 밖에서 잠을 자게 되었다. 낯선 공간, 처음 보는 언니 오빠와 친구들. 낮에는 와자지껄떠들며 주어진 일과를 소화하다 보니 재밌고 좋았다. 문제는밤이었다. 도무지 잠이 오지 않는 것이다. 주변 친구들은 모두잠들고 밤은 깊어지는데 나만 깨어있는 것 같았다. 공포와 불안은 극에 달했다. '빨리 자야 하는데, 나만 왜 잠이 안 올까. 너무 무섭다.' 그럴수록 정신은 더욱 또렷해졌다. 마지막 날, 선생님께 울면서 말씀드렸다. 늦게까지 왜 나만 못 자는지, 어떻게 하면 잘 수 있는지, 제가 뭔가 병에 걸린 건 아닌지 등등 정신없이 하소연했다. 아마 지금의 내 나이보다 어렸을 그때 선생님의 말씀이 정말 도움이 되었다.

"다들 그래. 매년 이런 상담 하는 친구들이 많고 다슬이 텐트에도 비슷한 상담을 온 친구들이 있어. 무섭거나 이상한 거 아냐. 그러니 빨리 잠들려고 너무 애쓰지 마."

주변 친구들과 비교하며 그 리듬에 맞추려고 애쓰는 것이 불안을 가져오고 나를 더 잠 못 들게 했다. 애초에 그저 내 리듬에 몸을 맡겼으면 됐을 것이다. 며칠 잠이 부족해도 괜찮았을 것이다. 겨우 10살 남짓이었으니 따로 낮잠을 자게 해주셨을 것이고, 캠프가 끝나고 집에서 실컷 곯아떨어져도 됐을 일이다. 혼자가 된다는 것이 두려워지기 시작하면 시야가 좁아진다. 남과 맞추려다 보면 가만히 있는 멀쩡한 나를 채찍질하고 괴롭히게 된다.

나는 8번째 직업을 계획하고 있다. 다음 8번째 직업이자 2025년 목표를, 지금 가지고 있는 7개의 직업을 융합한 내용으로 할 계획이다. 이것으로 나의 나무 기둥은 더욱 굵어지고 잔가지는 한데 모여 더 강해질 것이라고 기대한다. 보다 프로페셔널한 N잡러, 스페셜한 제너럴리스트로 정체성을 굳히고 나만의 영역을 만들어나갈 것이다. 다른 사람들의 나무를 보며 그들의 속도를 보며 부러워하거나 따라가려고 애쓰지 않고 나의 리듬에 맞춰 내 나무를 키워가겠다.

7 Job.
＊작가입니다

04
120세 인생과 융합형 인재 :
평생 수입 그리기

Start

요즘 떠올리기만 해도 설레면서 무서운 단어가 있다. 120세 인생. 전 국민이 노래 '100세 인생'을 부르던 것이 엊그제 같은데, 어느새 100세 인생을 지나 120세 인생이 화두에 오르는 시대가 온 것이다.

'세상에, 여태까지 살아온 세월을 2번 하고도 10년은 더 살수도 있다고? 그럼 대체 언제까지 일하고 언제까지 벌어야 하는 거지?'

기대보다 두려움이 더 크다. 두려움과 걱정을 없애려면 다른 방법이 없다. 유비무환, 대비가 되어있어야 한다. 준비가 필요하다. '먹고살' 준비.

내가 성우로 참여한 Mnet의 프로그램 '커플 팰리스'는 결혼 시뮬레이션 커플 매칭 프로그램이다. 출연자들은 자기소개에 소득을 적는데, 이 소득은 연봉과 자산으로 나뉜다. 연봉은 유동적이고 언제든 종료될 수 있지만 받는 동안은 이 안에서 계획을 세워 생활하고 축적한다. 자산은 특별히 손대지 않는 한 앞으로의 삶에 쭉 가져갈 수 있는 확보된 재산이다. 그리고 이 연봉과 자산에는 단순히 현실적인 돈의 개념뿐만 아니라 그 사람의 가치와 능력도 포함된다고 생각한다.

그렇다면 나의 연봉과 자산은 어떻게 될까. 이것을 알아야 미래 계획도 세울 수 있을 것이다. 지금 가진 능력으로 현재 어떤 것을 하고 있고, 앞으로 어떤 것이 가능할지 가치를 파악해야 한다. 특히 일자리가 불안정한 프리랜서이자 수입의 유동성이 큰 N잡러에게 평생 먹고살 대비는 잘 나갈 때 더 필요하다. 지금의 호황이 계속되리라 생각해서는 위험하다.

내가 직접 일해야만 수입이 들어오는 방식은 나이가 들어가면 유지되기 어렵다. 즉 연봉만으로는 평생 대비가 어려우니 자산으로의 전환이 필요하다. 나의 첫 직업인 댄서는 6개의 직업 중 가장 직업 수명이 짧다. 나의 경우 댄스 강사로 잠시간의 수명 연장을 했지만, 아마 마흔 이상 내가 댄스 강사 일을 계속하진 못할 것이다. 당시 함께 활동했던 내 또래의 동료들은 대형 기획사의 퍼포먼스 디렉터로 정규직이 되면서 보다 안정적인 길을 찾았다.

다음 두 번째 직업인 아나운서 역시 계약직으로 시작해 현재는 소속이 없는 프리랜서다. 특정 외국어나 경제 등 전문 분야를 갖고 있지 않기에 역시 나이에 영향을 받을 수밖에 없다. 물론 앞으로 스페인어 공부를 다시 해서 아나운서 역량을 높일 계획은 있지만, 그 역시 앞으로 길어야 20년, 55세가 넘으면 활동하기는 어려울 것이다.

성대는 가장 마지막에 늙는다는 말이 있다. 세 번째 직업이자 본업인 성우는 이미 많은 선생님께서 당신들의 삶으로 보여주고 계시듯 오랜 활동이 가능하다. 하지만 모든 프리랜서 시장이 그렇듯 항상 불안을 안고 있고, AI 보이스 기술의 급성장으로 시장이 위협받고 있는 것도 사실이다.

네 번째인 요가 강사 역시 고연령의 강사들의 활동이 조금씩 보이기는 하지만 그래도 몸을 쓰는 일이니 환갑 이상 요가 강사로 생활이 가능할 정도로 일하는 것은 무리일 것이다.

여섯 번째인 라이브 커머스 진행자의 경우 결혼이나 출산 후에도 다른 방송 분야보다 비교적 긴 프리랜서 활동이 가능하다. 그러니 나만의 매력과 돌파구를 찾는 숙제를 해결하면 성우와 함께 오랜 연봉이 되어줄 것이고 나만의 브랜드까지 만든다면 큰 자산으로의 전환도 노려볼 수 있다.

마지막으로 다섯 번째인 보이스 스피치 강사와 일곱 번째인 작가의 경우, 자산으로의 전환이 가능해 보인다. 영상과 출판을 통해 시간과 장소를 뛰어넘어 온 세상 사람들과 언제 어디서든 만날 수 있으니 말이다. 그러니 시스템을 잘 만들어두면, 나이가 들어 직접 활동하지 않아도 이것을 통해 평생 수입이 발생하고 생활이 가능해질 것이다.

무엇보다 나는 N잡러다. 여러 직업을 융합해 새로운 분야를 만들어낼 가능성과 특별함이 있다. 고민해야 한다. 2세 계획이 있는 30대 후반의 프리랜서 여성. 경력 단절에 대한 걱정과 출산 후 다시 일터로 복귀할 수 있을까, 육아와 일을 병행할 수 있을까 하는 고민이 늘 따라다닌다. 내가 직접 일하지 않아도 수익 창출이 가능한 일. 나만의 전문성이 있는 일. 공백 후 언제든 복귀할 수 있거나 집에서도 운영 가능한 일.

최근 청소년 대상 강연에서 자주 등장하는 키워드로 '융합형 인재'가 있다. 120세 인생을 앞둔 지금, N잡러 삶의 진짜 매력과 강점은 바로 여기에 있는 것이다. 나뿐만이 아니다. 현재 N잡러로 살고 있다면, N잡러를 계획하고 있다면 꼭 한번 생각해봐야 한다. 평생 수입을 가능케 할 N잡의 융합을. 나의 직업은 여섯 개이지만 동시에 하나다. 여섯 개의 직업은 모두 각양각색으로 보이지만 큰 줄기로 보면 하나로 연결되어 있다. 댄서이자 댄스 강사로 몸을 어떻게 써야 하는지 잘 알고 있다. 요가 강사로 바르게 호흡하는 방법부터 굳은 몸을 풀고 아름답고 건강하게 만드는 방법 등을 수련하며 다른 사람들을 가르쳐 왔다. 아나운서이자 성우, 라이브 커머스 진행자로 다양한 방송을 하며 소리, 얼굴, 제스처 등 모든 표현 방식을 통해 세상과 소통하고 있다. 마지막으로 스피치 지도사, 이미지 메이킹 지도사의 자격증을 바탕으로 한 보이스 스피치 강사 활동 경력이 있다. 소리를 만들고 내는 방법을 가르치는 기본 발성 수업부터 감사팀, 마케팅팀 등 특정 스피치 방식을 주제로 하는 기업 강의까지 많은 강의 경력을 갖고 있다.

구체적으로 고민하여 현실로 만든다면, 내가 직접 나서지 않아도 나의 기술을 전하고 남길 수 있지 않을까. 인간이 사회적 동물인 이상 커뮤니케이션은 피할 수 없다. 그리고 원활한 커뮤니케이션을 위해서는 좋은 스피치와 재료가 되는 보이스 훈련이 필요하고, 이때 몸에 대한 이해와 마음 수련은 필수임에도 놓치는 사람들이 많다. 지금부터 나의 숙제는 레드오션 안에서 자그마한 파란 웅덩이를 찾아가는 일이지 않을까.

1만 시간의 법칙. 한 번쯤 들어보았을 것이다. 한 분야에서 전문가가 되기 위해서는 최소한 1만 시간 정도의 훈련이 필요하다는 말이다. 매일 3시간씩 훈련할 경우 약 10년의 세월이 걸린다고 하니 하루 6시간씩이면 5년 정도가 걸리는 셈이다. 이건 프로페셔널한 스페셜리스트들에게 적용되는 이야기일 것이다.

호기심이 생기고 관심이 가는 일을 탐색하고 배우고 익힌다. 일주일에 세 번 하루에 한 시간 정도, 주말은 세 시간도 들인다. 그렇게 일주일에 약 6시간씩 2년이 지나면, 취미는 특기 수준이 될 것이다. 이때부터는 특기를 직업으로 전환할 방법을 알아본다. 그것으로 돈을 벌 수 있는 정도가 되기 위해 1년 정도 또 시간을 들인다. 자격증을 따거나 포트폴리오를 만들거나 사업을 시작할 수도 있다. 혹은 어딘가에 등록해 판매를 시작할 수도 있고 클래스를 열어 강의를 시작할 수도 있다. 그렇게 2년 정도 지나면 자리를 잡을 것이다. 일주일에 6시간씩 5년, 약 1500시간이면 부업으로 삼을 정도의 또 하나의 직업이 생기는 것이다.

"지금부터 하고 싶은 일을 5년에 하나씩만 해내도 환갑이면 십잡러도 가능하지 않을까요?"

'유 퀴즈 온 더 블록'에서 엔딩으로 뽑은 말이다. 6잡러로 유 퀴즈에 출연할 당시 내 나이는 36살이었다. 37살인 지금은 작가가 추가돼 7잡러가 되었다. 5년에 하나씩, 아니 7년에 하나씩만 해내도 60살에는 10개의 직업으로 살고 있을 것이다. 배우로 매체 연기도 하고 싶고, 뮤지컬 무대에도 서고 싶다. 10대까지의 최애 취미였던 만화 그리기를 살려 웹툰을 그리거나 드라마를 쓰고 싶다. 언젠가 로스쿨에 진학해 내가 활동하는 방송 분야의 변호사로도 활동하고 싶다. 프로페셔널한 스페셜리스트 만큼의 양과 질을 해내진 못하겠지만 모두 내 역량 안에서 주어진 기회만큼은 놓치지 않을 정도로는 하면서 살고 싶다.

"하지만 지금 이대로 6잡러여도 상관없습니다. 어쩌면 몇 개는 잘 하지 않아서 직업란에서 빼버리고, 오히려 서너 개로 줄어 있거나 성우 하나만 하고 있어도 괜찮을 것 같아요. 그때도 그저 잠들 때 지난 하루가 뿌듯하고 일어날 때 다가올 하루가 기대된다면 충분합니다."

환갑쯤 십잡스 뒤에 이어진 나의 인터뷰다. 방송에서는 편집되었지만, 어쩌면 이 말이 더 내가 사람들에게 전하고 싶은 메시지일지도 모른다.

어느새 100세 인생을 넘어 120세 인생 시대를 맞았다. 심지어 몇몇 학자들은 지금의 2030 세대들은 130세까지 살게 될지도 모른다고도 말한다. 그 긴 인생에 60세는 겨우 절반에 불과하다. 40년 이상을 더 살아야 할지도 모르는데 이왕이면 대비책도 즐길 것도 많은 것이 좋지 않을까. 그래야 남은 세월, 끝까지 건강하고 풍요롭게 살 수 있을 것이다. 경제적으로도 육체적으로도 정신적으로도.

인터뷰가 마무리될 때, 항상 받는 질문이 있다.
"당신의 최종 목표는 무엇입니까?"
"행복한 어른이요."
행복하고 싶고 어른이고 싶다.

매번 뚜렷한 목표를 가지고 시작한 것은 아니었다. 목표가 있다고 한들 매번 그 목표달성에 성공했던 것도 아니다. 목표 없는 여정도, 때로는 목표했던 곳과는 전혀 다른 곳에 도착한 여정도 모두 더해져 지금의 내가 되었다. 앞으로 살아갈 길도 마찬가지다. 내일의 목표, 일주일 목표, 한 달 목표, 일 년 목표 는 구체적으로 세울지 몰라도 인생의 최종 목표만큼은 확정하 고 싶지 않다. 추상적인 느낌만 두루뭉술하게 그리고 싶다. 환 갑쯤의 내가 십잡스든 이잡스든, 부디 행복한 어른으로 살고 있기를.

작가가
되려면?

저도 알아가는 중입니다.

잘 부탁드립니다.

[작가의 말]
이렇게 살아도
괜찮습니다

"너는 꿈이 뭐니?" 다시 한번 그 질문을 실컷 듣는 그때로 돌아갈 수 있다면 지금의 나는 뭐라고 대답할까? 꿈이 뭔지도 좋아하는 것이 뭔지도 모르던 시절에는 나의 꿈이 아니라 주변이 내게 기대하는 꿈을 이야기했다.

꿈은 곧 직업이다. 그런데 취미는 직업으로 삼지 않는 편이 낫다고 말한다. 직업을 가지면 꿈과 취미는 좀 포기할 줄도 알아야 한다고 말한다. 우리는 이런 식으로 모든 일에 상관관계를 만들고 양자택일을 강요하며 스스로와 주변을 압박한다. 내게 꿈은 범위가 넓다. 직업일 수도 취미일 수도 희망일 수도 있다.

살면서 꼭 한 번은 해보고 싶은 일, 중요하게 생각하는 가치, 사소하지만 꼭 갖고 싶은 무언가일 수도 있다. 그러다보니 사회가 만들어놓은 경계는 내게 중요하지 않았다. 다양한 취미는 다양한 직업이 되었고 매일 꿈을 꾸고 이루며 살아가게 되었다.

이 책으로 나는 7잡러가 되었다. 7개 분야에 모두 애정을 갖고 최선을 다하고 있지만, 나를 각 분야의 1인자라고 할 수는 없다. 그래도 계속, 하고 싶은 것 모든 것을 하며 살고 있다. 방황은 길었고 시작은 늦었지만 37살이 된 지금까지 차근차근 해내고 있다. 세상에 직업은 많고 할 수 있는 일도 많다는 것을 나는 20대 후반에야 알았다. 어떤 직업이 있고 무슨 일을 하고 어떤 공부와 역량이 필요하며 무엇보다 나의 적성에 맞는지는 해보지 않으면 알 수 없다. 그러니 천천히 뭐든 다 해보시기를. 스페셜리스트로서 자신의 길을 빠르게 찾아 일찍 자리를 잡는 주변 사람들을 보며 불안해질 수 있다. 이 불안을 다스리는 것이 가장 어려울 것이다. 나는 어릴 적 캠핑장에서 홀로 잠 못 들던 그 밤을 떠올린다. 괜찮다. 괜찮다. 전혀 문제없다. 그러니 나의 속도로 가자.

불안과 걱정이 사라지지 않고 나를 계속 좀먹을 때, 다른 사람들의 말과 글이 도움이 되기도 한다. 다른 사람들의 삶의 지혜를 보며 때로는 공감하고 기운을 빌릴 수 있다. 유명인의 명언이나 뛰어난 명문장이 아니어도 괜찮다. 나의 오늘을 위로하고 내일을 응원하는 한 문장, 모르는 사람의 한 줄 댓글만으로 또 살아갈 힘이 생기기도 한다. 나 또한 출처도 모를 한 마디에 위로와 자극을 받을 때가 많다. 이 책 역시, 누군가의 인생에 단 한 줄이라도 남아 힘이 된다면 세상에 나온 의미가 충분하다고 생각하며 집중했고 작업했다.

"하나도 제대로 못 하고 겉도네."
"뭐든 한 가지 분야를 열심히 하는 게 좋음 이것 저것 하면 뭔가 많이 해서 대단해 보이지만 속 알맹이를 보면 텅 비어있음.",
"이도 저도 아님."
"적당한 때에 매진할 종목을 찾아 깊이 있게 파는 게 의미가 있어. 이것저것 하는 게 취미라면 인생 낭비하는 게 아닌가 한번 생각해보시길."

'유 퀴즈 온 더 블록'에 출연한 내 영상에 달린 N잡러에 대한 부정적인 반응들이다. 안타까웠다. 삶의 다른 방식을 전혀 인정하지도 그냥 두지도 않는구나. 자신이 옳다고 생각하는 것만 맞고, 다르면 틀린 거구나. 내가 어떻게 살든 자신들에게 피해를 주는 것도 없는데, 내가 세상 사람 모두 N잡러가 되자는 주장을 펼친 것도 아닌데, 왜 굳이 나를 가르치고 자기들과 똑같은 사람으로 바꾸려 들까.

고마운 건, 그와 반대되는 대댓글들이었다. 단순히 나 대신

싸우고 나를 방어해줘서가 아니다. 시야도 마음도 열려 있는 의견이 많음에 감사했다. 그중 가장 인상 깊은 건 두 가지였다. 하나는 세상이 바뀌었다는 것. "이제 하나만 파는 시대는 지났어요. 다양한 분야를 두루 잘 하는 편이 변수 많은 세상에 대응하기 좋다고요."라는 댓글이었다.

또 다른 하나는 사실은 옛날부터 그러했다는 것. "레오나르도 다 빈치처럼 우리가 아는 고대나 중세의 유명한 사람들은 모두 N잡러였어요. 철학자이자 수학자이자 법학자이자 천문학자이자 예술가 등 말입니다."

전혀 생각하지 못한 부분이었다. 그렇다. 우리는 세상이 바뀌었으니 N잡러가 등장하고 각광받게 되었다고 생각한다. 하지만 의외로 N잡러는 이미 오랜 역사 속에 존재해왔고 그때도 역시 자신이 발 담근 모든 분야에 열정을 쏟았다.

지금 세상에 N잡러들은 이미 많이 존재하고 있다. 나의 동기이자 동갑인 동료 성우는 몇 없는 남자 기상캐스터 출신이자 MC와 앵커 경력이 있어 프리랜서 아나운서로도 활동하고 있다. 중국어를 전공해 중국어 진행은 물론 중국 작품을 번역해 직접 더빙에 참여하기도 한다. 심지어 운동지도사 자격증을 땄고 베이킹도 한다. 또 나의 플라잉 요가 선생님은 오전에는 물리치료사, 오후에는 필라테스 강사, 저녁에는 플라잉 요가 강사로 활동한다. 한 강연장에서 나를 담당한 헤어메이크업 아티

스트는 취미로 하는 사진으로 친구들과 인터뷰집을 출판하는 작가이기도 했다. 당신의 주변에도 알게 모르게 다양한 N잡러들이 있을 것이다.

10대로 돌아가 꿈이 뭐냐는 질문을 받았을 때 "아직 모르겠어요."라고 할 수 있으면 좋겠다. 20대가 되어서는 "이것저것 좋아하는 것들 다 하며 살고 싶어요."라고 할 수 있으면 좋겠다. 그리고 그랬을 때, "그래, 그것도 괜찮겠다."는 답이 돌아오는 세상이었으면 좋겠다.

세상은 바뀌고 있다. 좋아하는 것을 다 하며 살아도 괜찮다는 것을 그저 말이 아닌 삶으로 보여주는 사람들이 이미 많이 있다. 안정적인 직업, 평생 직장, 한 우물… 의미 있는 가치이지만 기존의 가르침과 성향이 맞지 않았던 사람들이 있다면 꼭 말해주고 싶다.

당신의 삶의 낙은
무엇인가요?

삶의 낙. 익숙하면서도 낯선 말일 것입니다. 무엇인지는 알지만 생각해본 적은 별로 없으실 겁니다. 어떠신가요. 당신의 삶의 낙. 떠오르시나요? 아니, 있으신가요? "이 맛에 사는구나. 이 힘으로 산다. 살 맛 난다."라는 말을 절로 떠오르게 하는 당신의 원동력 말입니다.

누군가는 맛있는 음식일 수 있습니다. 식도락이죠. 누군가에게는 연예인일 수 있습니다. 덕질이죠. 소중한 반려동물이나 애인일 수도 있겠죠. 또 누군가에게는 너무 많을 수도 있어요. 손가락을 꼽아가면 나를 행복하게 하는 것들을 여럿 떠올립니다. 생각만 해도 좋네요. 아니면 혹시 아무것도 떠오르지 않으시나요?

그럼 오늘, 어제, 그제, 지난주, 작년을 되짚어가며 찬찬히 내가 무엇을 좋아하나 생각해보세요. 아주 사소한 것도 좋습니다.

　다만 이왕이면 이것 하나, 그 끝에 당신이 있기를 바랍니다. 어머니께 여쭤본 적이 있습니다.

　"엄마는 삶의 낙이 뭐야?"

　그때 저는 이미 30대에 접어들었고 어머니도 환갑을 바라보고 계셨죠.

　"삶의 낙? 글쎄…, 너희 키울 땐 너희였고 지금은 잘 모르겠다. 너희가 잘 사는 것?"

　아마 대부분의 부모님이 그러하실 겁니다. 하지만 이건 대답하는 사람에게도 삶의 낙으로 지목당한 사람에게도 썩 건강하지 못한 관계이지 않을까요? 나 아닌 누군가의 행복을 바라는 것. 물론 숭고하고 아름답습니다. 하지만 나의 행복이 다른 누군가의 행복까지 좌우한다면 그 사람은 책임감에 부담스럽지 않을까요? 뿌듯하고 감사한 마음이 드는 것과는 별개로 한편에 무거움이 자리 잡을 것입니다.

　이건 덕질에서도 마찬가지겠죠. 내가 내 행복보다 더 바라고 믿었던 연예인이나 애인이 내가 기대한 것과 다른 모습을 보이거나 떠나버리거나 나를 배신한다면 아무 잘못도 없는 내 인생까지 저 밑으로 꺼지는 기분이 들 것입니다. 한쪽은 "그렇게 믿어줬는데 왜 이렇게밖에 못 사니?" 반대쪽은 "그러게, 누가 나한테 인생 걸래?"라는 원망만 남을 수도 있죠.

그렇다고 자식의 행복을 위하는 부모의 마음과 저도 한평생 삶의 낙 중 하나로 삼고 있는 덕질이 정신 건강에 좋지 못한 것이니 그만두라는 말을 하려는 것이 아닙니다. 제가 생각할 때 나의 삶의 낙이 '자식', '최애', '애인'과 같은 타인이었다면, 이제는 그 타인은 수단으로 두고 삶의 낙의 주체에 나 자신을 두어 보자는 거죠. 일종의 말장난일 수 있습니다. '자식을 최선을 다해 키우는 나', '최애를 있는 힘껏 응원하는 나', '애인을 후회 없이 사랑하는 나'.

어떤가요? 미묘하지만 훨씬 주도적이고 적극적이며 긍정적으로 느껴지지 않으시나요? 사람은 생각하는 대로 행동하고 말하는 대로 마음먹게 되는 것 같습니다. 노홍철 씨의 말처럼 "행복해서 웃는 게 아니라 웃어서 행복한 거예요!"처럼요. 마치 내 뇌에 주문을 걸 듯이요.

위와 같이 주체가 바뀌면 설령 자식이나 나의 최애가 간혹 실망스럽거나 행여 나를 배신해도 내 삶에 주는 타격이 좀 덜하지 않을까요? 물론 앞으로의 삶의 낙에는 수정이 필요하겠지만 적어도 나의 삶 자체가 휩쓸리지는 않을 것입니다. 삶의 낙이야 살면서 여러 개일 수도 있고 얼마든지 바뀔 수 있는 것이니 전혀 문제될 것이 아니죠.

그래서 이왕이면 나 자신의 신체 활동이나 두뇌 활동 등이 삶의 낙이 되시기를 바랍니다. 그 작은 활동 한번 한번이 당분간 살아갈 수 있는 에너지를 만드는 햇빛이 되고 지칠 때는 쉬어갈 그늘이 되기도 하니까요. 저의 삶의 낙 중 하나는 일년에 서너 번 사진 촬영을 하는 것입니다. 프로필 사진을 다양하게 남기는데요. 그러다 보면 미루지 않고 정기적으로 나 자신을 살피고 관리하게 됩니다. 소중한 다른 사람을 대하듯 나를 사랑하고 자랑스럽게 여기게도 됩니다. 꾸준하게, 습관처럼 누구보다 당신 자신을 덕질하기를 바랍니다.

동료의 유튜브 방송에서 같은 말을 한 적이 있습니다. 덕질로 행복을 느끼는 건 도구일 뿐, 그로써 행복해지는 자신을 더 사랑하시라고. 덕질의 끝에는 자신이 있기를 바란다고요. 방송이 끝나고 SNS에서 검색하다 한 시청자의 후기를 발견하고 참 많이 감동받았고 감사했습니다. "성우님들 너무너무 사랑하고 응원해요♡ 성우님들을 좋아하는 나도 멋져! 문화 콘텐츠 소비의 선봉장!"이라는 짧은 글이었습니다. 저의 메시지가 온전히 전해져서 그분의 삶에 에너지를 드린 것 같다는 뿌듯함에 한참 행복했습니다.

저는 지금도 장래희망이 많습니다. 누가 좀 물어봐줬으면 좋겠는데 나이가 들면서 아무도 안 물어봐주더라고요. 저는 방송 출연을 업으로 하다 보니 그 덕에 36살에도 앞으로는 뭐가 또

하고 싶냐는 질문을 받기도 하지만, 대부분은 취업을 이루는 순간부터 평생 받을 일 없는 질문이겠죠. 이렇게 점점 나를 궁금해하지 않으며 살게 됩니다. 연예인이 팬들의 질문에 답하듯, 소개팅에서 처음 만난 듯. 한 해를 살아내고 조금은 달라져 있을 나에게 한 번씩 물어봐주세요.

"나는 어떤 영화를 좋아하지? 무슨 색을 좋아하지? 뭘 할 때 제일 아무 생각 없이 행복하지?" 나라도 나에게 자주 물어봐주고 대답도 찾아보세요. 질문을 자꾸 만드세요. 남이 아닌 나를 제일 궁금해하는 겁니다. 제가 N잡러가 된 원동력의 첫 번째는 무조건 이것이었습니다.

여러분의 인생의 답은 다름 아닌 자신의 안에 있습니다. 책을 읽는 것도 강연을 듣는 것도 모두 여러분 안에 숨어 있는 답을 찾기 위한 단서일 뿐입니다. 자기와의 대화가 없으면 자꾸 밖에서 답을 갈구하며 수많은 멘토를 만들게 됩니다. 관심 있는 키워드가 담긴 책과 유명한 강의들을 섭렵하고 SNS의 명언들을 저장하고 필사하며 영감이 되는 소재들을 끌어모아 봐도 순간의 동기 부여로 끝날 때가 많으셨을 겁니다. 내 안에 무언가와 딱 맞는 부싯돌을 못 찾았기에 점화가 되지 않은 것 아닐까요? 혹은 마주칠 두 돌 중 하나는 바깥에서 잔뜩 찾아놓았는데 정작 내 안에서 하나를 끄집어내지 못했거나요. 다른 누군가와 보다, 자기 자신과 끊임없이 대화하시기를 바랍니다.

좋은 날도 있지만 싫은 날도 있습니다. 내가 애틋하지만 모자라 보여 미울 때도 많고, 저 역시 변화하고 싶지만 끝내 못 바꾸는 부분도 있습니다. 남에게 일을 잘 못 맡겨서 몸이 고단하기도 합니다. 변화를 불편해서 한 번 사용하기 시작한 물건은 잘 못 바꿉니다. 특히 전자기기 바꾸는 것을 어려워해서 노트북은 10년, 휴대전화는 4년 이상은 기본으로 씁니다. 운동하는 곳, 사우나, 세탁소 등등 무엇 하나, 일단 가기 시작하면 잘 바꾸지 못합니다. 그래서 처음 결정할 때 시간을 들여 신중히 결정합니다. 그밖에도 이런저런 불편한 부분이 많은 성격과 생활 습관을 갖고 있습니다. 저 자신에게 짜증날 때도 모자라게 느껴질 때도 많습니다. 남에게 말 못할 것들도 많죠. 하지만 사람인지라 완벽할 수도 늘 행복만 할 수도 없다고 다시 되뇌며 고칠 수 있는 것과 받아들여야 할 것을 생각합니다.

행복, 도전, 긍정, 성취 등 세상에는 사람을 고무시키는 멋진 단어들이 참 많습니다. 그런데 때로는 오히려 이것들이 나를 힘들게 합니다. 행복해야 할 것 같고, 도전해야 할 것 같고, 긍정적이어야 할 것 같고, 뭐라도 성취해야 할 것 같죠. 그래야 잘 사는 것 같습니다. 갓생이라고들 하죠. 하지만 그런 느낌은 가만히 돌아보면 온전히 나를 위한 것이 아닙니다. 행복해 보여야 할 것 같고, 도전하는 것을 보여줘야 할 것 같고, 긍정적으로 보여야 할 것 같고, 성취한 것을 보여줘야 할 것 같죠. 그저 당신이 만족할 만한, 대체로 괜찮은 매일, 일주일, 한 달, 일 년이 차곡차곡 쌓여 나가기를 바랍니다.

저는 괜찮은 오늘을 보냈고 내일도 이왕이면 괜찮았으면 좋겠습니다. 별로인 하루일 수도 있겠죠. 그래도 괜찮습니다.

읽어주셔서 고맙습니다. 지금까지 프로 N잡러 이다슬이었습니다.